文春文庫

# 炯眼に候

木下昌輝

文藝春秋

目次

# 炯眼に候

# 水鏡

# 序

信長ほど神仏を敬い、かつ神仏を攻撃した人物はいない。

熱田神宮へ篤い寄進をする一方で、天罰や仏罰のたぐいは一切信じなかった。どころか迷信と断じれば苛烈な態度で接し、多くの寺を焼き信徒を虐殺した。

そんな信長を支えたのは、合理の心だ。

南蛮人の地球儀を見るや、この世が丸いと瞬時に悟った逸話は有名である。真理を見究めるためには、労を厭わない男でもあった。

信長の部下・太田牛一の著した『信長公記』には、蛇神の棲む沼の水をすべてさらい、底に残った水のなかを自ら泳ぎ探索し、蛇神が迷信と断じたとある。

とはいえ、不思議なことが信長の周辺にまったくなかったわけではない。

江戸時代初期の史料『武家事紀』には、織田軍の勇将知将、武者たちの事蹟が多く記されている。異彩を放つのが、荒川新八郎という武者だ。

『武家事紀』には、こうある。

信長につかえ馬廻の士たり。

兜の前立に「運ハ天ニ在リ、死ハ定メ」と文字にしるしたり。

彼は、天正二年（一五七四）七月の長島一向一揆との合戦で〝比類なき働きをとげ戦死〟した。

その死に様は、兜の前立と水鏡の因縁がからむ不思議なものであったという。

一

まるで、龍の巣を見るかのようだった。

山から見下ろす伊勢長島の地には、長良川や木曽川、揖斐川など、大小様々な河川が流れている。それらは、海にむかって食みあうように合流していた。

生いしげる葦の緑は夏の太陽をうけ輝いている。龍の鱗のようだと、甚弥は思った。

背後の大河にやっていた目を前方へと戻す。視界が開けていた山路は、林のなかへと吸いこまれていた。織田軍が粛々と行軍していく。胴丸をきた足軽の甚弥も、それに従う。木々の隙間から、ちらちらと織田軍の旗指物が見えた。

五万の大軍をひきいて伊勢長島にたてこもる一向一揆を織田家が攻めたのは、つい四日ほど前のことだ。湿原と川に囲まれた長島城は攻め落とせなかったが、いくつもの村を焼いて領国へと戻ることが決まった。

尾張への帰路は順調だった。

甚弥の心は、すでに故郷の尾張へと飛んでいる。そんな時、どすんと前を行く武者の背中が当たった。

「どうされたのです」

若い甚弥は、前方の武者に丁寧に訊ねた。

「あ、あれは……」

震える指で、武者は斜め前をしめした。

――進者往生極楽、退者無間地獄

木々の隙間を埋めるように、一向衆の旗指物が屹立しているではないか。

数千はいるだろうか。宗徒たちが身につける胴丸は粗末だが、村を焼かれた激しい怒りはそれを補ってあまりあるものがあった。

一方の退却途中の甚弥の軍は千に満たない。

甚弥の膝が崩れそうになる。恐いと、思った。数ヶ月前までは、村の童（わらし）たちと遊びに興じていた少年にすぎない。軍役にかりだされたのは、村の領主である荒川家につかえた老従者が足を怪我したからだ。急遽、元服もしていない甚弥が駆りだされ、今ここにいる。

甚弥は、味方の武者たちを見た。織田の侍大将たちは顔を青ざめさせ、何人かは甲冑（かっちゅう）をならし震えている。

品定めするような一向衆の目差し（まなざし）を浴び、甚弥の睾丸が縮みあがる。

狩る側から狩られる側へ。

甚弥は、今までとは立場が逆転したことを悟った。

「皆々様、どうして、そのようにふるえておる。この暑い最中に寒いのか」

血錆（ちさび）のついた槍を手にした兜武者がたっていた。この男だけ脂汗とはちがう種類の汗をかき、太い眉や髭（ひげ）から滴をしたたらせている。

兜の前立が太陽を反射し、刻まれた文字が甚弥の目を射た。

――運ハ天ニ在リ、死ハ定メ

「さては武者震いでござるか。たのもしい」

前立の文字を見せびらかすように闊歩して、甚弥の横へとならんだ。この男は、織田信長の馬廻衆のひとりである荒川新八郎だ。甚弥が従者を務める主でもある。

「甚弥、怖けりゃ、わしの横にいろ」

後ずさりがちな諸将や足軽のあいだを、荒川新八郎は涼み場でも探すかのように前へといく。

「新八郎様、怖くないのですか」

「怖い？　神仏に矛をむけることがか。それとも、敵の手にかかり死ぬことがか」

しばらく考えてから「両方です」と甚弥は答えた。

「神仏などおらん」と言いつつ、新八郎はすくむ足軽の尻を蹴りあげて道を造る。

「人の寿命を司るのは神仏ではない」

荒川新八郎は顔をすこし右にむけ、左の面を正面へともってきた。遠くの一向衆の旗指物を睨みつける。なんでも昔、戦でうけた傷のために右目の視力がほとんどないらしく、遠方や細かいものを見る時には顔を右へむけ左目で見る癖がある。

「その証拠に神仏を敬わぬわしが、いくつ兜首をあげたと思う」

それでもよく見えぬのか、左目を細めて凝視している。

やがて主従ふたりは陣の最前線へとたった。信徒たちの目差しが甚弥に突き刺さる。

「では、いつものヤツをやるか。おい、甚弥、これを読め」

荒川新八郎が兜の前立を指さした。老従者から聞いた、戦いに挑む前の主の儀式を思い出す。

「運ハ天ニ在リィ」

あごを突きあげ、声を張りあげた。

「小さい。甚弥、もっと腹から声をだせ」

「死ィィハァ、定メェエエ」

甚弥が天にむけ絶叫した瞬間、荒川新八郎の顔が一変する。髭や眉の毛が針のごとく立ちあがったのだ。

「織田馬廻衆がひとりィ、荒川新八郎ォ」

甚弥の何倍もの絶叫とともに、荒川新八郎が突撃を開始した。あわてて甚弥も後につづく。敵の大軍も木々の隙間から雲霞(うんか)のごとく湧きでてくる。たちまちのうちに、主の背中は一向衆のなかに飲みこまれた。

二

「荒川めの働きがなければ、氏家(うじいえ)殿の首ひとつではすまなかったかもしれんな」

織田の筆頭家老柴田勝家が、渋面でそういった。織田信長の本拠岐阜城の控えの間につどう馬廻衆たちも、神妙な顔でうなずく。先の長島攻めは撤退時に逆襲をうけ、美濃三人衆のひとり氏家直元が討ち死にするほどだった。そのなかで奮闘したのが、甚弥の主の荒川新八郎である。

「新八郎、お主、首はいくつとった」

荒川新八郎は濃い髭をなでて考えこみ、「おい、わしはいくつ首をあげた」と隣にいる甚弥にたずねた。

「はい、兜首がみっつ、雑兵首はよっつまでは腰にくくりつけましたが、捨てたものも多うございます」

馬廻衆たちがざわめいた。

「甚弥、貴様もさぞかし疲れたであろう」

馬廻衆のひとりに聞かれ、甚弥は大げさな仕草で「腰がぬけました」と言って笑いを誘う。が、誇張はしていない。腰にくくりつけた首のせいで、歩みは亀のようで苦労した。

ふと、廊下のむこうからせわしない足音が聞こえてきた。

「誰でございましょう。廊下を走っている不届き者がございます」

甚弥の言葉にみなの顔色が変わる。

「たわけ、この急ぎ足は殿だ」

柴田勝家の言う殿が誰のことか、甚弥は一瞬わからなかった。それが将軍足利義昭（あしかがよしあき）を傀儡（かいらい）とし天下に号令する織田〝弾正忠（だんじょうちゅう）〟信長のこととわかった瞬間に、襖（ふすま）が勢いよく開かれた。

みなが一斉に平伏する。唯一の例外は甚弥だ。己が陪臣（ばいしん）の身分であることを思い出し、あわてて退室しようとした。

「時間が惜しい。動くな」

信長の一喝で、甚弥の体が凍りつく。そして、暫時遅れてから平伏した。信長が畳を踏みながら、控えの間を突き進む。上座にいた柴田勝家が素早く場所をゆずった。

「馬廻の誰かに命ず。高野山（こうやさん）へ入山しろ」

言い終わるのと着座するのは、同時だった。

「ですが、高野山にはすでに忍びを……」

「奴らは信用ならぬ」

馬廻衆が言い切る前に返答があった。

「高野山の坊主がどんなものを食い、話し、見ているかを知りたい。忍びのもたらす報せが虚か実かを判ずるには、高野の者の人となりを知っておきたい」

信長が一座を見回した。

「危険な働きをせいとは言わぬ。ただ高野山にはいり、半年ほど信徒どもと暮らせばよい」

みなが押し黙っているのが甚弥には不思議だった。難しい仕事とは思えない。高野山は他勢力が介入できない〝不入の権〟をもつ聖域だが、その反面、罪を犯したものが逃げこむ場でもある。はいりこむのは容易だ。

「しかし、高野山は聖域なれば」

年かさの馬廻衆の言葉で、甚弥はみなが躊躇する理由がわかった。仏罰を恐れているのだ。高野山は数々の伝説に彩られた霊験の地。どんな祟りや呪いに遭遇するか、と恐怖しているのだろう。

「誰かおらぬのか」と苛立たしげな信長の声が飛んだが、名乗りをあげる者はいない。ふと、甚弥は隣にいる荒川新八郎を見た。神仏を恐れないことでいえば、この男ほどの適任者はいない。が、荒川新八郎は興味なげに畳の目を指でいじっている。神仏を恐れはしないが、武勇を誇示できる仕事でもないと考えているようだ。

「まさか神仏が怖いとは申すまいな」

畳をいじる荒川の指が止まり、顔付きが戦さ場のそれに一変する。

「いかにご主君といえど、聞き捨てならぬお言葉ですぞ」

敵を威圧するような声をだした荒川新八郎に、信長が不敵な笑みを返す。右の頬がつりあがり、白い歯が見えた。犬歯の横の奥歯が一本砕けている。なんでも鉄砲の稽古は、衝撃を右頬で受けとめるため、右の奥歯が割れることが多々あるという。信長が鉄砲に傾倒していることは知っていたが、歯を砕くほどとは思っていなかった。

不思議な心地で、その笑みを甚弥が見つめていると——

「拙者がその仕事、引き受けまする」

荒川新八郎の低い声がひびいた。全員が一斉に甚弥の主を見る。

「でなくば、新八郎の兜の前立が泣くわ」

路銀であろうか、信長は懐からずしりと重い銭袋を投げつけた。

「どうせいくなら、楽しんでこい。先の戦の骨休めも兼ねてな」

## 三

まるで白い闇のようだと、甚弥は思った。

濃い霧で高野山はおおわれている。昼なのに太陽は見えない。

「それでわしらは、殿と一緒に池の水をさらったのだ」

霧のなかから荒川新八郎の呑気な声が聞こえてきた。さきほどから、若い時分に信長とともに働いた悪事を誇らしげに語っている。なんでも昔、蛇神の棲む池の水をすべてさらい、正体を暴こうとしたという。無論、すでに高野山奥の院にいるので、信長や家中の者の名はすべて仮名にしているが、甚弥は気が気ではない。

「その話は知っております る。結局、何もでてこなかったのでございましょう」

すこしでも危うい話から遠ざかるために、甚弥は強引に結論を言った。

「それはちとちがう」

「では何かでたのですか」

霧のために足元をふらつかせながら、甚弥は早口で尋ねる。

「白い大蛇よ」

その瞬間、風がふいて首の後ろを何かが通りすぎた。ふりむくと流れる霧が、宙に白い川を作っている。

「白い大蛇……そ、それこそが蛇神様では」

さらに霧が濃くなろうとしていた。

「いや、ちがう」

「なぜでございます」

「たしかめてみた」

甚弥の心の臓が激しく胸を打つ。

「蛇神ならば、太刀を跳ねかえすと思った」

今度は足元に風がふき、甚弥の腿の周りを何かがうごめいた。

「刀で斬った。白蛇の首は人ほどはあったが、簡単に斬り落とせた」

ピシャピシャと肌を叩く音がした。きっと、荒川が己の首を打擲しているのだろう。

また風がふき、全身をなぶる。自分の体にまとわりついているものが、甚弥には靄とは到底思えなかった。

「もう、よしてください」

「なぜじゃ」

「ここは高野山ですぞ」

古来、高野山は蛇を神聖視し、〝白蛇の岩〟や〝蛇柳〟などの霊地が点在している。

「フフフ、甚弥、怖いのか」

たちはだかる霧のせいか、荒川新八郎の声が遠くに聞こえる。

突然だった。

奇声と悲鳴が地面から立ちあがる。白い空気が急激に攪拌された。

「な、なにごとです」

荒川の側によろうとして、甚弥は何かにつまずいた。大地に倒れこむ。右の頰をしたたかに打ってしまった。右のまぶたを開けようとすると、熱い涙がにじみ思わず手をあてた。

その間も、霧は濃くなりつづけている。

「うろたえるな。カラスが飛びたっただけだ」

耳ざわりな鳴き声は止み、完全な無音となった。甚弥は、己の心音しか聞こえない世界を初めて知った。口を動かして声を出そうとするがやめる。己の体に、白い何かがからみつこうとしている——そんな気がしたからだ。

「誰だ」と、荒川新八郎が声を投げた。黒いシミが、霧のなかに浮かんでいる。片目でしか見えないので、近いのか遠いのか判然としない。

にじむようにして影は大きくなり、それは人の形へと成長していく。

ひとりの尼がたっていた。まだ若い。

黒衣の下からのぞく首や手、顔の肌は霧を思わせる白さだ。唇も色がなく、まるで白粉(おしろい)を塗ったかのようだ。尼を中心に、いつのまにか霧がうすくなっている。

「見ない顔の武者様ですね。いつ入山されました」

開いた尼の口のなかで、真赤な舌がうごめいていた。

「四日ほど前」

荒川新八郎は短く答える。

「ウフフ、怖い顔をなさって。何を犯したかは問わぬのが山の掟ゆえ、ご安心を」

「ならばこそ、ご厄介になろうと思った」

「ですが、まだまだ下界に執着をおもちのようで」

「いかにも。立身出世の夢は捨てきれぬ」

新八郎が何気なさを装った。

「はいるも自由なれば、去るも自由。望むまでご滞在なさりませ。ただ下界の立身に未練がおありなら、占いなどいかがか。当山に伝わる〝姿見の井戸〟でございます」

女は横へひとつ動くと、奥から井戸があらわれた。奇妙な形をしている。上から見ると四角い形をしているが、そのうちの一角が欠けていた。大きな四角の一隅を、小さな四角で削ったかのようだ。四角い敷地を鬼門の部分だけ欠いて凹形に塀をめぐらす話は知っているが、井戸の鬼門を切り欠くなど聞いたこともない。

「この井戸の水鏡をのぞきこみ、もし顔が映らねば三年の内に死ぬと言い伝えにあります。逆に顔が映るならば、三年内はどんな戦や乱事に遭遇しても生き永らえます。山を降りる信徒たちは、みな運試しで井戸をのぞいていきます」

また霧が濃くなりはじめた。尼の肌が靄ににじみそうになっている。

「好意は感謝するが、神仏の類は信じぬ」

「新八郎様」と甚弥が叱責した。信心がない、と高野山で口にするのは織田の間諜と広言するようなものだ。が、幸いにも尼には聞こえなかったようで、微笑みを顔に貼りつけたたずんでいる。

「失礼、先を急ぐので」

「怖いのですか」

荒川新八郎がふりかえった。

「怖いだと」

「己の寿命を知るのを恐れているのかと」

尼の赤い舌が霧をねぶる。

「おもしろい」とつぶやき、荒川は姿見の井戸へと近づく。甚弥もあわてて後を追った。右目がふさがったせいで足を踏み外し、尼の体に肩があたる。着衣ごしにもかかわらず、氷のように冷たい体だった。

「ふたり一緒にのぞくも自由でございます」

甚弥の狼狽をよそに、尼は平然と言う。

「甚弥、用意はいいか」

「へ、私ものぞくのですか」

「当たり前じゃ、わしの従者であろう」

首根っこをつかまれて、仕方なく石でできた井戸の縁に手をついた。霧が、蓋のように井戸をおおっている。時折、滴が水面に落ちる音がひびく。

「心配するな、どうせ迷信よ」

水面が随分と下にあるのか、荒川新八郎はいつもの癖で右まぶたを閉じ左の面を正面へむけた。

そして見える左目で、井戸の底を凝視する。

## 四

「甚弥よ、本当に姿見の井戸に荒川の顔が映っていなかったのか」

岐阜城の控えの間で、甚弥は馬廻衆に囲まれていた。半年間の高野山滞在を終え、戻ってきたのだ。主人の荒川新八郎は信長のもとに報告へいっており、待つ甚弥は馬廻衆と雑談に興じていた。が、話題は楽しいものではない。遭遇した、姿見の井戸の怪異についてだからだ。

「は、はい、本当でございます」

「それは、お主の見間違いではないか」

「いえ、ちがいます。その証拠に、新八郎様も大変、驚かれておりました」

馬廻衆が互いの顔を見合わせる。

主人の荒川新八郎につづいて、甚弥も井戸をのぞきこんだ。打ちつけた甚弥の右目は熱と痛みを伴っていたので、片目で井戸の奥の水面を見る。縁が欠けた四角い鏡のようになっていて、一辺からは甚弥の顔がのぞいていた。その左隣には新八郎の体が映っていたが、首でも斬られたかのように顔がなかったのだ。

打ちつけた右のまぶたが、ずきりと痛んだ。

とっくの昔に目は治っているというのにだ。

「問題は新八郎の寿命よ。水鏡に首が映っていなかったということは、あと三年の命じゃぞ」

その時、襖のむこうで大声がひびいた。

「誰の命が三年なのじゃ」

あらわれたのは、荒川新八郎であった。怒りのためか、顔が朱にそまっている。

「か、勘違いするな。みな、お主のことを心配しておるのじゃ」

馬廻衆の弁解を、荒川新八郎は鼻で笑った。

「天下に鳴りひびく織田の馬廻衆が、井戸の迷信ひとつに女のように騒ぎおって」

「しかし、お主も井戸の水鏡に己の首がないのは見たのであろう」

ひとりが恐る恐る声をかける。

「たしかに見えなんだが、それは霧が井戸のなかに残っていただけにすぎぬわ」

ちがう、と甚弥は思った。なぜなら水鏡に映っていた荒川の顔があるべき場所には、天をおおう杉の巨木が見えたからだ。もし霧に隠れていたなら、どうして荒川の顔の後ろにあったものが水面に映るのだ。

「お主ら、まさか神仏や物の怪の類を信じておるのか」

「い、いや、それは……」

何人かが言いよどむ。

「天下布武(てんかふぶ)をになう織田家の馬廻として恥ずかしくないのか」

仲間たちの沈黙が深くなり、荒川新八郎のこめかみに血管を浮かばせた。

「ならば、わしが証明してみせよう」

みなが、荒川新八郎を見上げる。

「今より三年以上生きれば、姿見の井戸の言い伝えが迷信であったことがわかろう。わしは三年間、生きぬいてみせる」

## 五

以前は緑におおわれていた葦原は、枯れた茶色に染まっていた。

ふたたび長島の地を埋めつくすのは、四万の織田軍だ。趣向を凝らした兜の前立が、武者たちの存在をことさらに誇示している。一際目をひくのは、やはり荒川新八郎の〝運ハ天ニ在リ、死ハ定メ〟という前立であった。

甚弥は遠目からでも荒川の前立を確認することができた。小刻みにふるえているのは、きっと武者震いだろう。待ちに待った合戦に、気が高ぶっているにちがいない。

雑兵をかきわけて、甚弥は主のもとへと急ぐ。高野山からもどって、甚弥は元服した。背は低いままだが、前髪がとれた頭に乗せる陣笠の肌触りにもずいぶんと慣れた。

味方をよけながら、異和を感じた。荒川新八郎の前立が、軍のなかほどから動く気配がない。いつもなら、とっくの昔に前へ行っているはずだ。やがて、血錆のついた槍をにぎる主の背中が見えた。

「申し訳ありませぬ。物見がやっと終わりました」

秋も深まった九月だというのに、荒川新八郎はびっしょりと汗をかいているではないか。前回の長島攻めでも汗をかいていたが、あれは夏のころのことだ。今は、秋である。

「新八郎様、前へ出ましょう」

甚弥が先導しようとするが、どうしたことか主は同じ場所で突っ立ったままだ。

「ここでは首を取り損ねますぞ」

「ああ」と、荒川新八郎は気のない返事をした。何かがおかしい。無理やりに主人の腕をとると、「待ってくれ」と上ずった声で制止された。

「い、いかんぞ。見ろ、槍が血で錆びておる。これでは使いものにならん」

甚弥は耳を疑った。一体、何を言っているのだ。前の長島攻めも、錆びた槍で首をあげてきたではないか。

後方から太鼓の音が轟く。

「寄せ太鼓だァ。突撃するぞ」

あちこちから鯨波（とき）の声もあがる。

「さあ、早う。攻めよとの合図ですぞ」

腕を無理やりとって主を引っ張ると、やっと動きだした。甚弥は先陣に遅れまいと走るが、新八郎の足は亀のように遅い。

「どけ、邪魔だ」

後続の兵が、甚弥と新八郎のあいだに割ってはいった。主を握っていた手がはがされる。人の奔流に巻きこまれた。甚弥は、必死に首を後ろへ回す。〝運ハ天ニ在リ、死ハ定メ〟の前立が、ポツンと突きでていた。それは前に押される甚弥とどんどんと距離が空き、やがて見えなくなる。

岐阜城へともどる織田の馬廻衆は、まるで敗軍のようだった。こたびの長島一向一揆攻めはいくつもの城を落としたが、またも撤退途中に一向衆の伏兵にあったのだ。だけではなく、織田信長があわや討ち死にというところまで追いつめられた。

そのせいで、勝ち戦にもかかわらず馬廻衆は怒りと疲労をもてあましていた。それは甚弥も同様だ。前を歩く主の荒川新八郎を見ると、さらに怒りと疲労が濃くなる。結局、長島の戦いでは兜首はおろか雑兵首さえ、新八郎はとることができなかった。あまつさえ信長が襲われた奇襲戦でも右往左往するばかりで、醜態をさらしたのだ。

「おい、甚弥、殿がお呼びじゃ」

馬廻衆が声をかけた。

最初は信長が荒川新八郎を呼んでいるのかと思い、主の背中を指さすと馬廻衆が首を横にふった。今度は甚弥自身を指さすと、「早くしろ。殿は待たされるのがお嫌いじゃ」と叱責が飛ぶ。

甚弥は騎行する信長のもとへ走りよった。はおる異国のマントは血泥で汚れ、奇襲戦の苛烈さを物語っている。馬を止めない信長に、どう平伏するべきか迷っていると「歩きながらでよい」と下知(げち)が飛んだ。

「お主、新八郎とともに高野山へいったであろう。何があった」

「どういうことでございましょう」

「とぼけるな。高野山に入山して以来、新八郎めの様子がおかしい。今日の戦で、それを確信した。あ奴め、なぜ武辺(ぶへん)の心を忘れた。高野山で何があった」

前をむいたまま信長がきく。天上人の質問に甚弥の頭は混乱し、上手くしゃべれない。

「思いついたことから口にせよ。貴様が順序立てて申上することなど期待しておらん」

甚弥は高野山でおこったことをポツリ、ポツリと語りはじめた。濃霧のなかで謎の尼にあったこと、姿見の井戸をのぞいたこと、そこに新八郎の首が映っていなかったこと、さらに岐阜城に帰ってから、迷信と証明するために三年以上かならず生きのびる賭けをしたこと。

「新八郎様は、姿見の井戸の怪異で武辺の心を忘れてしまったのでしょうか」

「この世に怪異などは存在せん」

「では、なぜ水鏡に主人の顔が映っていなかったのでしょうか」

「わからん。が、かならずカラクリがある」

信長は鋭い目を虚空へとむける。

「水鏡の謎はわからぬが、新八郎が武辺の心を忘れた理由は見えた」

「それは、やはり怪異のせいでしょうか」

あるいは神仏を恐れる心が、新八郎の心を狂わせたのか。

だが、信心の欠片もない新八郎が、なぜそこまで恐れるかが甚弥には疑問だった。

「奴に臆病風をふかせたのは、馬廻衆との賭けよ。三年間、生きのびると決めたのが原因じゃ」

甚弥はますます意味がわからない。

「新八郎の前立を見ればわかる。〝運ハ天ニ在リ〟、つまり矢弾が当たる外れるはただ運がいいか、悪いかだけ。神仏への信心など無関係と言っている」

それには躊躇なく甚弥はうなずいた。

「次の〝死ハ定メ〟は、死の覚悟を決めて戦うという意味だ。新八郎は、神仏に祈願する暇があれば敵との間合いをつめる。矢弾を避ける暇があれば、一回でも多く槍を突く。新八郎のこの覚悟こそが、奴を豪傑たらしめていた」

甚弥は何度もうなずいた。

「だが、そんな新八郎が三年間、生きぬくという約定をしてしまった。神仏を信じぬがゆえの賭けだが、これで奴は生への執着を知った」

「生への執着ですか」

今度は信長がうなずく番だった。

「勝気な荒川のことだ。凄まじい気迫で三年生きのびる——どんな手を使っても死なぬ、と誓ったであろう」

信長の乗る馬も何かを理解したのか、グルルといなないた。

「強すぎる生への執着が死の覚悟をゆらがせ、新八郎に臆病風をふかせたのじゃ」

思わず甚弥は立ち止まる。信長の言葉が驚くほど理解できたからだ。

遅れて信長も馬を止めた。

「新八郎様は、ずっとあのままなのですか」

「いや、ひとつ手がある」

信長が初めて甚弥の目を見る。

「三年間生きぬくのだ。そうすれば、新八郎は己に課した呪縛から解き放たれる」

三年――と甚弥はつぶやいた。

「甚弥と言ったな。三年のあいだは、お主が新八郎を支えろ」

懇願するような口調に思えた。

「臆病者を三年養うは天下布武の理（ことわり）に反するが、奴の武勇は捨てがたい。何より若きころ、ともに悪事を働いた腐れ縁もある」

信長の目に厳しさ以外のものが宿るのを、甚弥は初めて見た。

## 六

高野山の怪異から三年の月日がたとうとしていた。甚弥の細かった腕もたくましくなり、きこむ具足の重みも意識しないようになっていた。敵前逃亡しようとする荒川新八郎を何とか押しとどめ、戦場でかわりに槍を繰りだすこともあった。さすがに兜やっていた。
首をあげることはできなかったが、いくつかの雑兵首をあげて、新八郎の手柄にして
それも、あともうすこしで終わる。
「新八郎様、あと一日ですぞ。これで三年が終わり、姿見の井戸など迷信だったこと
になるのです」
「ああ」と、新八郎は生返事をかえす。枯れた茂みを思わせる髭、野良犬のごとき卑
屈な目、かぶる兜の前立の〝運ハ天ニ在リ、死ハ定メ〟の文字の何と皮肉なことか。
「そう、これで終わりよ。新八郎との賭けも長島の一向一揆もな」
甲冑に身をつつんだ馬廻衆がやってきて、甚弥と新八郎の肩を親しげに叩く。今、
織田軍は三度目の長島攻めを行っていた。一向衆の城を十重二十重に囲み、槍や旗指
物が長島の地に生える葦をおおいつくしている。
「散々我らに仏罰が下ると脅しおったのに、それがこの様よ」
談笑していた馬廻衆の声がピタリと止んだ。
兜に手をやって隙間をつくり、耳をすます。
「陣太鼓じゃ」
「味方か」
「いや、ちがう」

「一向衆め、攻めてきおった」

馬廻衆が総立ちになった。甚弥も拳をにぎる。荒川新八郎は、槍にしがみつくようにして腰を浮かした。

まず襲ってきたのは〝南無阿弥陀仏〟の大合唱だ。

数で上回る織田の槍衾（やりぶすま）に、一向衆が殺到する。胴丸をつけている門徒はわずかだ。ほとんどが上半身裸で、竹槍や錆びた刀を手にしている。兵の数でも武器の質でも、織田軍に敵うはずがない。にもかかわらず、槍衾へ近づく足を一切緩めない。どころか、逆に今まで以上に強く地面を蹴る。

あちこちで血しぶきが吹きあがる。肉が裂け、骨が削れる不快な音が、甚弥の耳に容赦なく注ぎこまれた。

自ら貫かれにいく同朋を見ても、誰ひとりとして退かない。背を見せれば、無間の地獄に落ちると信じている。その証拠に、槍衾に貫かれた骸（むくろ）の表情は仏のように穏やかで悦楽に満ちていた。

「あっ」と声にだした。

新八郎が槍を投げ捨てて、逃げようとしている。

「待ちなされ」「くるぞ、くるぞォ」

甚弥の制止の声に、馬廻衆の悲鳴が重なった。ふりむくと、織田の槍衾をひとりの門徒が突破したところだった。たちまち織田の前陣が崩される。織田の馬廻衆が抜刀した。

逃げる新八郎の足は、さらに速まる。

「くそ、甚弥、追うな。お前は戦え」

死線に身を投げだす馬廻衆と逃げる新八郎の狭間で、甚弥は逡巡した。

その時、頭をよぎったのは信長の言葉だった。

――三年のあいだは、お主が新八郎を支えろ。

「みなさま、申し訳ありませぬ。かならず新八郎様を連れもどすゆえ、しばしお待ちください」

甚弥は、逃げる主を追った。

何度も転んだのか、荒川新八郎の鎧はボロボロになっていた。かろうじて無傷の兜が、ひどく滑稽に見える。いつのまにか刀も捨てていた。追う甚弥は、背中に戦場の喚声を聞く。だんだんと音が小さくなっていく。あの音が聞こえるうちに新八郎に追いついて、連れもどさねばならない。

新八郎がよろめいた隙に、甚弥は足を速めて飛びかかった。

「はなせ、甚弥」

「いえ、はなしませぬ」

「たのむ。今日さえ生き延びればいいのだ」

甚弥は返答の代わりに、歯を食いしばってすがりつく。

突然、太ももに熱を感じた。灼熱の鉄片を押しつけられたのかと思った。悲鳴とともに腕をはなす。太ももに、新八郎の鎧通(よろいどおし)（短刀）が刺さっていた。

「これでもう誰もわしを追えまい。やったぞ。三年を生きぬいたぞ」

狂気を孕(はら)んだ目で、甚弥は見下ろされた。

その時、水滴が落ちる音がした。ごく小さなひびきだったが、甚弥の耳にもたしかに聞こえた。新八郎も同様だったようで、辺りを見回している。いつのまにか、うっすらと靄がかかっていた。ふたたび水音がした。今度はさっきよりずっと近くで。

石造りの井戸があった。靄がかかった雰囲気は、どこかで見た覚えがある。

まさか高野山の姿見の井戸か。

いや、ちがう。

姿見の井戸は鬼門らしき一角が欠けていたが、今あるのはちがう。

「姿見の井戸め、またあらわれおったか」

だが荒川新八郎には、その区別はつかなかったようだ。

「今日で三年だ。わしは間違いなく、生きのびたぞ。それでも首を映さぬか」

目を血走らせながら、新八郎が井戸へと歩く。蓋をかぶせるように白靄がかかっており、両手で乱暴に払い井戸をのぞきこんだ。

太ももを押えて立ちあがり、甚弥も走りよる。

水鏡に映ったものを見て、思わず甚弥はうめいた。水面はごく近くにあり、ふたりの男を鏡のように映していた。ひとりは甚弥自身であり、驚きで顔がゆがんでいる。左隣のもうひとりは荒川新八郎だった。水鏡の縁に、鎧をきこんだ胴体が突きでていた。その上に首があり髭面の顔が乗っている。太い眉と目もある。

〝運ハ天ニ在リ、死ハ定メ〟の前立がゆらめいていた。

甚弥は恐る恐る新八郎を見る。水鏡ではなく、すぐ横にいる本物を。体が小刻みに揺れ、嗚咽(おえつ)を漏らしている。まさか、主の目には首が見えていないのか。首をねじこんで下から新八郎を凝視すると、瞳に文字が映っていた。

――運ハ天ニ在リ、死ハ定メ

眼球と水面が、合わせ鏡になっている。

「死ハ定メ」とポツリとつぶやいたのは、新八郎だった。

突然、耳をつんざく咆哮（ほうこう）が聞こえた。甚弥は戦場へ顔を戻す。味方の陣太鼓が轟いている。寄せ太鼓の旋律でなく、退き太鼓——退却の合図だ。かつて聞いたことがないほど音が乱れている。

霧が晴れて遠目に見えたのは、駆逐される織田兵の姿だ。

「おのれ」と叫んだとき、膝をついた。新八郎に刺された傷が痛む。かろうじて井戸に手をつき、体を支えた。

突然、石造りの井戸が震動する。水鏡が揺れ、映った人物をゆがませた。

荒川新八郎が天にむかって吠えている。

さらに一声激しく叫び、新八郎は石造りの井戸の縁に顔面をぶちあてた。一度でなく何度も。まるで顔面で井戸を破壊するかのように。

新八郎は頭をあげた。そこには懐かしい顔があった。太い眉と髭は針のごとくそそりたち、血走った目は闘志で輝いていた。

「わしはたわけじゃ。命を惜しんで、何が武士（もののふ）か」

新八郎は戦さ場の方向を睨みつけた。

斬り刻まれる織田兵と斬り刻む一向衆がいる。

「いけませせぬ。今もどっても犬死です」

だきつこうとした甚弥を、拳骨が襲う。渾身の一撃で吹き飛ばされ、井戸の石壁でしたたかに頭を打った。


肩を揺り動かされて甚弥は目を覚ました。上体をおこすと、手負いの織田兵が大勢寝ころんでいた。痛む頭をさすっていると、己に声をかけたのが傷口に布を巻きつけた馬廻衆だと気づく。周囲は柵で囲まれており、どうやら織田の本陣にいるようだ。葦で囲まれた長島城が燃えているのが、遠くに見える。

「甚弥、気づいたか」と言われ、我にかえった。

「新八郎様は、新八郎様はご無事ですか」

甚弥は馬廻衆のひとりにすがりつく。

「喜べ」と、返答があった。

「では……」

「うむ、見事に名誉の討ち死にを遂げた」

すがりついていた手が、こぼれ落ちる。

「うちじに」

「凄まじい武者ぶりだった。槍や刀ももたずに一向衆のなかへ躍りこみ、得物を奪い、力の限り戦った」

今度は、馬廻衆が甚弥の肩に手をおいた。

「新八郎がおらねば、我々は死んでいた」

気づけば、数十人の織田兵に甚弥は囲まれていた。みな、血だらけの布を巻きつけている。

「古今東西、あれほどの勇士はもうでてこんだろう」

囲むすべての武者が一斉にうなずいた。

## 七

「甚弥、貴様、本当に荒川家を去るのか」

顔見知りの馬廻衆のひとりが、荒川家の屋敷までやってきていた。荷造りをしていた甚弥はしばし手を止める。部屋の窓からは、山上にある岐阜城の天守閣が見えた。

「はい、若君にはもうお許しはいただきました」

荒川新八郎亡き後は、まだ元服もしていない嫡男が荒川家の跡を継ぐことになった。

「だからこそ、貴様は残らねばならぬだろう。新八郎の嫡男を支えるのは、お主しかおらぬではないか」

甚弥は黙って作業を再開した。

「まさか、姿見の井戸の迷信を恐れているのか」

　思わず手が止まる。甚弥は馬廻衆の言葉を否定できない。荒川新八郎は三年を生き延びることができなかった。

「申し訳ございません。拙者は、疲れてしまいました。戦う気力が湧かぬのです」

　偽らざる気持ちだった。どんなに人事をつくしても、呪いに取り憑かれると逃れることができない。足掻くだけ無駄ではないか。

　門のところには、さらに十数人の馬廻衆がいた。みな、険しい顔で甚弥を見ている。素早く一礼して、彼らに背中を見せた。

「待て、甚弥」

　半身でふりかえると、そこに息を切らせる男がいた。この男は馬廻衆ではなく、織田信長の近習(きんじゅう)だったはずだ。それほど面識はないはずだが。

「お見送り、感謝いたします」

「たわけ、ちがうわ。殿がお呼びじゃ」

　殿とは誰のことか、またしても甚弥はわからなかった。

「ええい、何を呆(ほう)けておる。早う、城へあがれ」

　山上にある岐阜城の天守閣を指さされて、甚弥は織田信長に呼びだされたことを理解した。

甚弥は謁見の間で信長と対面していた。両側には家老たちがならんでいる。いつもは前かがみの信長が、脇息(きょうそく)に身をあずけている。

「お主を呼んだのは、他でもない。姿見の井戸の怪異の原因を突き止めたからよ」

信長が手を叩くと、ひとりの小姓が一枚の紙をもってきた。そこには、小さな黒点がひとつ書いてある。

「右目を閉じ正面を見たままでいろ。紙を外へ動かす。異変がおこるはずじゃ」

小姓が紙を甚弥の前にかざし、ゆっくりと左へと位置をずらす。甚弥の視界のなかの黒点も移動する。

「あ、ああっ」と、甚弥は叫んだ。突如、黒点が消えた。小姓が手にもつ紙や周囲の風景は、すべて見えているというのにだ。

「黒点が見えなくなったであろう」

甚弥には、ただ無地の紙にしか見えない。さらに小姓が紙を動かすと黒点がまたあらわれ、左へ動いていく。

「どういうことじゃ、黒点が消えたぞ」

いつのまにか、諸将もふたり一組になって黒点のついた紙を動かしていた。みな、驚きの表情を見せている。

「わしもなぜかまではわからぬが、すべてのひとの目は、ある部分に盲(めし)いた一点がある」

信長が自身の左目を指さして見せた。

信長が甚弥らに示したのは〝盲点〟だ。人間の視界には、人体の構造上認知することができない一点がある。視神経と網膜が接する部分である。視界の中央よりすこし外側にあり、普段は視界の欠損を自覚することはできない。

「つまり、高野山での出来事は怪異でも何でもない。姿見の井戸に、荒川新八郎の顔が映らなかったのは、たまたま盲いた一点に新八郎の首の部分が重なったにすぎない」

居並ぶ諸将がどよめいた。

そう言われてみれば、荒川新八郎は右目がほとんど見えなかった。だから、姿見の井戸をのぞきこんだ時に、すこし右をむいていた。左目だけで見る状態だ。水鏡に映った首が、ちょうど盲点に位置していてもおかしくない。また甚弥がのぞきこんだ時は右目を痛めており、片目だけで見ていたことを思い出した。新八郎のすぐ横にいたので、盲点の位置に重なっていたのだ。

「で、では、新八郎様が討ち死にしたのは呪いではないのですな」

「新八郎めが死んだのは、呪いのせいではない。それよりもっと大きな、大義や名誉のためだ。奴自身の信念に殉じたのだ」

筆頭家老の柴田勝家が、信長の言葉をひきとった。

「新八郎がおらねば、長島ではもっと多くの将や足軽が死んだはずだ」

居並ぶ諸将たちが腕を組む。そして目を閉じた。

その所作は、まるで誰かの死を悼むかのように甚弥には思えた。

# 八

「こ、こ、これが戦場か」

ふるえる声の主は、先日元服して父の〝新八郎〟の名を継いだ荒川家の長男だ。額からは脂汗が流れ、ふるえるあごから雨滴のようにしたたっていた。いや、事実、数日つづく梅雨の雨が、若き主人の顔を容赦なく湿らせている。

甚弥ら主従は、今、長篠設楽原（ながしのしたらがはら）の戦場にいる。眼前には精強を誇る武田（たけだ）騎馬隊の大軍がひしめき、静かだが重厚な殺気を放っていた。それが、雨霞をさらに濃くするかのようだ。

甚弥は、自陣へと目を戻す。

本陣のずっと向こうで、護摩壇（ごまだん）が赤々とした炎を立ちあげていた。その前で祈りを捧げる男がいる。村の百姓のようなずんぐりした大きな体格の持ち主だ。雨が止むように、天に祈禱しているのだ。その背後では、何人もの武者がかしずくように手をあわせている。五芒星や六芒星の紋をいれた男の姿も目につく。五芒星と六芒星は陰陽師の紋で、それぞれ安倍晴明とその好敵手の蘆屋道満を示すと言われている。

　雨が降りつづけば、鉄砲は使えない。その状態で武田軍と戦えば、多くの犠牲がでる。それゆえに皆は必死の面持ちで、祈禱する男を見つめていた。

　祈禱師は山中（やまなか）の猿と呼ばれ、出陣の吉日などを占う信長の軍師だ。といっても、山中の猿が信長に吉兆の判断を告げたところなど見たことがない。ただ、必死に祈るだけである。

　ふん、と甚弥は鼻で笑った。

「甚弥、我らも祈ろう。このまま雨が降りつづけば……」

　青い顔で、若き主は言う。威厳を取り繕うためのつけ髭が、外れかかっていた。荒川新八郎の形見の兜の何と重そうなことか。

「新八郎様、こんなもの虚仮威（こけおど）しですぞ」

　甚弥はつけ髭をむしりとった。内心で、山中の猿殿の祈禱と何ら変わりませぬ、とつぶやく。まさか、信長が祈禱を信じているわけではなかろう。信心深い部下の恐怖心を和らげるための飾りだ。神仏には頼らぬが、部下の信心は利用するのが信長だ。

　髭をとられたことに気づかぬのか、若き主が目を潤ませながら顔を近づける。

「わしは父とはちがう。父のようにはなれぬ」

「そんなことはありませぬ。お父上も臆病な方でした」

「偽りを申すな」と、嫡男は目に涙をためて叫ぶ。

「いえ本当です。お父上は誰よりも臆病な方でした。ですが、弱い心に鞭打って武辺の士として名を轟かせたのです」

「なら、教えてくれ。どうやって、弱い心を強く変えるのだ。そうか、神仏にすがるのだな」

新八郎は護摩壇の前の山中の猿に近づこうとした。

「神頼みなどしませぬ」

甚弥が無理矢理に、新八郎を引き止める。

「亡き主が、戦の前にやっていた儀式があり申す」

甚弥は亡主の形見の兜から前立を外し、それを武田軍へとかざしてみせた。

「臆病の心はたちまち消え失せます」

「本当か」

「はい。その儀式とは単純明快、この兜の前立の文字を大声で叫びあげるのです」

キラリと前立が太陽の光を反射する。

おや、と思い空を見ると、雲が割れ太陽がのぞいているではないか。

「そんなことで勇ましくなれるのか」

「先代の新八郎様が証明済みでござる。ただし、腹から大声をださねば霊験はありませぬぞ」

厚い雲は割れ、強い日ざしが大地にふり注ぐ。

「いきますぞ」

ふたり同時に空気を吸いこんだ。そして、陽光をうける武田の騎馬隊へむかって叫ぶ。

――運ハ天ニ在リ、死ハ定メ

# 偽首（にせくび）

# 序

病首(やまいくび)、拾首(ひろいくび)、死首(しにくび)、冷首(ひえくび)、小児(こども)の首、女首(おんなくび)、作首(つくりくび)、偽首(にせくび)、奪首(ばいくび)

戦場において敵の首をあげることは、何よりも優先された。
ゆえに、不正も多い。
不覚働きという戦場の褒められざる行為のなかに、首に関する言葉が多くある。

病首は、残された敵の傷病者を殺し首をとること。
拾首、死首、冷首は、戦場の死体の首を漁ること。
小児の首、女首は、非戦闘員を殺し首を得ること。
作首は、小者の首に兜をかぶせ高位の首を偽装すること。

なかでも最も侮蔑されたのは、偽首や奪首――味方の者が討ちとった首を奪うことだ。これらは味方討といって、味方を殺す罪も付随することが多い。味方討の刑罰は重く、本人だけでなく妻子両親まで処刑する家中もある。

首をあげる競争の激しさ、そこに端を発する不正が、戦国の世にいかに多かったかがわかる。

大将首ともなれば、別人が討ったという異説はつきものだ。

信長の名を日ノ本中に知らしめた桶狭間（おけはざま）の合戦もしかりである。

今川義元（いまがわよしもと）の首は、毛利新介（もうりしんすけ）がとったのが定説だ。義元は、毛利新介の指を喰いちぎる壮絶な抵抗を見せたという。

が、『武家事紀』には、討ちとったのは別人だと異説も掲載されている。つまり、毛利新介は奪首の罪を犯したのだ。が、謎がある。いかにして、毛利新介は首を奪ったのか。なぜなら、首を奪われたのは服部小平太という武者だが、彼は死んではいないからだ。服部小平太が黙っているはずがない。

『信長公記（しんちょうこうき）』には、桶狭間の合戦に関する興味深い記述がある。

毛利新介が斯波（しば）家の御舎弟を助けた冥加（みょうが）がたちまちあらわれ、義元の首をあげることができた。

桶狭間で今川義元の首をとったのは誰か。

斯波家の御舎弟を助けることで、一体どんな冥加があらわれたのか。

答えを知っているのは、ただ義元の首のみである。

## 一

口を締めつける猿轡は、血の味がした。後ろ手に縛られた腕は、もう感覚がない。

夜叉丸のすぐ目の前で地面がゆれ、時々、額が引きずられ砂煙があがる。

「この餓鬼、重いな」

頭の後ろから声が降ってきた。

「餓鬼なんて失礼なことを言うんじゃねえ」

「ああ、そうだったな。仮にも若武衛様の弟君だったっけ」

兄弟とおぼしきよく似た声には、嘲笑が濃く混じっていた。

肩や腰のあちこちが、固い地面に何度も当たる。己を縄で縛り運ぶ服部兄弟が、乱暴に腕でも振りまわしたのだろう。思わず、夜叉丸はうめき声をあげた。

「おい、このへんがいいんじゃねえか」

「ああ、たしかに、死体がいっぱいあるな」

己の体が地面に受け止められたことを、夜叉丸は痛みで知る。顔をあげると、周りは甲冑をきこんだ死体で埋めつくされていた。

「見ろ。こうすりゃ、見事、生け捕ったはいいものの、力つきて死んだような感じだろう」

兄弟のひとりが、木の幹に骸(むくろ)の一体をたてかけた。肩には合印(あいじるし)と呼ばれる敵味方を示す布きれがあり、深い藍色のそれは織田弾正忠(だんじょうちゅう)家の印である。

「で、若君には清洲織田家の合印をつけると」

服部兄弟のひとりが、夜叉丸の肩に朱色の布を巻きつけた。織田弾正忠家の敵である、清洲織田家の合印だ。

「わざとらしくならねえように、骸を足すか」

もうひとりが死体をひきずって、夜叉丸を隠すように配した。

死体に夜叉丸が囲まれた時、陣太鼓の音が轟く。

遅れて、勇ましげな鯨波(とき)の声も押しよせてきた。

「あー、やっぱり味方は勝ち戦だな」

「首取り損ねたなァ」

「よく言うぜ。兄者がこの仕事を志願したくせに」

「落ちぶれたとはいえ、尾張守護の若武衛様のご命令だしな」

兄弟が同時にしゃがみ、夜叉丸の顔をのぞきこむ。双子かと思うほど、顔はよく似ている。織田弾正忠家の侍、服部小平太と小藤太兄弟だ。

「さあ、今から我らが織田弾正忠家の軍がやってくるはずだ」

片頬をねじあげて、兄弟のひとりが笑った。

「手柄をたてたくて、うずうずした奴らだ」

「まあ、おれたちも大して変わんねえけどな」

「そこで、敵の合印を身につけた夜叉丸様が転がっている、と」

ひとりが夜叉丸の肩にある布きれをなでた。

「そう、見るからに高位の侍の子とわかるナリをしてな」

もうひとりが夜叉丸の前髪を指で弾く。

「お行儀がいいとは言えねえ弾正忠家の侍が、虜囚として連れてってくれるかな」

「ハハハハ、おれならそんなことはしねえ」

「ああ、首をかっきって、討ちとりましたと言うだろうさ」

天をむいて、ふたりは笑いあった。

「恨むならおれたちじゃなく、兄の若武衛様を恨みな」

ただもがくことしか、夜叉丸にはできない。

「おい賭けるか。この若様、どーなると思う」

問いかけに、服部兄弟のひとりが首をかしげた。

「敵と勘違いされて、首斬られる方に握り飯十個」

「おれは、見つからずに野垂れ死ぬ方だな」

生いしげる藪（やぶ）や折り重なる死体が夜叉丸の目にはいった。すこし体を動かす程度では、誰にも見つけてもらえないだろう。

鯨波の声が大きくなってきた。

「こうしちゃいられねえ、戦に加わるか」

「じゃあ、いく前に、仕上げだ」

兄弟のひとりが近寄り、刀をぬく。何の躊躇もせずに、きっさきを夜叉丸の脇の下へと刺した。痛みが肉を深くえぐる。一瞬遅れて、脇下が熱をもつ。口を開けて叫ぶが、猿轡のために音に変じることはなかった。

「兄者は、仕事が丁寧だなァ」

「だろ。もし二、三日も見つからなかったら、縄が緩むかもしんねえしな。まあ、この傷なら一日いや、半日はもつか」

服部兄弟が刀を乱暴に引きぬいた。

「じゃあな、若様、せいぜいお人よしに見つかるように祈っておきな」

藪のむこう側から槍や刀を打ちつける音がしていたのは、わずかな間だけだった。戦は、風に吹かれる雲のように夜叉丸の横を通りすぎていった。

脇からしたたる血が、体の熱を奪っていく。

ふと、藪が動くのが見えた。枝がおれる音もつづく。

あらわれたのは、ひとりの男だ。年齢は三十代の半ば。黒目がちの瞳は、冬眠からさめたばかりの熊を思わせる。

藪からはいでてきた男の肩には、織田弾正忠家の藍色の合印がある。服部兄弟がおいた骸へと近づく。どうやら偽りの手柄――死首をとるために、死体をあさりにきたようだ。何体かの骸に近づくが、落胆の色を見せる。

「畜生……味方の首じゃだめだ。敵の首をとらねえと」

男の大きな瞳が夜叉丸をとらえるのに、そう時間はかからなかった。

「虜囚か」と、男がつぶやく。縛られた全身に、男の目差しがはう。夜叉丸が身にまとう、清洲織田家の朱色の合印を見つけたのだろう。

「そうか、こいつを捕らえた味方は息絶えたのか」

武者の骸を見つつ、つぶやいた。

男は短刀をぬいたが、きっさきが大きく揺れている。

「恨むなよ。首をとらなきゃ、毛利家は潰されるんだ」

すりよるようにして近づいてくる。

奇妙だなと思った。短刀をにぎる男の右手が、おかしい。

人差指の関節があらぬ方向におれて、曲げることができないようだ。

「わしはこうでもせねば、首をあげることができんのじゃ。悪く思うな」

夜叉丸にというより、自身に言い聞かせているかのようだった。

だが、短刀は動かない。

「ま、前髪があるということは、まだ元服前か」

うなずくと、男の顔が激しくゆがむ。

「お主、生きたいか」

躊躇なく、首を左右にふる。生き残ったとて、いつか兄になぶり殺しにされるだけだ。

「そうか」とつぶやいて、男は短刀をゆっくりと頭上にかざす。動揺しているのか、きっさきがさきほどよりも激しくゆれていた。

ずぶり、と音がひびく。

眼前には、地に深く刺さる短刀がある。夜叉丸のすぐ横で、男がうずくまっていた。

「わしは馬鹿じゃ。童(わらし)ひとり、殺せぬのか」

固い地面を拳で叩きつつ、男は何度も何度も叫ぶ。

「なんじゃ、これは」

夜叉丸を助けた男の顔がゆがんだ。止血をしていた手から、布がポロリと落ちる。夜叉丸の右胸には、生々しい傷があったからだ。ただの傷ではない。傷は円を描き、そのなかに太いふたつの横線が走っていた。明らかに、何かの紋様である。

「この傷、足利二ツ引(ふたびき)ではないのか」

傷の正体を言い当てられ、夜叉丸は思わず手で隠す。

「兄につけられた傷です」

大方の止血は終わっていたので、夜叉丸は上着を身につけた。

「兄だと？　なぜ、兄が斯波様の家紋を刻みつけるのじゃ」

尾張で足利二ツ引の家紋を掲げるのは、守護の斯波家しかありえない。

ちなみにこたびの合戦は、斯波家に反逆した清洲織田家を織田弾正忠家が討ったものだ。

「私はその斯波家の一族です」

目を伏せて夜叉丸が答えると、絶句する気配が伝わってきた。

「斯波様の一族なのに、なぜ敵方の合印を身につけていた。い、いや、おられたのじや」

「私は兄に疎まれておりまする」

「兄？」

「はい、若武衛様が私の兄です」

ゲエッとうめいて、男は後ろへと飛びのいた。若武衛様とは尾張守護・斯波義銀のことだ。

「も、もしや、あなたは夜叉丸様か」

ゆっくりとうなずく。

「妾の子である私を、兄は恨んでおります。胸の家紋の傷は、兄によるものです」

悲愴にならぬように、笑いかけた。

が、男は受け止めきれぬとでも言うように、顔を横に何度もふる。

「ご存じのように、わが斯波家は守護代の力なくば生きていけませぬ。いつ下克上されるか、兄は常に案じておりました」

猜疑心のあまり、兄は己の所有するものすべてに足利二ツ引の印を刻むようになった。刀や名物の茶器、和歌集や古事記などの書物、さらには馬や鷹や牛、そして……。

気づけば、上着の胸の部分をにぎり潰していた。

だが、それでも兄は満足できなかった。味方となった弾正忠家の侍の服部兄弟をつかい、夜叉丸を縛り味方に誤殺されるように打ち捨てた。

潔く腹を切ることも、勇ましく戦死することも、夜叉丸には過分だと判断したのだ。

気まずい沈黙が流れる。

「あの、ご兄弟は」

夜叉丸が聞いたのは興味ではなく、会話の継ぎ穂のためだ。

「両親を早くに亡くし、兄弟はおりませぬ」

そう口にすると、男は力なくうなだれた。

「わしは一人ぼっちなのです。ずっと兄弟が欲しいと思っておりました」

指がたよりなく地面をかいている。

「ひとりぼっち？　家人はおらぬのですか」

「館には、誰もおりませぬ」

絞りだすような声だった。

「ろくに手柄をたてぬわしを見限って、みな、毛利の家をでていきました」

この男の姓は毛利というのか。

「臆病者の新介と、みなからも馬鹿にされておりまする」

「新介……、毛利新介殿と言うのですね」

男は無言でうなずいた。夜叉丸は居ずまいをただし、男と正対する。

「毛利新介殿、こたびは命を救っていただき……」

「や、や、やめてくだされ。夜叉丸様のような方が、頭を下げることはありませぬ」

「しかし」

「お願いです。お言葉だけで十分です」

手をあわせて懇願されてしまった。


――毛利新介殿か、変わったお人だ。

身分も齢も隔たっているが、夜叉丸にはなぜか他人のようには思えなかった。

二

「よくも、おめおめと帰ってきおったな」

罪人のように庭に正座させられた夜叉丸に、声が投げつけられた。上目遣いに見ると、若武衛様こと斯波義銀がたっていた。手には、硬い鞭（むち）を握りしめている。

織田信長の居城、那古野（なごや）に宛てがわれた館である。柱には、さきほど彫りつけたばかりと思われる足利二ツ引の家紋があった。兄が気まぐれで刻んだのであろう。庇護されているとは思えぬほど傍若無人な態度だが、幼いころから兄を知る夜叉丸には何の不思議もない。

「弾正忠家も腑抜けの侍がおるわ。敵の合印をつけた武者の縛を解くとはな」

斯波義銀が左右に目をやった。両脇に侍っているのは、服部兄弟だった。

「まさか、おれたちまで腑抜けと思ってるんじゃねえでしょうね」

「助けたのは、毛利新介って腰抜けですよ。同じ弾正忠家だが、新介とご同類にするのはやめてくれませんか」

服部兄弟が不服そうな声をあげた。

「ふん。で、その毛利新介とは何者じゃ」

「おれたちが毎日、根性を叩き直してやってる朋輩ですよ」

「そうそう、この前は指を逆さにおってやったのに、まだ臆病虫が治らねえ」

兄弟ふたりの手際を考えれば、新介がどんな目にあっているかは容易に想像がついた。

大きな舌打ちをしたのは、斯波義銀だ。手にしていた鞭で、壁を力まかせに打つ。気が晴れぬのか、つづいて横にあった襖を蹴った。

「若武衛様、そんなに怒ることはねえですよ。ついさっき、新介の野郎にはきついお灸をすえておきましたから」

服部兄弟の言葉に、夜叉丸は思わず顔をあげた。

「まあ、今回ばかりはきつすぎて、あいつ死んじまったかもしんねえけどな」

「仕方ねえよ、若武衛様を怒らせたんだからな」

兄弟は顔を見合わせて、笑いをまき散らす。

「貴様、誰の許しを得て、立つ」

気づけば、夜叉丸は立ちあがり駆けていた。

兄の罵声を無視して、足を速める。しばらくもしないうちに大柄な男が倒れているのが目にはいった。

「新介殿」

肩がかすかに動き、ゆっくりと顔をあげた。鼻が横におれて、両目が開けられぬほど腫れている。

「大丈夫ですか」と駆けよる。

「ハハハハ」と赤いものを吐きつつ、新介は笑った。

「お、お気になされるな。いつもの……ことでございます。拙者が、臆病だからいかんのです」

血混じりの涙を流しつつ、毛利新介は洟(はな)を盛大にすするのだった。

# 三

「なんだと、夜叉丸を養育したいと申すか」

斯波義銀が、身を乗りだした。横に侍っていた夜叉丸を陰にこもった目で一瞥する。兄の対面には、那古野城の主であり織田弾正忠家の当主、織田〝上総介(かずさのすけ)〟信長がひかえていた。

「上総介、それはどういう存念じゃ」

「乱世なれば、兄弟の分別が大事と存じます。その第一が、嫡流と庶流を正しく分かつこと。夜叉丸様と若武衛様の暮らしを、別にするのが上策と愚考しました」

斯波義銀の表情が険しくなる。しかし、信長はそよ風ほどにも感じていないようだ。

「今のようにご兄弟ともにお暮らしをつづければ、どんな火種が育つかもわかりませぬ」

「上総介、夜叉丸を擁して、斯波家を乗っ取る腹積もりではないのか……」

信長が手をあげて言葉を制する。

「この上総介がひきいる織田弾正忠家は、若武衛様の忠勇なる下僕。夜叉丸様をたてるぐらいならば、どうしてこたび若武衛様のお味方をしましょうか」

「誰の家に引き取らせるつもりだ。佐久間か林か柴田か。見えすいているぞ。夜叉丸を養育する名目で、こ奴に兵と所領を与えるつもりであろう」

殺気がにじむ目で、夜叉丸と信長を交互に睨みつける。だが、信長の眼光に比べれば、猫と虎ほどもちがう。

「それについては、心配は無用です。一案があり申す」

信長は首をひねって、「はいれ」と鋭く声をかけた。襖が音もなく開く。あらわれたのは毛利新介だった。黒目がちの瞳をせわしなく動かしながら平伏する。

「なんじゃ、そ奴は。卑しい者を、なぜこの場に侍らせる」

「毛利新介と申しまして、夜叉丸様をお救いした男です」

覚えていなかったのか、斯波義銀は首をかしげたのち、舌打ちをした。

「ああ、服部兄弟から聞いておるわ」

「この毛利新介に、夜叉丸様ご養育の役目を与えようかと思います。林、佐久間らの重臣の家へ身をよせれば、ご懸念のように兄弟相争う事態になるやもしれませぬ。その点、新介めはわが直臣ではありますが、禄は低うございます」

ホオと、斯波義銀の目尻がたれた。

「家中の恥をさらすようですが、この者、武にも文にも取り柄がありませぬ。適当な役目はないかと、ずっと思案しておりました」

新介の耳が真っ赤に染まるのを見て、夜叉丸は同情した。

「無論、夜叉丸様を他国の寺へとお移しすることも考えましたが」

信長は言葉を濁す。夜叉丸を尾張から追放すれば、他勢力に擁立されるかもしれない。

「上総介、名案かもしれんな」

信長は静かに頭を下げようとする。

「だが、まだ不足じゃ」

信長の頭が途中で止まる。

「おい、新介とやら、貴様、子はいるか」

「い、いえ、妻もおりませぬ」

「では、夜叉丸を毛利の家の子とせよ」

「え」と、思わず夜叉丸は声をあげた。あの織田信長でさえ、唇がわずかに開いている。

「何がおかしい。尾張守護の斯波を名乗る男は、ふたりもいらん」

「しかし、夜叉丸様と新介では家格が」

さすがの織田信長も言葉を詰まらせている。

「まさか、家格のあう侍の養子にせよというのか」

それは、夜叉丸が強力な後ろ楯を手にすることを意味する。

「お待ち下さい。それは、あまりにむごうございます」

いつのまにか毛利新介が、にじりよっていた。

「新介、ひかえろ」

だが、信長の制止を無視して、新介はいう。

「拙者がご養育するだけならまだしも、毛利の家の子とするのは、夜叉丸様のお気持ちをよくお聞きになってからにしてくださいい。一生を決める大事ではございませんか」

兄の斯波義銀の頬が醜くもちあがる。

「それは不要じゃ」

「なぜでございます」

「新介とやら、貴様は器を買う時に器に『わしの家にきてくれ』と声をかけるのか」

「は？　いや、それは」

「貴様も、こ奴の胸に刻まれた家紋を見たであろう」

ウウと新介は声をあげた。夜叉丸も思わず胸に手を当てる。

胸の傷がはげしくうずく。

「あの傷こそが、こ奴がわしの物である何よりの証左よ」

言いつつ斯波義銀は短刀をぬき、床に勢いよく突き刺した。不快な音をたてながらきっさきを走らせ、何かを刻みつける。

「よいか、この尾張にある全ての物、人、土地は、守護たるわしの物よ。それをどうするか、人から指図を受けるいわれはない。わしは室町管領(かんれい)もつとめた斯波家の当主ぞ。そのわしが命じているのだ」

言い終わると同時に、短刀を床から引きぬいた。刻まれたものを見て、夜叉丸の呼吸が荒くなる。足利二ツ引の家紋が刻まれていた。

「この紋が刻まれたものを、わしがどうあつかおうが口出しは許さん。たとえ上総介、お主といえどもだ」

# 四

腰をかがめて、夜叉丸は畑になっていた瓜をもいだ。葉のむこうに、同じように中腰になっている毛利新介の姿も見える。あらぬ角度にのびた人差指が随分と不便そうだが、顔には笑みが浮かんでいた。

「一日収穫が遅れれば、食べ時を逸していたかもしれませんな」

新介がもぎたての瓜に目をやったまま、夜叉丸に語りかける。弾正忠家の侍といっても、新介の家は貧しく、庭を畑にしてやっと生計をたてている。半農半武の侍は珍しくないが、新介の手のいれようは九農一武といった趣きだ。

一段落ついて、新介は懐から帳面を取り出す。

「瓜は去年はほとんど育ちませんでしたが、今年は大きくなりそうじゃ。雨が多いので、種まきをずらしたのが吉とでたようですな」

そう言って、帳面に筆を走らせる。夜叉丸がのぞきこむと、毎日の天候や作業の内容、作物のなり具合がびっしりと書きこまれていた。

「夜叉丸様の元服の儀には、美味い瓜料理が膳にならべられそうですな」

顔を手拭いでふく姿は、百姓そのものだ。

新介が庭の石に腰を下ろしたので、夜叉丸は柄杓（ひしゃく）に汲んだ水をもってきてやった。

「何度も言うように、そんなことはなされますな。本来なら口もきけぬ間柄ですのに」

言いつつも新介は受け取り、美味そうに飲み干した。

「いえ、毛利の家の子となったからには、長幼の序は守ります」

毛利の家にきてから、何度同じ遣り取りをしただろうか。ことあるごとに、新介は夜叉丸を斯波家の息子としてたてる。そのため、ふたりの間柄は義理の親子とも兄弟とも決めておらず、夜叉丸様、新介殿と他人行儀な呼びかけが何年もつづいている。

「そのことでございますが、いかに若武衛様の命とはいえ、毛利のような小さな家に夜叉丸様を縛りつけるのはあまりに不憫」

新介は自身の肩を揉みながら話す。

「殿に、夜叉丸様がもっと家格の高い家の養子にはいれるよう頼んでおりまする」

「どういうことでございますか」

「斯波家への復縁は無理としても、元服のころには立派な侍大将になれるようにします」

「私は毛利の家の子ではなかったのですか」

「他家へ養子に送るのは、夜叉丸様を思ってのこと。ともに暮らし、わかりました。畏れ多いことですが、夜叉丸様の器量は兄の若武衛様よりはるかに上です。な、何をされるのです」

夜叉丸は地に両手をついていた。

「頭をあげてください。さあ、早く」

両脇に腕をさしこまれたが、身を固くして抵抗する。

「願いを聞き届けてもらうまで、頭はあげませぬ」

額を柔らかい土へとめりこませた。

「毛利の家を継がせて欲しい、と言っているのではありませぬ。新介殿が子をなせば、家督は私でなく嫡男におゆずりください」

抱えおこそうとする新介の手が止まった。

「なぜ、毛利の家にこだわるのです。百姓仕事をせねば食っていけぬ家ですぞ」

「家格など、斯波の名前などどうでもよいのです。私は家族が欲しいのです」

暫時、沈黙が流れた。

「お顔をおあげください」

「いえ、新介殿が私を毛利の子として迎えてくれるまであげませぬ」

「だからこそおあげなさい。毛利の家族として迎えましょう」

思わず顔をあげる。

「やれやれ、子とするには年が近すぎるし、弟とするには年が離れすぎている」

新介が太い指で頭をかいている。

「で、では」

「まあ、年の離れた兄弟ということにしておきましょうか」

毛利新介はため息をついたが、その顔は妙に晴れやかだった。

## 五

空は染料を塗ったかのように青く、そこに巨大な入道雲がそびえたっていた。風にふかれ形を変える様子は、今川軍の鯨波の声に応じているかのようだ。

「これが戦場か」と、つぶやく。何でもない風景でさえも、ひどく意味あり気に映った。

かつての夜叉丸こと、毛利河内は兜の隙間からにじみでる汗をぬぐう。

夜叉丸は、毛利新介を烏帽子親として元服し、毛利〝河内守〟長秀と名を変えていた。そして今、初めての合戦を迎えている。ふたりがいるのは、尾張は桶狭間山近くの戦場だ。

今川〝治部大輔〟義元が尾張に攻めよせたのは、数日前のこと。その数は二万を超す。籠城を進言する家老を無視した信長は、朝方急遽出撃した。今川の大軍に野戦を挑むという。毛利河内は、その先駆けの部隊で敵と槍をあわせていた。

服部兄弟と兄の策略によって戦に巻きこまれたことはあったが、実際に戦うのは初めてだ。

腰にくくりつけたものが揺れて、しきりに太ももに当たる。今川方の武者の首だ。毛利河内があげた初めての首である。ずしりと重いが、苦ではない。

「河内よ、気をぬくな。敵が来るぞ」

背後の声にふりかえる。毛利新介が刀を抱くようにして構えていた。体が小刻みにふるえていた。今川の大軍が、毛利兄弟の参加する手勢を呑みこまんとしている。ふたり互いの背を守りつつ、必死に戦った。

「千秋様、佐々様が討ち取られたぞ」

悲鳴混じりの声が聞こえてきた。千秋四郎、佐々隼人正のふたりは、桶狭間山の義元本隊へ突撃した、織田の大将だ。槍衾のむこうの敵陣を見ると、天高く突く槍が二本見え、兜首がふたつぶら下がっていた。

「くそったれ、退くぞ」

怒号がして、織田兵たちが背中を見せはじめた。河内と新介もその波に乗る。

背後から異音が襲ってくる。

思わず、新介と河内は地にしゃがみこんだ。ふたりだけでなく、前方を走る織田の兵たちも同様だ。背中に突きたつ矢を想像し、河内は体を固くする。

しかし、襲ってくるのは音だけだ。

矢叫びとも鉄砲ともちがう。にもかかわらず、聞き覚えがある。

ゆっくりと首を後ろへむけた。追撃もせずに、今川の兵たちが破顔している。笑い声の隙間をぬうように、旋律がとどく。

「鼓の音……謡を唄っているのか」

高くはない桶狭間山の頂きに今川陣があり、朱塗りの輿が見えた。その上に武者が乗っている。目を細めると、金の龍飾りの兜が見えた。白粉でも塗っているのか、顔は真っ白だ。

この東海で朱塗りの輿に乗ることが許されるのは、今川〝治部大輔〟義元しかいない。輿をそえるように、入道雲が形を変える。

「命がけは、おれたちだけってわけか」

織田の兵たちが立ちあがるが、もう先ほどのような覇気はなかった。みな、槍や刀を重そうに引きずっている。

河内も立ちあがった。そして、海側にそびえる巨大な入道雲を見た。己自身を鼓舞する意味をこめて、強くうなずく。

「さあ、兄上いきましょう」

地に伏す新介へと手をさしのべるが、震えるばかりでなかなか起きあがらない。

「こ、怖くはないのか。敵は我らの五倍はいるぞ」

「たしかに敵は多うございます。ですが、勝機がないわけではございません」

河内は鎧の隙間から、一冊の帳面を取り出した。新介が作物のなり具合や天候を書きつけたものだ。

「見てください。三年前と十年前の六月、雹混じりの強い雷雨と兄上が書いています」

河内は帳面を指さした。

「そして、こうも書いてあります。一刻（約二時間）ほど前に海に大きな入道雲あり、と」

河内は、新介とともに空を見る。小山のように盛りあがる雲があった。

「天候は合戦の要ゆえ、覚えておりました。沓掛(くつかけ)の古老にも話を聞きましたが、三十年前にも同じように入道雲がでた後、雷雨になったそうです」

帳面を、ふたたび懐へねじこんだ。

「あるいは、雷雨が私たちを助けてくれるかもしれませぬ。大功をあげる好機ですぞ」

## 六

退却した味方へ追いつこうと、毛利河内と新介は走っていた。木陰から織田の旗印が見えるようになった時だ。

「毛利兄弟じゃねえか」

立ちはだかるようにして、ひとりの武者があらわれた。血脂がこびりついた大刀を、無造作に肩にかついでいる。腰からぶら下げた傷だらけの首が、不穏に揺れていた。

「服部兄弟の……」と、毛利河内は口ごもった。

「小藤太だよ。ちと、河内に用があってな」

腰につけた首を振りまわしながら、近づいてくる。

「小藤太殿、何用ですか。戦時ゆえ、簡潔に願いたい」

眼光を強めて、河内は問いかけた。が、小藤太は意に介さない。

「別に用はねえよ」

河内は意味を計りかねた。

「用があるのはおれじゃねえ。小平太兄貴の方さ」

刹那、藪から人影が飛びだしてきた。

斬撃が打ち落とされる。

避けられないと判断したのは理性でなく、本能だった。河内は歯を食いしばり、兜で一刀をうける。頭蓋が砕けるような衝撃の後に、両膝が地についた。立ちあがろうとしたが、足裏が地を踏まない。なんとか手をついて、顔を大地につける屈辱だけは避けた。

「大したもんだ。よけてたら、首筋に刃を叩きこんでたぜ」

斬りつけたのは、服部小平太だった。河内は起きあがろうとするが、それより早く蹴りが飛んでくる。慣れた体捌き（たいさばき）で、河内の両腕を脚のあいだに挟み、短刀を首へと突きつけた。

「河内よ、たのみがあるんだ。貴様のとった首、ゆずってくんねえか。おれは手柄を取り損ねたんだよ」

首を動かせば、血管が切れると悟った。

「正気か。奪首は、切腹の罪だぞ」

毛利新介が駆けよるのが、見えた。それを羽交い絞めにしたのは、服部小藤太だ。

「勘違いするな。奪うわけじゃねえ。ゆずってもらうんだよ」

小平太が首に突きつけた刀の角度を変えた。チクリと刃先が河内の肌を刺す。

「さあ、早くしろ。でないと、首帳の記載に遅れちまう」

首をとり陣に戻れば、まず軍監に申告し、首帳に記載するのが習わしだ。戦に負け牢人した時、この首帳が残っていれば自分の実力の証となり、仕官の道が開きやすい。

「誰が、そんな恥知らずな真似をするか」

「そう言うと思ったぜ」

服部小平太が、小藤太に目で合図を送る。素早く新介の右手の小指が、にぎられた。

「何をする気だ」

小枝がおれるような音の次に、新介の悲鳴がひびいた。

河内は目を背けるが、耳には兄新介の悲鳴が容赦なく流れこんでくる。

「河内、いや夜叉丸様と呼ぼうか。さっさと決断しろ。指一本ずつなんて生易しいことはしねえ。関節、ひとつずつを丁寧におってやる。一生、箸もにぎれなくなるぞ」

河内は土を握りしめる。その間も、新介の悲鳴はつづいていた。

「わかった」と、河内はつぶやいた。

「ただし、最後に首の供養をしたい。初めてあげた首だ。それが条件だ」

「いいだろう。手短にやれよ」

馬乗りになった脚をゆっくりとどける。

「妙な真似をすりゃ、新介は指なしだぜ」

河内は上体をおこし、服部兄弟から隠すようにして首を懐にだく。

「おいっ」

「西方浄土へ首をむけるには、こうするしかない」

舌打ちを無視して、河内は念仏をあげる。右手は顔の前に、左手は腰の刀をまさぐり、鞘の根元につけた小柄（小刀）を密かに取り外した。投げつけようかと思ったが、まだ手が痺れている。

それよりも――

秘かににぎった小柄を首へとやった。


腰から首をぶら下げた服部兄弟の背中が小さくなっていく。河内は、新介のおれた指に枝をそえてやっていた。

「なぜ、わしを見捨てなかった」

湿った兄の問いかけを、河内は無視する。

「お主の初手柄だぞ。わしはどうなってもよかったのに――」

「服部兄弟に罠をしかけました」

「罠……だと」

　新介が河内を凝視する。

「はい」と、うなずいた。新介の顔にあった狼狽がさらに濃くなる。かまわずに、河内は言葉を継ぐ。

「奪首は、死をもって償うのが戦国の定法。戦が終わるころには、服部兄弟ふたりの首は、かならずや胴体から離れているでしょう。当然の報いでございます」

「河内、お主、何を考えているのじゃ」

　新介の体がふるえだした。

「種あかしは、しばしお待ちを。それに、まだ完璧な謀ではありませぬ」

「さっぱり、わからん。不首尾に終わることもあるのか」

「もし服部兄弟が大功をあげれば、奴らを成敗することはかないませぬ」

「大功とは」

「万一、服部兄弟が今川殿の首をあげることがあれば、さすがに成敗は無理でしょう」

　功を一等減じる程度のことはできるかもしれないが、それでは意味がない。逆に恨みをかうだけだ。

「河内、お主、とんでもない無茶を考えているのではないか。まさか、刺しちがえるような真似はするまいな」

## 七

すぐ近くで雷が落ち、大地が激しく揺れた。

踏ん張ろうとした毛利河内が、吹き飛ばされる。よろめく毛利新介の姿も見えた。顔を天にむけると、分厚い雲が垂れこめている。今までの晴天がうって変わって、夜のように暗い。閃めく雷が、一瞬だけ視界を取りもどしてくれる。

敵味方の武者たちが影絵のようだ。

地に降りそそぐのは、雷と雨だけではない。拳よりも大きい雹が、いくつも大地にめりこんでいる。

雷が闇を洗った時、思わず「あっ」と叫ぶ。河内の目に映ったのは、朱塗りの輿だった。

「兄上、あれを」

ふたたび雷があり、金鎧をきた武者を映す。龍の飾りのある兜をかぶり、大刀を振りあげていた。塗った白粉は下半分が雨で洗われ、肌を露出させている。食いしばる歯は鉄漿（おはぐろ）によって染められ、黒い牙のようだ。

「間違いありません。今川の大将ですぞ」

河内は毛利新介とともに駆けだした。

半刻ほど前――

織田信長率いる本隊が、とうとう義元の本陣へと強襲をかけた。一見、無謀に思える突撃だったが、天は信長に味方した。猛烈な風が吹き、雹混じりの雷雨が降りそそいだのだ。混乱する今川軍を尻目に、本隊に参加する河内らは義元本陣に肉迫していた。総大将を目前にして、今まで味方してくれた雷雨が河内らの道を阻むかのように目茶苦茶に吹き荒れる。

義元に刀を振りおろす武者の姿が見えた。ひとりではなく、ふたりだ。よく似た顔の侍が目を血走らせ、今川義元に襲いかかっていた。

「あれは、服部兄弟っ」

河内の声が聞こえたわけではないだろうが、服部兄弟の精悍さが増す。塗り輿から転げ落ちた今川義元に、餓狼（がろう）のごとき獰猛さで襲いかかる。時折、義元の従者が駆けつけるが、欲に目がくらんだ服部兄弟の敵ではなかった。

自覚できるほど、河内の顔がゆがむ。もし、服部兄弟が今川義元の首をとれば、せっかくの謀も意味をなさなくなる。

兄弟のうちのひとりが、義元に馬乗りになった。小藤太であるか、小平太であるかはわからない。もうひとりは、駆けつけんとする今川家の旗本たちを必死に阻んでいる。

馬乗りになる服部兄弟の足には刀が刺さっており、着衣を朱に染めていた。今川義元が上体を必死にもちあげる。黒い牙を食いしばる様は、人外の化物のようだ。

突然、義元の首がムクリと立ちあがった。最初、河内は、義元が起きあがったのかと思った。

が、次の刹那、義元の胴体は地に伏す。

首を宙にかざす服部兄弟の腕が、河内の視界に飛びこんできた。

雄叫びがあがった。

服部兄弟の目が、喜色で濁る。

「やった、やったぞ。今川の大将首、服部小平太が討ち取ったぞ」

声が、駆ける河内の足から力を奪っていく。体が急速に重たくなる。耐え切れなくなって、二歩三歩と、前へとつんのめった。

河内の膝が、地面についた時だった。

視界のすべてが、白におおわれる。

——何だ、これは。

体が激しく揺れて、落雷だと悟った。いや、それだけではない。大風もふいている。殴りつけるような風に、河内の体勢は大きく崩れる。転がっているのか、体が幾度も地面に打ちつけられた。

体の自由よりも先に、視界がゆっくりと回復する。

木々がなぎ倒されているのは、雷によってか大風によってかは判じかねた。倒木の隙間を埋めるように、織田や今川の兵が倒れている。うめき声をあげたり痙攣したりしている者が、あちこちで目についた。死者は、それほど多くはないかもしれない。

「河内、無事か」

足をふらつかせつつ、兄の新介が駆けよってきた。

「ええ」と応えて立ちあがろうとした時、またつまずいた。石を蹴飛ばしたのか。

地を見ると、何かが転がっていた。

河内の目が、こじ開けられる。

龍の兜、はげた漆喰(しっくい)のような白粉、唇の隙間からのぞく黒い歯は、魚の鱗のようだ。

今川〝治部大輔〟義元の首が、毛利兄弟の足下に転がっていた。

河内は、ゆっくりと辺りを見回す。地に伏す服部兄弟の姿が見えた。手足が痙攣しており、落雷の衝撃で気絶しているようだ。さらに遠くを見回すが、今たっているのは毛利河内と新介のふたりだけだった。

ゴクリと、新介が唾を呑む音が聞こえる。

風がふいて、義元の首が兄の新介の足にからみつく。

恐ろしいほどの勢いで、河内の心臓が早鐘を打つ。いや、ちがう。心音はひとつでない。新介と河内の心臓が、旋律を刻んでいる。

「兄上」と呼びかけるが、返事はない。新介は足下の首をじっと凝視している。強く肩をゆすると、やっと気づいた。

雷音の間隙を縫って、河内は口を開く。

「今川殿の首、欲しくはありませぬか」

問いかけにかぶせるように、雷が鳴りひびく。

大地が震え、共鳴するようにふたりの体が戦慄した。

「それは……首を奪え、ということか」

河内は静かにうなずいた。

頭上では、暗雲がうなり声をあげている。肌を打つ雨粒は、まるで銃弾だ。河内は、兄の新介が口を開くのをじっと待つ。

どれくらいたっただろうか。

「首など欲しくない」

　新介はつぶやく。

「横取りしてまで……罪を犯してまで……手柄など、欲しくない」

　兄の肩においた手を、ゆっくりと放す。

「だが」と、新介がつぶやいた。

「服部兄弟に首はやりたくない」

　新介は両手で顔をおおった。まるで己の面を握り潰すかのような所作だった。

「笑え……河内」

　指の隙間から、言葉が漏れる。

「わしを軽蔑しろ。臆病者で、卑怯者じゃ」

　新介の指が顔面にめりこみ、血がにじんだ。服部兄弟によっておられた右の人差指と小指だけが、その加虐に参加していないのは、何と皮肉なことだろうか。

「一生涯、罪業に向きあう覚悟はおありか」

　新介が、掌に埋めていた顔をあげた。

「それができるなら、服部兄弟の手柄をなきものにしてみせましょう」

　永遠とも思われる時間がすぎた後、ゆっくりと新介はうなずく。

「ならば、私に全てをおまかせください」

新介は、ただ凝視するだけだ。

「今川殿の首、見事兄上の手柄にしてみせましょう」

新介が恐る恐る、「どうやって」とたずねた。河内は、あえて答えない。横を一瞥すると、まだ気絶したままの服部兄弟がいた。

「ま、まさか、服部兄弟を仕物(しもの)(暗殺)するつもりか」

河内は、返事のかわりに笑いかけた。それが冷笑なのか失笑なのか微笑なのか、自身にも判別がつかなかった。

## 八

「新介、わしはいつかお主が大功をあげると思っておったぞ」

簗田(やなだ)〝出羽守(でわのかみ)〟政綱(まさつな)が、毛利河内を押しのけて毛利新介にだきつく。今回の桶狭間の合戦で、信長の出撃策に唯一賛成した家老である。といっても、先見の明があったわけではない。単に勢いで賛意を示す博打好きのお調子者である。

首実検の場には棚が造られ、ズラリと首がならんでいた。中央に今川義元の首が鎮座し、毛利新介と書かれた札がおいてある。

「河内よ、お主も鼻が高かろう。義兄の新介が、大将首を取ったのじゃ」

己の自慢でもするように、簗田が語る。

「はい、見事な武者ぶりでございました。いえ兄だけではございません。今川治部殿も、味方を何人も薙ぎ倒しておりました。それを兄上が傷を負いながら、討ち取ったのです」

河内は視線を、布の巻かれた新介の右手にそそぐ。

「やったな新介、これで城持ちの身分は確実ぞ」

簗田は、新介と河内の背を力一杯に叩く。

「待たれェいっ」

殺気混じりの怒声がひびいた。見ずとも、服部兄弟の声だとわかった。河内は目で、新介に合図を送る。左膝を負傷する服部小平太と、それを肩で支える服部小藤太がやってきた。血走った兄弟の目が、場にいる武者すべてをざわつかせる。

「新介は奪首の罪を犯したぞ。おれがとった大将首を奪ったのだ」

「そうじゃ。治部めの首はわが兄がとった。わしはこの目で見ておった」

兄をかつぐ小藤太も殺意をにじませる。

「奪首野郎が、殿の裁きを待つまでもない。おれたちで成敗してやる」

足を引きずる小平太が、勢いよく刀をぬいた。

「待たれよ」

河内は、ふたりの前にたちはだかった。

「たしかに服部のご兄弟は治部殿に取りつき、見事な武者ぶりでございました。が、今一歩のところで討ち漏らし、それをわが兄新介が首をあげたのです。間違いなく、私がこの目で見ていました」

周囲に聞こえるように、河内は大声で言う。

「たわけ、貴様は新介の舎弟であろう。身内の言が見継（証言）になるか」

「お言葉、そのままお返ししましょう。あの雷雨で、服部兄弟以外に見継をする者はおいでか」

河内の言葉に、服部兄弟がたじろいだ。

「それとも、首に何か印でもつけておいでか」

河内は過剰なほどの冷笑を浮かべる。

「それは貴様らも同様だろう。見事討ちとったという、印を見せてみろ。新介ごときが、治部ほどの武者の首をとれるわけがない。それは、みなが知っていること」

場がざわめいた。服部兄弟と毛利兄弟の言い分が、完全に膠着している。

「どうだ言えまい。わしは印があるぞ。この膝だ。治部めに斬りつけられたのじゃ」

傷が証拠になるはずもなかったが、小平太の気迫に何人かがたじろいだ。

服部兄弟と毛利河内は、場の中央で睨みあう。視界のすみには、それを見守るように義元の首が鎮座していた。

「まて」と、発したのは簗田出羽守だった。

「そういえば、新介も傷を負ったと言ったな。それはどこじゃ」

仲裁役気取りで、服部兄弟と河内の間へと割りこんでくる。

河内は、新介に目をやり促す。

「は、はい。治部殿に決死の想いで組みつき首をかき斬ろうとした時、傷を負いました」

「それはどこじゃ」

新介は布を巻きつけた右手をあげた。

「ふん、どうせかすり傷だろう」

小平太が罵る。

「服部兄弟が斬り伏せられた後、死に物狂いで兄の新介は治部殿に組みつきました」

「き、斬り払われてなどいない」

足を引きずる小平太が口にしても説得力がなかった。

「短刀で首を斬ろうとした時、治部殿がわが手に嚙みついたのです」

「嚙みついただと」

簗田が眉をよせた。

「といっても、女人や童のような嚙みつきではございません。狼のごとく凄まじい力であり、右手がピクリとも動かぬほどでした」

何人かが感嘆の声をあげた。組み伏されてなお、五体の全てを凶器に変えた敵に感心したのだ。

「利き手をふさがれた拙者は、左で脇差をぬき、首を切りました」

新介は、布の巻いていない左手を動かす。

「ですが、さすが東海一の弓取り。首を斬る刹那、拙者も手負いになりました」

パラリと右手の布を解くと、そこにあらわれたのは人差指を欠いた掌だった。周囲にいる武者が、どよめきをあげる。

「治部殿が拙者の指を食いちぎるのと、首をかくのはまったくの同時でございました」

「さすが今川殿」

「うむ、敵ながら天晴れ」

「それを討ち取った我らが新介も見事」

場にいる武者たちが、歓声をあげた。

「黙れ」と大喝したのは、服部兄弟だ。

「そんなものが証になるか」

刀のきっさきを周囲に突きつけると、歓声がぴたりと止んだ。

困惑が、場の空気を限りなく重くさせる。誰も一言も発さない。

河内と新介は、じっと待つ。

誰かがあることに気づき、それを口にするのを。

「そういえば」

全員の目が発言者に集まる。簗田出羽守だった。みなの注目を集めたことに気をよくしたのか、鼻息をすこし荒くしてつづける。

「嚙みちぎられた新介の指はどうなったのじゃ」

簗田出羽守に集まっていた目差しが、新介へと移る。

河内も新介を見た。兄は浅くうなずいてから、口を開く。

「さあ、拙者は義元公の首を布でおつつみし、雷雨からお守りすることしか考えておりませんでした」

新介が、首をわざとらしくひねる。

「私は兄上の指を探しましたが、不思議なことに見当たりませんでした」

河内が打合わせどおり、合いの手をいれた。

場にいるすべての武者が、思考をめぐらす。

ふと、誰かが口にした。

「首の口のなかに、新介の指があるのでは」

疑問をひきとったのは、簗田だった。

「そうじゃ。きっと新介の指は、義元公の口のなかにあるはずじゃ」

まるで自分が気づいたかのように叫んだ簗田は、人々を押しのけて義元の首へと駆けよった。そして、脇差についている小柄を取り外す。そっと義元の口にさしこんだ。わずかな歯の隙間にねじこんで、慎重に口を開ける。簗田が義元の口のなかに指をいれて探る。

やがて、「おおっ」とつぶやいて何かを取り出した。

場にいる全ての人が、唾を呑む。

簗田は、新介の右手首を取った。みなに見えるように持ちあげる。

口のなかから取り出したものを、新介の右掌の欠けている部分へとゆっくりともってくる。

それはピタリと、新介の体の欠片を補った。

「まさしく、まさしく、今川治部大輔殿の口のなかにありしは、毛利新介の人差指じゃ」

鯨波の声に似た喝采に包まれた。

ならぶ首がゆれるほどの興奮が場を包む。さすがの服部兄弟も一歩二歩と後ずさった。

小平太に肩を貸していた小藤太が、まず膝から崩れ落ちた。

「お、おれは認めんぞ」

小平太が足を引きずりながら、間合いをつめた。充血した目は、極限までつりあがっている。

「新介め、姦計を弄しおって。いや、ちがう。河内だな。河内めの入れ知恵か」

新介から河内へと目を移す。

恐ろしい殺気がほとばしっていた。小平太の体が戦慄き、殺意が五体を支配せんとしている。

河内は、首を奪われた間抜けな男に正対する。そして、自ら進んで刀の間合いへとはいった。あまりに大胆な歩みに、小平太の顔が激しくゆがむ。

「ふざけるな。貴様を斬れぬと思っているのか」

河内は、刀をもつ服部小平太を睨む。

「小平太、動けば、命はないぞ」

「命はない、だと。貴様は刀をぬいていないだろう。足が動かずとも、貴様ごときを斬るなど造作もないわ」

「後ろを見ろ」

小平太が首をひねる。河内の目にもわかるくらい、体が強張りだす。いつのまにか、新介が刀をぬき、首筋に突きつけていた。歯の根があわずにカチカチと音を漏らしながらも、必死に刀をかまえている。

「今、兄が刃を走らせるだけで死ぬぞ。足が動かぬ小平太殿によけられるかな」

河内は、ゆっくりと間合いをつめた。そして、小平太にだけ聞こえるように耳元でささやく。

「奪首はお互い様だろう」

河内を睨む顔が、大きくゆがんだ。桶狭間の前哨戦で、服部兄弟が首を奪ったことをやっと思い出したようである。

「今さら何を言う。あの首は、首帳に記載した。何より——」

奪うところを誰にも見られていない、と小平太の表情が言っている。

「私が、ただで首をゆずると思ったか」

「ど、どういうことだ」

「首に印をつけた」

河内はあごをあげた。

「泥に隠れて気づかなかったであろうが、あごの下に小刀で刻んだ」

「な、なにをだ」

「足利二ツ引の紋だ」

河内の言うことを理解できなかったようで、小平太が首をかしげた。

「斯波家の足利二ツ引を刻んだことで、あの首は若武衛様のものになった。にもかかわらず、首帳には小平太殿の名が記されている」

　徐々に小平太の顔色が青ざめていく。

「これから首実検がある。足利二ツ引が刻まれた首にもかかわらず、首帳に斯波の名ではなく小平太殿の名が記されていれば、若武衛様はどう思われるかな」

　小平太の顔から脂汗がしたたりだす。

　斯波家の手柄を陪々臣である小平太が奪ったと、激怒するはずだ。切腹相当の通常の奪首よりも、罰が重くなる。

「若武衛様を戴く殿が、はたしてこの無礼を許すかな。お主を罰せずに若武衛様の機嫌を損ねて、武田家や斎藤家に落ち延びられればどうなる」

　尾張侵攻の大義名分を与えることになる。今川義元を討ち取った織田信長の有利が、一瞬のうちに消え失せる。いや、弔い合戦の好機とばかりに、今川勢も侵入してくるだろう。

「小平太殿、我らの功を認めるなら、お主の奪首の罪は問わん」

　小平太の顔が苦渋に満ちる。

「もし、治部殿の首を己のものとしたいなら、侍らしく斯波の家紋を刻んだ首を奪った罪を認めろ」

小平太の唇が激しくふるえている。

「お主が斬首になった後に、我らも罪を明かし腹を切ってやる。冥土で、我ら兄弟に一番手柄を誇れ」

小平太からの返答はなかった。

にぎっていた刀を手放す。力尽きたように、両膝と両手が地についた。

地面にむかって何事かを罵っている。だが、それは一番近くにいる河内でさえ聞き取れぬほど弱々しい声だった。

## 九

清洲城の広場で、織田の兵たちが酒宴を開いていた。一際、大きな歓声をあげているのは、簗田出羽守だ。大きな盃を振りまわして、「呑め呑め、わしのおごりじゃ」と叫んでいる。何人かの朋輩がすりよって、「簗田殿、桶狭間の一番手柄、祝着至極(しゅうちゃくしごく)」と手もみをして酒と肴をねだっていく。

毛利河内と新介の兄弟は、宴からすこし離れた木の根元で静かに酒を飲んでいた。簗田が目ざとくそれを見つける。

「おーい、毛利兄弟、まさか、わしが一番手柄をとってすねておるのか。仕方あるまい。かわりに呑め。今日はわしの奢りじゃ」

こちらへむかおうとしたが、千鳥足のために結局、また別の酒宴の輪へと突っこむ。

「やれやれ、簗田殿も呑気なものですね。本来なら一番手柄は兄上であるべきなのに」

河内は兄の新介に語りかけた。

服部兄弟を屈服させた後、予想外のことがおこったのだ。

その結果、新介がもらうはずだった一番手柄は消えた。

首実検の場にあらわれた信長は、義元の首を毛利新介と服部兄弟が争ったことを聞いた。形相を険しいものにした信長は、ことの顚末を詳しく聞きだす。そして、並んだ首を義元のものも含めて、ひとつひとつ丹念に検分した。時には手で首をさわり、何かの印を探すかのように執拗に検(あらた)めた。

最後に義元の首を調べた信長は、細い顎に手をやり沈思した。

そして、ある決断をする。

義元の首をとった功は、毛利新介のものとして認める。

が、一番手柄は別のものに授ける、と。

結果、一番手柄は出撃に反対しなかった、簗田出羽守に決まった。

「いや、河内、これでよかったのかもしれん」

布を巻きつけた手で、器用に新介は酒を呑む。河内は兄の目をのぞきこんだ。

「一番手柄を失ったのは、罪を犯した罰だ。逆にこの程度でよかったわ」

口元には、笑みさえもたたえていた。

「見ろ、殿にもらった褒美だ。わしにとっては、これだけでも過分だ」

兄の新介が取り出したのは、黒い布だった。母衣（ほろ）と呼ばれるもので、戦場では巨大な提灯のような形にして背負う。黒母衣衆と呼ばれる、限られた者だけが名乗れる名誉の証だ。

屈託のない兄の言葉が、河内の胸中にあったわずかなつかえを溶かす。

「考えてもみろ。もし一番手柄だったら、簗田様のように城持ちの侍大将になるのだぞ。わしの下につく、侍たちが不憫でならんわ」

兄のとぼけた言葉に、思わず河内は笑ってしまった。そこに、簗田出羽守たちの歓声がかぶさる。

あるいは、と河内は考えた。信長はことの顚末を悟っていたのかもしれない。服部兄弟は精強だが、その行いには目に余るものがあった。彼らの横暴を掣肘（せいちゅう）するために、新介の手柄を認めたのではないか。そのかわり、もっとも高い恩賞は新介には与えず、信長の心を汲みとった簗田出羽守を城持ちに昇格させた。

荒唐無稽な考えとは思わない。信長は義元の首や新介の切断された指を丹念に調べていた。きっと、指が刃物で切断されたことに気づいただろう。また義元の歯に、肉片が一切ついていないことにも、だ。

「簗田殿の城持ち祝いに、乾杯じゃあ」

「我ら織田は天下一の強兵よ」

「いつの日か京にのぼってみせようぞ」

大言を肴に、酒宴はつづく。騒いでいたものが寝たかと思えば、酔いつぶれていたものが復活し、また杯を呷(あお)る。

喧騒という篝火(かがりび)に薪をくべるのは、料理だ。次々と膳が運ばれてくる。味噌を塗った豆腐が焼かれる匂い、魚の脂が焦げる薫香が、祝いの空気に混じった。やがて、それは熱気とともに上昇する。勝鬨に酔う織田の兵たちを、優しくつつみこむ。

喧騒の輪からすこし外れた大樹の根元には、腰を下ろす毛利兄弟もいた。弟は寝ているのか舟を漕ぐようにしており、兄が黒い母衣をそっとかけている。

その様子を、瞬く星たちが見守っていた。

# 弾丸

# 序

滋賀県安土の町には〝善住〟という変わった名字の世帯がいくつかある。

由来は、織田信長を狙撃した杉谷善住坊の子孫ゆえだという。

信長暗殺を企図した杉谷善住坊は、その罪により処刑された。

刑の執行は凄惨を極めた。地中に埋め、竹鋸でゆっくりと首を切断されるというものだ。

ひとつ不思議なのは、どうしてその子孫が生き残っていたのか、だ。

善住家に伝わる伝承では、杉谷善住坊は美濃斎藤家の鉄砲頭であったという。美濃斎藤家滅亡後は六角家に身をよせ、信長を狙撃した罪で処刑された。

が、ある人物のはからいにより、罪は妻子にまでは及ばなかったという。妻はその人物の居城の女中頭として働き、十一人いた子供らも長男をのぞき全員武士として仕官した。長男は、近江八幡に今もある善住寺の住職を務めたという。

さすがに杉谷という姓は忌避したのか、息子たちは〝善住〟という姓を名乗ることになる。

本能寺（ほんのうじ）の変で安土城が焼失してからは、長男以外の十人の子は帰農し、安土の永町（ながまち）に移り住んだ。

だから今もその地には、善住という名字の家が多くある。

筆者である私は運に恵まれ、杉谷善住坊の十一番目の子の子孫にお話を聞くことができた。

残念ながら、子孫の方の言い伝えはすべてを語ってくれたわけではない。

が、歴史の不思議と血の奇縁に思いをはせることは十分に可能だ。

## 一

風に乗って流れてきたのは、追手たちの殺気だった。山腹の大きな岩に座す杉谷太郎兵衛（たろべえ）の鼻が、ひくひくとうごめく。

「いたぞ、杉谷だ」

山肌を登っていた武者たちが、指さした。十人以上はいようか。山腹に突きでた大岩の上で、杉谷は胡坐（あぐら）を組んで冷静にその様子を見つめる。

「裏切者を殺せ」

　杉谷は、失笑を漏らす。裏切ってなどいない。織田信長に逆らうのは愚の骨頂、と主君に進言しただけだ。杉谷は、織田信長の恐ろしさをよく知っている。かつては美濃斎藤家の鉄砲頭として、織田家と幾度も戦ったからだ。美濃斎藤家滅亡後は、南近江の六角家をたよった。だが、主君六角承禎(じょうてい)は、新参の杉谷の言葉に激怒した。あろうことか、杉谷が敵と内通していると決めつけたのだ。

「奴め、鉄砲をもっているぞ」

「ふん、鉄砲など女子供の得物だ。我らのもつ弓の敵ではないわ」

　追手の罵声が飛んできた。肩にかけた火縄銃を手でなでる。冷えた銃身が、気持ちを落ち着かせてくれた。縄には、すでに赤々とした火が点っている。

「ち、父上」

　背後を一瞥(いちべつ)すると、七歳ほどの童がふるえていた。白い歯を、火打ち石のように打ち鳴らしている。

「合ノ助(あいのすけ)、心配はいらん」

　童は何度もうなずくが、歯が打ちあわされる音が大きくなるだけだ。

「怖ければ、目をつむっておけ」

　死んだ妻に似て、優しすぎる子だ。

岩に胡坐をかいた姿勢のまま、杉谷は火縄銃をかまえた。諸膝折り（もろひざおり）という構えだ。左手を銃身にそえ、右手は銃床に。右ひじをあげると、頬にめりこむ。ガリッと鳴ったのは右の上あごから生える歯だ。犬歯のすぐ横の奥歯が砕けているのだ。発射の衝撃を受け止めるのは右頬である。火縄銃の手練（てだれ）になるほど、右の歯を痛める。

追手たちが嘲笑をあげた。

「馬鹿め、この間合いで鉄砲が当たるか」

鉄砲の射程は、弓よりも短い。追手との距離は、まだ弓矢でもとどかぬほどだ。

杉谷は、銃身にある前目当（まえめあて）（照門）をのぞいた。一団のなかの大将にすえる。太いあごに見覚えがある。合戦になれば、常に先頭を駆ける六角家の勇者だ。

普通の火縄銃なら、決してとどかない。だが、杉谷がもつ銃には〝筒破り〟という強薬が装塡されていた。

「悪く思うなよ」

引金をひく。衝撃が右頬を打擲（ちょうちゃく）し、奥歯が鈍い音をたてた。

腰につけた胴乱（どうらん）から、素早く弾丸と弾薬を取り出す。白い煙を吐きだす銃口へとそそぎ、さく杖（じょう）で突く。その間も視界の端で追手の様子を見ていた。

完全に足を止めている。

一団の大将の顔面を射抜いたから、当然だろう。

だが、たとえ追手が足を止めていなくても、杉谷は二の弾を射てた。そういうぎりぎりの間合いになるまで、あえて引きつけたのだ。

次に狙われるのは、己かもしれない。そう考えると、いかに勇猛な男でもかならず足を止める。鉄砲の遠町（遠距離射撃）にあって〝ふたつ放ち〟と呼ばれる、絶対の間合いだ。

銃口をむけると、半歩、追手たちは後ずさった。

銃を下ろし、杉谷は立ちあがる。

「さあ、いくぞ」

岩の上でふるえていたわが子は、殊勝にも目を見開いていた。涙を一杯に溜めこんでいる。

「目をつむっていなかったのか」

「ち、父上の戦う、す、姿から……目を……は、はな……」

「もう、わしは武士ではない。だから、お前も武士の子ではないのだ。そんな強がりはいらん」

「で、です……が」

合ノ助をだきあげる。

「さあ、いこう」

視線を感じて、背後を見た。追手たちが杉谷を見上げている。憎悪に煙る双眸は、杉谷が放った弾丸よりも何倍も苛烈だった。

二

――わしの考えが甘かったのか。

梟が鳴く夜の山中で、杉谷は何度も自問した。

大将を銃殺されたことで、追手たちの追跡はより執拗になった。女子供の武器である鉄砲で殺されたとあっては、六角家の主君の覚えが悪い。いずれ家中で居場所がなくなる。跡継ぎをかつぎだし、追手たちは決死の仇討ちを敢行したのだ。

追跡は執拗で、何人もの討ち手を射殺しても、一向に怯む気配が見えない。そうこうしているうちに弾がすくなくなり、杉谷は山中に逃げこんだ。

今は焚き火をつけずに、草むらのなかで息を潜めている。

腰の胴乱に手をやる。でてきたのは、一発の弾丸だけだ。

これが最後になる。

五臓六腑からこみあげる苦い汁が、杉谷の顔をゆがませた。あちこちにある生傷も痛みだす。もう、三日三晩寝ていない。

必死に首をふり、意識を覚醒させた。

葉擦れの音がとどく。人の声もかすかに聞こえた。

静かにたちあがり、最後の一発を装塡する。

「ち、父上」

か細い声が足元からした。灯はつけていないので、すぐ先さえも見えないが間違いなく合ノ助がいる。

「ここで待っていろ。すぐにもどってくる」

うなずく気配が、暗闇からとどいた。

暗がりのなかを、泳ぐようにゆっくりと歩く。途中から腹這いになり、足音も殺す。しばらくしてから、火打石で縄に火をつけた。点った火を掌でつつみ、明りを閉じこめる。

気配がこちらへはやってこないことをたしかめてから、むかでのように手足を動かして腹這いで動いた。

やがて、篝火が見えてくる。木立の隙間で、男たち十数人ほどが車座になっていた。顔形まではわからない。

男のひとりが「若」と声をかけた。

「明日の朝には、あの憎き杉谷めを討てますぞ。奴の首をもって帰れば、所領ももどってきましょう」

若と呼ばれる大将の姿は、木に隠れて見えなかった。

火が爆ぜる音と梟の声が、闇に混じりあう。

三日間の不眠にもかかわらず、杉谷の意識は冴えていた。追手の姿を目にしたからかもしれない。興奮が精神を鞭打っている。

だが、限界が近いことは自ずとわかった。

この一弾で、大将を葬る。

「若、どうされたのです。ああ、小便ですか。おい、誰か念のため一緒にいってやれ」

男の言葉に、掌を開く。縄に点っていた火があらわになった。火縄挟みに挟み、腹這いのまま銃をかまえた。伏矯（ふせため）と呼ばれる構えだ。

木のすぐ横へと、目当をあわせる。

ゆらりと、黒い影が木肌からのぞいた。形が丸い。ということは、頭だ。

躊躇（ちゅうちょ）なく、引金をひく。

轟音はいつもより大きかった。

木陰からはいでてきた人物の頭に、銃弾が吸いこまれる。

おかしい、と思った。

なぜ、弾が動く様子が見えるのだ。まるで、時がゆっくりと流れているかのようだ。木陰からはいだしたのは、まだ前髪もとれぬ少年だった。いや、わが子の合ノ助よりも頭ひとつ小さい背格好は、まだ少年にさえ達していない。

まさか、討ち手の大将は、年端もいかぬ童だったのか。

外れてくれ、と知らず知らずのうちに祈っていた。

童の顔が回転する。すこし遅れて体もつづく。小さな足が上方へと投げだされた。地面にぶつかり、首があらぬ方向へとねじれる。

「若ァ」

時の流れを正しくもどしたのは、討ち手の絶叫だった。大の字というには小さすぎる骸に、何人もが駆けよる。

短い手足と小さな額にかかる前髪の様子を、篝火が容赦なく照らしていた。

「おのれ、杉谷ィ」

「どこだ、姿をあらわせ」

何人かが抜刀した。杉谷が潜む闇を睨(ね)めつける。

「いたぞ、火縄の火が点っている」

あわてて立ちあがった。合ノ助のいる場所へもどろうとして、思いとどまる。万が一を考えて、反対の方角へと逃げた。

「若ァ」

杉谷の耳孔を鋭くかきむしったのは、追手の足音ではなく絶叫だった。声を引き剝がすように逃げる。途中で火縄をむしり、横へ投げた。飛ぶようにして、逆方向の藪へ体を投げこむ。

そして、息を止めた。

追手の足音が、横を通りすぎる。

ムカデのようなものが杉谷の体の上をはっているが、我慢した。

どれほど待っただろうか。

足音が十分遠くなってから、合ノ助のいるねぐらへもどろうとしたが、足が重い。もっていた火縄銃を取り落とした。拾おうとしてよろめき、両膝を大地に打ちつける。

あわてて、両手を口にもってきた。

頭にさきほどの光景がよみがえる。夜風に揺れる前髪、大きな丸い瞳、女童（めのわらわ）のような赤い頰、そしてこめかみにうがたれた丸い孔。

唇と指をこじ開けたのは、吐瀉物だった。とめどなく、口から流れる。

昼に腹にいれた漬物の切れ端が、ぽとぽととこぼれてくる。

吐瀉物は、すぐに透明な胃液に変わった。

もう、食ったものがなくなったのだ。

それでもなお、己の意思とは関係なく、杉谷は吐きつづけた。

## 三

目の前には、ふたつの位牌がおかれていた。両手をあわせ、目を閉じ祈る。位牌のうちのひとつは、亡き妻のもの。もうひとつは、かつて山中で射殺した童のものだ。風が吹きこんで、毛を剃りあげた頭をなでた。杉谷太郎兵衛は一向宗の僧侶を装い〝善住坊〟と名乗って、寒村に隠れ住んでいた。

あれからすぐ、織田信長は上洛の軍を発した。善住坊の予想どおり、六角家は一敗地にまみれ、甲賀へと逃げこんだ。京を手中にした信長は、将軍足利義昭を傀儡にして、天下人への階を急速に駆けあがっている。

首を小屋の入口に向けると、わが子の合ノ助がたっていた。

「父上」と呼びかけられたので、睨みつけた。

武家言葉で喋ったことに気づいた合ノ助はあわてていいなおした。

「お、おっとう、客が見えています」

数人の武士が、こちらへと近づいてきている。

銃身の短い火縄銃──短筒を握り、僧服の右袖のなかに隠した。囲炉裏まで歩み、火のついた棒を手に取る。

「ここから声をかけてはいってもらえ。お前は、すぐに裏口から出ろ」

合ノ助は、硬い顔でうなずく。かつてのように涙ぐまなくなったのは成長の証だろう。だが、両膝は激しくふるえていた。

手持ち無沙汰という風で、火のついた木棒をもてあそぶ。右袖に隠した短筒の縄には、火はついていない。来客が刺客であった場合は、火のついた木棒を火蓋にねじこめば、弾が放たれる。

三人の武士が、にやつきながらはいってきた。見たこともない顔だ。すくなくとも、六角家にはいなかった。

先頭の男のなりは、異様だった。矮軀(わいく)で、猿のような顔相(がんそう)をしている。

「まず言うておくが、わしらは刺客ではない」

猿によく似た顔をなでつつ、そう言った。機先を制したつもりだろうか。

善住坊は何も答えない。

「だから、懐(ふところ)か袖に隠しているであろう物騒なもので、わしらを害するなどと考えんでくれよ」

まるで十年来の朋輩のように、馴れ馴れしく男は話しかける。善住坊の無言を了承と受け取ったわけではないだろうが、猿顔の男は囲炉裏を挟む位置に腰を下ろした。

護衛と思しきふたりは、戸口にはりついて動かない。

「杉谷殿よ、今は善住坊と名乗っているそうじゃのう」

右袖のなかの短筒の引金に指をかけた。

「得物を隠しているのは、右袖か」

思わず、善住坊の体が強張る。

「ああ、勘違いされるな。わしは、お主を討たんとする六角家の間抜けどもとは何のかかわりもない」

鼻の穴に指をやりつつ、男は言葉をつづける。

「善住坊殿の火縄の腕を買いたいのじゃ。射ちぬいて欲しいものがある」

指を勢いよく動かして、男は鼻毛をぬいた。数本のちぢれ毛が挟まれている。

「見事、射ちぬけば望みのものをやる」

猿顔の男が目をやったのは、さきほど合ノ助がでていった裏口だった。

「倅(せがれ)殿の名は、合ノ助殿と言ったか」

右袖を翻し、短筒を突きつけた。

護衛の武士ふたりが、驚いて立ちすくむしかないほどの早業だった。

「見事な体さばきじゃ」

鼻毛をつまんだまま、小男は笑った。

「やはり、わしの日に狂いはなかったようじゃ」

銃口に息を吹きかけるように、男は言う。

戸口にいる武士ふたりは、腰の刀に手をやって善住坊を睨んでいた。

「去れ。己の身を守る以外に、鉄砲の技を使うつもりはない」

赤々と色づく木棒を、火蓋に近づけた。

「よせよせ。わしを殺せば六角家の追手よりも、よっぽど厄介な奴らを相手にするはめになるぞ」

猿顔の男は、この状況を楽しんでいるかのようだ。

肚がすわっている——というより、どこか恐怖を感じる心のありかが麻痺しているように見えた。

「見事、あるものを射ちぬけば、刺客たちから守ってやろう。合ノ助殿と暮らせる安住の地をくれてやる」

指に挟んでいたちぢれ毛を目の前にもってきて、「あは、寧（ねい）のあそこの毛にそっくりじゃ」と馬鹿笑いをこぼした。

「ことわる、と言ったら」

ぴたりと、男の笑いが止まる。

「善住坊殿と合ノ助殿は、一生安息の地にたどりつけん。杉谷殿がどこにいるかを、六角家に教える。ああ、無論、わしが今日館に帰らねば、手の者が居場所を知らせるようになっている。何より、わが手の者が追手になる。六角家よりもしつこいし、腕もたつぞ」

指でつまんだちぢれ毛に息をふきかけ、善住坊へと飛ばした。

「どうじゃ。お主が欲しいのは、安息の地だろう。善き住まいで〝善住坊〟か。想いのたけのこもった変名じゃのお」

手にもつ短筒が、ずしりと重たくなった。変名の由来は、合ノ助にさえしゃべっていない。

この男は、何者だ。

言葉に、かすかに尾張訛がある。〝館に帰らねば〟と言っていたから、与力を従える有力な侍大将か。善住坊の変名の由来を言い当てたことからも、恐ろしく頭が切れる。

きっと、何重にも策をめぐらしていることだろう。合ノ助は逃したつもりだったが、もしかしたら包囲する者に捕まったのかもしれない。

「わかった。いいだろう、引き受けてやる」

銃口を、ゆっくりと下ろす。

この小男を射ち殺しても、きっと善住坊と合ノ助は生き残ることはできない。そう判断した。

「射ちぬいてほしいものと言ったな。まさか、鳥や猪ではあるまい。それは人であろう」

百姓のような黄色い歯を見せて、猿顔の男は笑った。

「ある男のここを射ちぬいてほしい」

自身の心臓を指さした。

「ある男とは」

たちまち、男の顔から笑みが消える。すわった目で、善住坊を睨みつけた。

こうすると、ひとかどの武将の顔に見えるから不思議だ。

慎重すぎるほどゆっくりと唇を動かし、小男は射ちぬく男の名を告げた。


——織田〝弾正忠〟信長。


黄色い歯を見せて、小男はさらに言う。

「天下人ともいうべき男のここを、わしの指示する条件のもとに射ちぬく。見事、やりとげれば、お主に安住の地をやろう」

# 四

肩に鉄砲をかけて、善住坊は街道を歩いていた。もう僧服はきていない。腰には粗末ながらも二刀を差し、頭にはのびた髪もある。僧侶くずれの足軽といった風情だ。

いつのまにか、周囲には百姓くずれと思しき足軽たちも多くなっていた。善住坊らが目指すのは、織田信長の本拠地である岐阜城だ。善住坊が美濃斎藤家につかえていたころは、稲葉山（いなばやま）城と呼ばれていた。険しい山上にある、山砦（さんさい）のような城である。

美濃斎藤家にいる時、何度か織田軍と戦ったが、善住坊は信長本人とは一度もまみえたことがない。標的である織田信長の姿をたしかめるため、何年も前に捨てた故地へとむかっていた。

「見えたぞ。織田弾正忠様のおわす城だ」

足軽のひとりが声をあげた。善住坊の足も止まる。自分の知る、かつての稲葉山城ではなかった。

山上に四層の天守閣をもつ城が見える。黒い瓦が陽光をうけて、巨大な甲冑が鎮座するかのようだ。

「ひゃー、まるで御殿のような城じゃねえか」

「なんでも唐の故事からとって、岐阜城というらしいぞ」

「そんなお方の足軽になれば、たっぷりと飯が食えるぜ」

足軽たちがはしゃぎだす。気の早い何人かは、駆け足で岐阜城へとむかう。

善住坊ら足軽牢人たちは道々で合流して、さながら一本の太い縄のようになって岐阜城の城下へと誘われていった。


城下町は、祭のように賑わっていた。幾つもの高札がたち、柴田や丹羽、木下といった織田の宿将の侍が、足軽を募っている。

これなら、忍びこむのに苦労はいらなそうだ。ならば急ぐ必要もあるまいと、まだ真新しい暖簾を掲げる飯屋へと、善住坊ははいっていった。

陽は高いというのに、あちこちの卓で酒盛りがはじまっている。

喧噪から離れた一卓を見つけた時、「おい、坊主くずれ」と声をかけられた。

見ると、壁に手槍や弓をたてかけて、酒盛りをする一団がいる。武具は手入れが行きとどき、よく使いこまれていた。耳にはいってきた言葉に「上洛で手柄をたてた」と聞こえたから、新参の足軽ではない。二年前に信長が将軍義昭を擁して上洛した時には、すでに織田家で活躍していた武者たちのようだ。

「あんたも、織田家に仕官する気か。どこの家を狙っている。柴田家か丹羽家か、まさか木下家ではあるまい」

「禄が高ければ、どこでもいい」

善住坊の返答に、みなが一斉に笑った。

「相当、腕に自信があるのだな。得物は何だ」

男たちの不躾な目差しが、手にもつ火縄銃にそそがれた。

「察しのとおりだ。鉄砲を少々遣う」

さきほどより、ずっと大きな笑い声がひびいた。

「よせよせ、鉄砲など女子供の得物だ。そんなものを看板にしても、微禄でしか雇ってくれんぞ」

言いつつも、男のひとりが余っていた椅子を引きよせた。善住坊は大人しくすわる。

「鉄砲では出世できぬと言ったが」

笑う男たちに慎重に目を配りつつ、言葉を継ぐ。

「たしか、弾正忠様は鉄砲をよくしたと聞いていたが」

若きころの城攻めで、信長自ら堀際まで進み鉄砲を射ち、多くの城兵を倒したと評判だ。

男たちの笑いが、ぴたりと止んだ。一団のなかで、一番年長と思しき男が卓に肘をついて、善住坊に顔を近づける。

「坊主くずれのあんたの言うとおりだ。弾正忠様は若きころより、鉄砲の稽古を熱心にしていた。何年も前に国友村へいき、大金をはたき鉄砲をそろえたほどだ」

言葉に尾張訛が強くあった。聞けば、この男は信長の父の代から織田家に仕え、十代の頃の信長もよく知っているという。名を又助といい、弓の名人としても名を馳せていた。

「橋本一巴という鉄砲巧者を師と仰いでいたほどだからな」

「橋本一巴なら、知っている。ふたつ弾の使い手だろう」

ふたつ弾とは、弾丸をふたつこめて放つ火縄銃の技で、鎧をも貫通すると言われている。

「だがな、そのふたつ弾の技が戦場で役にたたなかった」

又助は説明する。

今から十二年前——永禄元年（一五五八）のことだ。尾張統一に奔走する織田信長は、浮野という地で織田信賢と戦った。その時、従軍した橋本一巴は、敵方の弓名人林弥七郎と一騎打ちを演じる。ふたつ弾と四寸（約十二センチメートル）の大矢尻をもつ敵の矢は、空中で交差し互いの体に命中した。しかし、ふたつ弾は敵の鎧を砕けなかった。当世具足と呼ばれる鉄厚のものだったからだ。一方の林弥七郎の四寸の矢尻は、鎧の隙間を貫き橋本一巴を絶命させた。

「たしかに弾正忠様は英明だ。いや、桶狭間での神がかった戦いを見れば、軍神と言ってもいい。だが、間違われる時もある。鉄砲がその最たる例よ。うすい鎧は貫けても、我々がきる当世具足は無理だ」

男たちは同情するような視線で、善住坊の鉄砲を見つめる。

「目の玉が飛びでるほど高価な鉄砲を買って、その挙げ句が古来からある弓に負ける。こんなもんに命をあずけるのは、うつけのすることよ。すくなくとも、織田家には鉄砲で出世しようなんて奴はおらん」

男のひとりが、善住坊の盃に酒を入れてくれた。

「そうとも、だから鉄砲なんてさっさと売っちまいな。変わり者っていう看板を、背負ってるようなもんだぞ」

善住坊は黙って酒を飲み干す。

橋本一巴が敵の鎧を射抜けなかった理由は、すぐに察しがついた。玉薬の種類を間違えたのだろう。近距離を打つ弱い玉薬で、厚い鎧をきる武者と戦ったにちがいない。

鉄砲の技で肝要なのは、的に当てる技ではない。それ以前に、いかに支度をするかだ。どんな口径の銃、玉薬や弾丸、矢倉（遠町用の照準器）の種類。それらを、状況を見極めて選ぶ。そして、いかに標的に気づかれずに間合いを縮められるか。これが鉄砲の戦いの九割を占める。遠くの的を当てるのは、余技にすぎない。

大方、橋本一巴は派手な遠町の技に慢心し、油断したのだ。

だが、己はちがう。

どんな強弓の士や、厚い鎧をきている武士にも負けることはない。支度こそが、鉄砲の技の肝だと知りつくしているからだ。

が、反論は心中だけに止めた。

献杯の応酬をしつつ、空の銚子が卓の半分ほどを埋める。

どよめきが、外の道から聞こえてきた。

「弾正忠様が帰られたぞォ」

男たちが一斉に椅子から立ちあがった。入口へと走りよろうとする。

「愚図愚図するな、坊主くずれ」

「そうじゃ。こんなに近くでお目にかかれるなんて、滅多にないぞ」

「直にお声をかけてもらえるかもしれん」

まるで生き神のようなあつかいだ。男たちの後を追って、善住坊も道へと飛びだす。

調練でもしていたのだろうか。物々しい甲冑に身をつつんだ騎馬の一団がやってくる。背には、朱や黒の母衣（ほろ）を勇ましげに背負っていた。

ひとりだけ、南蛮渡来の天鵞絨（ビロード）のマントを羽織る武者がいる。厚い当世具足が黒く輝き、艶（なまめ）かしい光を放っている。

「弾正忠様ァ」

「織田の殿様ァ」

街道の両脇を埋める足軽や浪人、町人たちが、天鵞絨のマントの男に喝采を送る。


――あれが、織田信長か。


善住坊は知らず知らずのうちに、手にもつ火縄銃を強く握りしめていた。

信長は、群衆の熱狂とは対極のたたずまいだった。ゆっくりと馬を進ませ、街道にならぶ人々へ無表情のまま目をやる。冷たい視線だったが、浴びた男たちの喝采はさらに熱をおびる。

「見ろ。鉄砲が女子供の武器と言ったのも、殿の甲冑を見ればわかろう」

善住坊の肩に、男のひとりが慣れ慣れしく手を回した。又助という、弓の名人だ。

「あの方の南蛮鎧は、戦場で何度もふたつ弾を跳ねかえした」

見れば、黒光りする甲冑には、幾つもの弾痕がついていた。

「だけではない、強弓から放たれた四寸の矢尻も同様よ。お主の鉄砲では、お館様のお体に傷ひとつつけられんわ」

たしかに、厚い鎧だ。

だが、弾薬と弾丸を工夫すれば、十分に貫ける。何より、甲冑を狙う必要などない。善住坊なら百歩の距離でも、兜や鎧の隙間を射ちぬける。

信長の乗る馬が、善住坊の前を横切る。鷹を思わせる鋭い眼光、それと不釣合いな女のように細いあごをしていた。

信長の視線が善住坊をとらえる。手にもつ火縄銃を見ているのか。信長の表情に、初めて変化があらわれる。右の口端が大きくもちあがり、上あごから生える白い歯がのぞく。

笑った。いや、嗤（わら）ったのか。

どちらかはわからなかった。ひとつたしかなのは、唇からのぞく右の歯が善住坊のように砕けていたことだ。

手練だな、と善住坊はつぶやく。

相当な火縄銃の巧者でないと、ああまでは歯は砕けない。

## 五

岐阜城からの帰路、己のねぐらが見えてきたころだった。武士の一団が、入口でたむろしている。長と思しき矮軀の男が、貧乏ゆすりをしていた。もうすこし近づけば、猿に似た顔相もわかるだろう。

「な、何をしていた善住坊、十日も家を空けおって」

小男の罵声が飛んできた。

「わかっているのか。勝手なことをすれば、合ノ助が無事ではすまんぞ」

「合ノ助には十日の後に帰ると言ったし、お前がくれば正直に伝えるように教えておいた。悪いのは、尾行をまかれるお前の忍びだろう」

猿によく似た顔がゆがんだ。

「わしらが、合ノ助を手にかけぬと知っていたのか」

「ああ。わしが弾正忠に密告するか、逃げるかする以外は、お前は絶対に合ノ助を手にかけんはずだ」

早まって殺せば、逆に善住坊が恐ろしき刺客となるからだ。

図星だったようで、小男は忌々しげに舌打ちをした。小屋へはいると、合ノ助がふたつの位牌に手をあわせているところだった。

「あ、ちちう……、じゃなかった、おっとう」

「こいつらの前では、気を遣う必要はない」

合ノ助の監視のために、小屋の壁に貼りついている武士たちを睨みつけた。鉄砲と短筒、さらに腰の二刀を男たちに手渡す。

「それより、すこし席を外せ。薪でも取ってきて、時間を潰せるか」

「はい、父上」

武家の子供らしく、礼儀正しい返事とともに合ノ助はでていく。

「一体、どこへいっていたのじゃ」

忌々しげに言う小男と、囲炉裏を挟みすわる。ちなみに男の名は知らされていない。信長をいかに狙撃するかの詳細とともに、後日教えるとうそぶいている。

「岐阜で弾正忠の面を拝んできた」

「な、なんだと。まさか、わしの許しを得ずに、狙撃したのか」

「条件つきで射てと言ったな。それまでは自重しろ、と。だから、はなから顔だけ拝むつもりだった。それに、弾正忠を殺しても、生きて帰らねば意味はあるまい」

あの時射てば、たしかに信長は死んだ。しかし、周りにいた武者が黙っていない。特に一緒に酒を呑んだ又助という古兵は、相当な弓の腕前なはずだ。間違いなく、善住坊も殺されただろう。そうなれば、合ノ助は路頭に迷うことになる。九歳の童が生きていけるほど、乱世は優しくない。

「そうよ。肝心なのは、条件だ。ただ、弾正忠様を殺せばいいという訳ではない」

善住坊は失笑を漏らす。だが、小男は失言したことには気づかず喋りつづけている。善住坊が信長と対面したことに、よほど動揺しているのだろう。

「条件を言ってくれねば、支度ができん。せめて、矢倉が必要なほどの遠町かどうかぐらい教えろ」

「ふん、条件は秘中の秘だ。まだ、教えられん」

意地の悪い笑みを貼りつける。囲む武士たちも嘲笑をあげた。行方をくらましたことへの意趣返しのつもりだろうか。

「秘中の秘は、条件だけではないだろう」

「どういうことだ」

「本当の依頼主は誰だ。お主ではなかろう」

猿顔の男の笑みが、半分ほど消える。

「依頼主はわしだ。身内を、織田弾正忠に殺された仇だ」

ため息をついて、善住坊は間をとった。

「茶番はよせ、木下藤吉郎(とうきちろう)」

男のまぶたが跳ねあがった。

刹那、善住坊は懐に手をやった。にぎったのは匕首(あいくち)だ。

鉄砲をあずかったことで油断していた小男の首筋へと、ぴたりとあてる。

壁際にいた武士たちは、呆気にとられ動くこともできなかった。

「わ、わしの正体を知っていたのか」

猿顔の小男こと、木下藤吉郎がうめく。

「調べさせてもらった。百姓が出自のお前の身内で、織田家に殺された者はいない。妻の名は寧と言ったか。そちらの実家も同様だろう」

木下藤吉郎の額に、脂汗がにじみだす。

木下〝藤吉郎〟秀吉（ひでよし）――名字もなき百姓の出身にもかかわらず、立身著しい侍大将だ。美濃攻めでは、素早い築陣の手腕で〝一夜城の藤吉郎〟の異名で呼ばれるようになった。

「己の野望のために弾正忠を殺るのか、と思ったがちがうな。いかなお主でも、織田家を乗っ取れるとは思えん。ならば、黒幕がいるはずだ」

「やめろ、わしを殺せば、お主ら親子に安住の地は一生やってこんぞ」

「ぬかせ。そんなものは、弾正忠を殺しても同じだ」

岐阜城下での熱狂を思い出す。信長は、兵たちの心を完全につかんでいた。もし善住坊が信長を暗殺すれば、その信奉者たちが地の涯まで追ってくる。

「黒幕を言え。公家か、それとも将軍家か」

織田家の追手から逃れるためには、公家の大物か将軍ぐらいの力がないと駄目だ。もし黒幕がそのふたつのうちどちらかならば、藤吉郎を解放し信長を殺ることに協力する。でなければ、藤吉郎を人質にとり、合ノ助と逃亡する。

善住坊の覚悟は、匕首ごしにたしかに藤吉郎に伝わったようだ。

「し、信じてくれ。狙いを見事に射ちぬけば、間違いなく安住の地をくれてやる。わしの背後には、それぐらいの方がおられる」

「なら、その黒幕の名をさっさと言え」

「む、無理だ。言うな、と固く口止めされている」

「なら、死ぬか」

匕首を握りしめた時だった。

「いいだろう、教えてやれ」

耳元でささやかれたかのような声だった。だが、聞いたのは善住坊だけではない。藤吉郎を含む全員の五体が、凍りついている。

「よ、よいのですか」

藤吉郎の唇が、激しく戦慄く。

気づけば、戸口にひとりの男がたっていた。顔は、逆光でよく見えない。黒幕と思しき男は一歩踏みこんだ。庇の影にはいったことで、逆光から解き放たれる。顔の陰影があらわれ、表情が浮かびあがった。

切支丹なのだろうか、男の胸には十字架が揺れていた。

# 六

小屋ほどもある大きな岩の陰に、善住坊は身を潜めていた。岩越しに小川のせせらぎが聞こえてくる。周囲は鬱蒼(うっそう)とした樹々におおわれ、山々が善住坊に味方するかのようだ。

顔をだすと、川のむこうに細い街道が見えた。この道を、織田〝弾正忠〟信長が通る。

数日前のことを思い出す。隠れ家に木下藤吉郎がやってきた。顔が生傷だらけなのは、つい先日あった朝倉(あさくら)攻めの際にできたものだろう。織田信長は越前(えちぜん)の朝倉家を攻めたが、突如浅井(あざい)長政(ながまさ)に裏切られ危機に陥る。木下藤吉郎らを殿(しんがり)として金ヶ崎(かねさき)に残し、急ぎ撤退したのだ。木下藤吉郎は決死の覚悟で敵の追撃を阻み、信長に遅れること数日して京に帰還した。そして、その足で善住坊の隠れ家を訪ねたのだ。

ついに時がきた、と藤吉郎は静かに言う。

京にいる信長が千草峠(ちぐさとうげ)をとおって美濃の岐阜城へ帰還する、とも告げた。そこで、かつて黒幕から教えられた条件で狙撃するのだ。

善住坊は、右の人差指をしきりに揉む。引金をひく時に、万が一があってはならない。といっても隠れる岩場から千草峠の街道までは、浅い小川を隔ててわずか十二間(約二十一メートル)。ただ殺すだけなら、善住坊であれば目をつむっていてもできる。

この道を信長はとおる。

藤吉郎の話では、ふたつ弾や四寸の矢尻を軽々と弾きかえす、あの南蛮胴を着用しているという。

のぞむところだ、とつぶやく。

弾丸は、錫(すず)と鉛(なまり)を配合し貫通力が増した〝射抜き玉〟だ。それを、ふたつ弾で放つ。さらに五町(約五百五十メートル)以上の遠町で使う〝筒破り〟の強い玉薬をこめている。橋本一巴のように、鎧に弾かれることはない。

頃合いをみて、耳を地面につける。まだ、馬蹄のひびきはとどいていない。数十騎の供で、千草峠を駆けぬけると聞いている。

そのあいだも、人差指は揉みつづけた。

きた。

地につける善住坊の耳が、震動を感じとる。

すこし遅れて、音も聞こえてきた。

徐々に大きくなり、やがて遠雷のように轟きはじめる。暗殺を警戒して、馬を必死に駆けさせているようだ。

岩陰の隙間から、銃口を千草峠の街道へさしむけた。木枝と葉で筒先は擬装しているので、鉄砲とは気づかれないはずだ。

鎧をきた、先頭の武者が見えた。

赤糸威（あかいとおどし）の鎧は——ちがう、信長ではない。

次の鹿毛馬（かげうま）に乗った侍は、若すぎる。

つづいて、白い髭の老武者もちがう。

中団にいる武者に、視線が吸いこまれる。甍（いらか）のように黒光りする南蛮胴をきているではないか。

兜はかぶっていない。鷹のような目、女のように細いあご。

間違いない。

織田〝弾正忠〟信長だ。

信長は鞭を馬の尻に強く当てた。まるで、暗殺者がいるのを知っているかのようだ。

「足を緩めるな」

信長が叫んだ。

「全力で駆けぬけェい」

開いた口から見えたのは、牙のような信長の犬歯だった。そのすぐ横の歯が砕けている。

目を、信長の南蛮胴へむける。心臓の位置に、鑿(のみ)で削ったような傷が刻まれていた。

瞬間、善住坊は右の人差指を一気に引き絞った。

轟音が衝撃に変わり、右頬を打つ。

揺れる視界のなか、ふたつ弾は山中の空気を切り裂いた。

信長の尻が、鞍から跳ねあがる。

手綱がのびて、すぐにたわむ。にぎっていた手は離れ、万歳するかのように頭の上にあった。

善住坊の弾丸が、見事に南蛮胴を射ちぬいたのだ。信長の鎧に、心臓の位置から亀裂が一気に広がるのが見えた。

「と、殿ォ」

供の騎馬武者たちが、悲鳴をあげる。何人かが、無様に落馬した。

岩の隙間からだしていた銃口を、善住坊は素早くしまった。

「よし」と小さく叫んで、駆ける。

信長の生死はたしかめない。

その必要はない。

己の放った弾は、間違いなく南蛮胴を貫いたからだ。

途中で、逃げる方角とは逆に鉄砲を投げ捨てた。特別な火薬を配合しており、まだ白い煙が大量に燻っている。もし追手がくれば、誤ってそちらへといくはずだ。

「やったぞ」

走りつつ、ひとりごちる。

「やったぞ、これで安住の地を得られる」

しゃべるたびに、口のなかに血の味が広がる。右の歯が、さきほどの一射でさらに砕けていた。

# 七

雨のなか、善住坊がやってきたのは、木下藤吉郎に指示された廃寺だった。朽ちた板屋根の荒れ堂がある。信長を狙撃してから、数日間ひたすら山中を歩き、やっとたどり着いた。

濡れた手で、扉を開く。雨を降らす雲のせいで、なかは薄暗い。壁には、木彫りの像がひしめくようにならんでいた。薬師如来や四天王、閻魔や弁財天などの雑多な仏がならび、そのいくつかには彩色が施されていたが、顔料はくすみ半分以上が剥げていた。

仏像たちの視線を感じつつ、中へと進んだ。

部屋の中央に、ひとりの男がすわっている。もとからの矮軀をさらに小さくするかのように、身を縮こまらせていた。

木下藤吉郎は、猿によく似た顔をこちらへむける。朝倉浅井との金ヶ崎の撤退戦で負った生傷は、まだ癒えていない。

「よくぞもどってきた。心配したぞ」

黄色い歯を見せて笑う藤吉郎のむかいに、善住坊は濡れた尻を落とす。うすい板が、たちまちきしみだした。

木彫りの像たちが見つめるなか、藤吉郎と善住坊の密談が始まる。

「もう、あんなややこしい依頼は御免だぞ」

「安心しろ、これでお主は自由の身だ。あのお方も喜んでおられる」

「で、あいつは――黒幕はどこにいる」

藤吉郎の目が動き、善住坊から視線が外れた。どこを見たのだ。あることに気づいた。仏像の目差しのなかに、刃物のように鋭いものがある。あわてて、善住坊は体ごと向きなおった。

弁財天と釈迦如来の間に、鷹のような目をもつ顔がある。緋色の小袖と虎皮の袴は他の仏とはちがい、生きているかのように色鮮やかだ。

仏像のなかから、ゆっくりと一歩を踏みだす。形のいい唇が、蠢（うごめ）く。

「善住坊よ、よくぞ、なしとげた」

まるで耳元でささやかれるかのような声質だった。

「やはり、お主にたのんでよかったわ」

黒幕の男は、右の口端をもちあげて笑った。割れた唇から、右の犬歯がのぞく。横にある奥歯が砕けていた。

「これがなければ、己の命も危うかったろうな」

黒幕は、緋色の小袖の襟をはだける。つい最近できたばかりの、生々しい傷跡は正確に心臓を射抜く位置にあった。だが浅く、肉をわずかに削っただけだ。傷の横に揺れるのは、クルスである。鎧のように厚い鋼でできており、鏡よりも美しく磨かれていた。異様なのは、形がひしゃげていることだ。十字の交点に、火縄の弾丸がめりこんでいた。

忘れるはずがない。

あれは錫と鉛を配合した、善住坊の〝射抜き玉〟だ。クルスにめりこみ、黒幕の皮一枚を傷つけたのである。

「ふん」と、善住坊は鼻息を強く吐きだした。

「あんたの厚い南蛮胴を心臓の位置でぶちぬいて、クルスに当てて皮一枚削って止める」

善住坊は、黒幕の男を睨んだ。

緋色の小袖と虎皮の袴に身をつつんだ男——織田〝弾正忠〟信長が悠然と見下ろしている。

「それが、黒幕のあんたがだした条件だろう」

信長は、心地よさげに目を細めた。南蛮胴の内側の心臓の位置には、クルスを固定する紐を配していた。激しい騎乗で、万が一にもクルスの位置がずれないようにだ。そして表から目印として鑿で削ったような傷をつけた。

「さて」と善住坊が言うと、信長は笑みを消す。

「仕事はなしとげたぞ。次は、あんたがわしにこたびの謀の全貌を教える番だ。どうして、自らの命を的にしてまで、狙撃させた」

藤吉郎と一瞬視線を交わらせた後、信長は口を開く。

「理由は簡単だ。鉄砲を軽視する織田家の風潮を変えたかった」

自身の狙撃を命じた背景を、信長は語る。

橋本一巴の死後、信長が丹精こめて配備した鉄砲を蔑ろにする者が急増した。たしかに強敵のいない尾張、美濃、畿内では勝てた。しかし、今後戦うであろう武田、上杉、北条の強兵が相手だとわからない。鉄砲の力がなければ、苦戦は免れない。

「無論、武田の騎馬隊相手でも、己の育てた織田軍は負けん。だが、今のままでは多くの侍大将が死ぬ。人材は宝だ。今後の天下布武(てんかふぶ)に、間違いなく支障をきたす」

高僧の説法でも聞くかのように、藤吉郎がうなずいている。

「鉄砲隊を鍛え育てれば、いずれ武田の騎馬隊など苦もなく倒せる。だが、今のままではいかに号令をかけても、戦場で誰も鉄砲を使わぬ。いや、無理矢理使わせても、平時に稽古をせぬ鉄砲など逆に足手まといだ。橋本一巴の死によって、鉄砲を女子供の武器と侮ることが甚だしくなったからよ」

そこで、信長は鉄砲が女子供の武器ではないと認めさせるために策を練った。木下藤吉郎を引きこんだのは、百姓出身で鉄砲を使うことに抵抗がなかったからだ。

藤吉郎が、引き取るように語りだす。

「そこで考えたのが、軍神とも崇められる殿の厚い南蛮胴を貫き、胸に傷をうがつ、という策だ。見せたかったですぞ、殿が絶命の危機だったと知った時の侍大将たちの顔を」

藤吉郎は、商人のように相好を崩す。

「猿の言うとおりよ。聞けば、何人かの旗本たちが、さっそく鉄砲を注文したらしい。柴田、佐久間らの宿将もわが胸の傷を見れば、肝を冷やし考えを改めよう」

信長は小袖の胸をふたたびはだけ、愛でるように傷をなでた。

「恐るべきは、それを見越していた殿でございます。まさに、炯眼(けいがん)にそうろ……」

「たったそれだけのために、自らの命を危険にさらしたのか」

藤吉郎の追従に声をかぶせたのは、善住坊だった。

「一歩間違えれば、死んでいたかもしれんのだぞ」

鎧の下のクルスを狙って命中させるのだ。もう一度と言われても、無理かもしれない。

「他にも手はあろう。どうして、生き急ぐようなことをする。あんたは、命が惜しくないのか」

不遜な物言いに、藤吉郎が思わず主君を見上げた。

「笑止だ。命は惜しい。当然だろう」

信長は吐き捨てる。

「だから浅井が裏切った時、恥も外聞もなく逃げた。だが、命以上に重いことがある」

敗戦の屈辱を思い出したのか、胸の前のクルスを信長は握りしめる。

「それは、天下布武だ。畿内を統一し、乱世を正す。そのためには、織田家にある鉄砲を侮る心を殺さねばならなかった。早急にだ」

浅井、朝倉、本願寺（ほんがんじ）、比叡山（ひえいざん）など、織田は四囲に敵をもち苦境だ。が、鉄砲があればその重囲（じゅうい）を打ち砕ける。

「だが、それで死んでは元も子もあるまい」

善住坊の言葉に、信長は笑みで答える。

「己が恐れるのは、死ではない」

信長の声は、まるで誰かを詰るかのようだった。

「命を惜しんで、覇道を逸することの方が怖い。それに比べれば、己の身を銃弾にさらすことなど、何ほどのことがあろうか」

握りしめるクルスが鈍い光を放つ。

「己は天下布武のためならば、手段は選ばない。この命を種銭にすることも厭わない。どんな卑怯なこともする。悪人と罵られようと、かまわぬ」

信長の目が爛々と輝きだす。眼光には、したたるほどの殺気がこもっていた。

「だから、邪魔する者は、誰であっても容赦はしない」

善住坊の体から汗が流れだす。まるで強い火に炙られたかのようだ。

「武士や大名は無論のこと、年端もいかぬ女子供であっても、だ。さえぎるなら斬り殺す」

なぜか、業火で苦しむ人々の姿が善住坊の頭をよぎった。女子供の叫喚も、耳孔をかきむしる。

――あるいは、己は弾丸を外すべきだったのではないか。

鎧の下のクルスではなく、信長の眉間を貫くべきだったのでは。そんな疑念が、善住坊の胸を急速に埋める。

「己の天下布武を邪魔する者には、等しく死を与える」

信長は、囲む仏像たちを睨んだ。

「たとえ、それが神仏であってもだ」

信長の闘志は荒れ堂を圧し、壁に追いやられた木彫りの仏像でさえ怯えるかのようだった。

「さて、善住坊よ」

信長は、一転して冷静な声色に変わっていた。

「こたびはよくぞ事をなした。褒美をやる。安住の地が欲しいといったな」

善住坊は慎重にうなずく。

「いいだろう。わが領地であれば、好きなところに住め。だが名は変えてもらうがな」

すでに変名である善住坊に否はない。

「だけでは、不足だ。他に望むものはあるか。銭でも名物の茶器でもいいぞ。なんなら城のひとつをくれてやろうか」

善住坊は目を閉じる。まぶたの裏に浮かんだのは、ふたつの位牌だ。追手から逃れる過程で、殺した童のことを思い出す。

流れる前髪とつぶらな瞳、熟したように赤い頬――

まぶたをこじ開けたのは、善住坊のうがったこめかみの弾痕がまざまざと脳裏をよぎったからだ。右腕で汗をぬぐう。深く息を吸い、呼吸を整えた。

「ならば、たのみがある。わしをむごたらしく殺してくれぬか」

暫時、沈黙が流れた。

「どういうことだ」

「追手から逃げるために、わしは幼い子を殺した。その罪を償わねばならぬ」

信長の眉間にしわが刻まれる。

「織田弾正忠を暗殺しようとした咎人(とがにん)として、とびきりむごく殺してくれ。その上で、わしの息子に安息の地をくれてやってほしい」

「た、たわけたことを言うな」

藤吉郎が悲鳴のような声をあげた。

「せっかく、安息の地がもらえるのだぞ。親子水いらずで暮らせばよいではないか。何のために、命がけの狙撃をしたのだ」

善住坊は、藤吉郎を無視した。

信長を強く見据える。

「あんただって、暗殺者をそのままにはしておけまい。どうせ、身代わりの誰かを処刑するつもりだったんだろう」

信長は細いあごに手をやって考えこむ。

「身代わりなどは不要だ。わしを殺してくれ。そうでもせねば、わしの罪は消えん」

「いいのか」

信長は静かに言葉を落とす。

「わが鉄砲隊が強く育ち、武田の騎馬隊を滅ぼせば、その時の勲功第一はお主なのだぞ。城ひとつどころか、国ひとつでも不足な大功だぞ」

善住坊は首を横にふった。

「わが罪は、国ひとつでも到底贖（あがな）うことはできん」

それでもなお、信長は不審気な顔だ。

「あんたは、わしと同じ鉄砲放ちだ。女子供の得物と蔑まれた鉄砲に魅入られた、変わり者だろう」

「変わり者だと」

「ああ、そうだ。岐阜の城下で、そんな看板を背負って馬に乗っていたぞ」

善住坊は右の口端を指で吊りあげて、唇を開く。鉄砲の稽古をつづけ、砕けてしまった歯がのぞいているはずだ。あごが痛みを訴えても、細い銃口から放たれる小さな弾丸に魅入られ、射つのをやめられなかった代償だ。

「変わり者同士なら、わしの気性がどんなものかわかろう」

信長は右頰を吊りあげて笑った。唇の隙間から、善住坊と同じく砕けた歯がのぞく。

不思議そうな表情を浮かべていたのは、藤吉郎だった。

「いいだろう。それが貴様の望みなら叶えてやる。これ以上ないというほどむごたらしく殺した上で、貴様の息子に安息の地をくれてやる」

欲していた言葉をもらい、善住坊は深々と頭を下げた。

「だが、すぐには貴様は殺さん」

頭をあげると、信長がきびすを返したところだった。

「三年やる。そのあいだ、親子で暮らせ。死ぬだけが、罪滅ぼしではあるまい」

風が吹きこんだ。

荒れ堂の扉を、信長が乱暴に開け放っていた。

「ひとりの子を殺したのなら、その何倍もの子を救い、育ててみろ。妻を娶(めと)り子をなすのもいいだろう。捨て子を育てるのもまたよしだ」

雨はいつのまにか止んでおり、新鮮な空気には水気がたっぷりと含まれていた。

「それでも決心が変わらぬなら、藤吉郎めに報せろ。思う存分に成敗してくれるわ」

信長はでていく。小男の木下藤吉郎が、あわてててつづいた。

厚かった曇天は割れて、陽光が降りそそいでいる。林のむこうには、七色の光が大空に弧を架けていた。

虹をくぐりぬけるように飛ぶのは、何だろうか。茶褐色の鳥は、田鴫(たしぎ)だ。二羽いるのは、つがいか。いや、一羽は小さいのできっと親子だろう。

二羽の田鴫は、梅雨が洗った青空を飛び、やがて消えるように遠くへといってしまった。

にじむように、七色の光が空に溶けていく。

# 軍師

# 序

信長家臣太田牛一（おおたぎゅういち）の著した『信長公記』には、こんな一節がある。

このころ、哀れなことがあった。

美濃と近江の国境に、山中（やまなか）という村があり、ひとりの障害者が道で物乞いをしていた。

山中村は、古くから栄える宿駅だ。それゆえに、歴史の様々な事件とも無関係ではなかった。壬申（じんしん）の乱の最初の両軍激突地であり、村に流れる川が血で赤黒く染まったとの言い伝えがある。のちに、関ヶ原の合戦の最激戦地にもなる。

信長は、この村で不思議な男と出会う。

その男は〝山中の猿〟の異名で呼ばれていた。

驚くべきは、山中の猿は源平の時代からつづく呪われた一族の末裔だという。後に山中の猿の先祖の因業を岩佐又兵衛という絵師が『山中常盤』という絵巻物にし、それは現在にも伝わっている。

山中の猿は村人から蔑視される存在だったが、そんな彼と交流したのが織田信長だ。『信長公記』では信長が山中の猿にかけた情けが描かれ、次の文で章が締めくくられている。

信長様は慈悲深きゆえに、神仏の加護があった。
信長様の一族は、今後も繁栄をつづけるだろう。

信長は、なぜ呪われた一族の末裔と交わったのか。
どうして、彼に慈悲をかけたのか。
なにゆえに、山中の猿が一門繁栄の鍵をにぎっていたのか。

# 一

初陣とは思えぬほど、その少年は淡々と戦場を見渡していた。

初冬の空にはうすく雲がかかり、灰色がかっている。鈍色の海からは、冷たい潮風が吹きつけてきていた。

が、寒くはない。目の前では、三河国大浜の村が赤々と燃えているからだ。

海風が炎を巨大な壁のように猛らせ、初陣の少年と彼にひきいられた織田勢を炙る。

村人たちは避難しているようで、悲鳴は聞こえてこない。柱や梁が砕ける異音が、織田勢の耳朶を乱暴になでる。

「それにしても、大した若様だな」

そう又助に語りかけたのは、炎で顔の半分が橙色に照らされた同僚の武者だ。

たしかに、と又助も心中で同意する。

初陣の少年は、革でできた馬鎧と紅の頭巾を凜々しくきこなしていた。堂々たるものだ。何より、木立よりも高い炎を見ても一切動揺しない。うつけと陰口を叩かれているのが、嘘のようだ。

が、これだけで少年の真価を見極めるのは少々早計だろう。本当の武者ぶりがわかるのは、敵の軍勢を前にしてからだ。

　又助は、目を少年から引き剝がした。砂塵がうすく立ちあがっている。

「三郎(さぶろう)様、敵がきます。およそ二里（約八キロメートル）先におります」

　又助が砂塵を指さし叫ぶ。馬上の少年こと、三郎が振りかえった。紅い頭巾の下の顔は女人のように細く、それとは不釣りあいな鋭い双眸(そうぼう)が光っている。

「又助、ご苦労」

　織田弾正忠家の嫡男、織田〝三郎〟信長が小気味よく答える。

「おお、本当だ、砂塵が見えるぞ」

「さすが、弓巧者の又助。いい目をもっている」

　やっと砂塵に気づいた武者たちが口々にいう。

「三郎様、まずは矢戦ですな。この又助に弓隊の采配をおまかせください」

　三人張りの強弓をにぎりしめ、又助が膝をついた。

「矢戦は不要だ」

「なんですと」

　信長の言葉に、みなが一斉に声をあげる。初陣の少年は首をひねり、みなの目差(まなざ)しを背後へといざなった。そこには、黒光りする筒をもつ足軽たちが三十人ばかりひかえている。

「まさか――」と、又助はつぶやく。

「そうだ。鉄砲足軽だ。燃える村の煙が我らを隠してくれる。待ち伏せをして、鉛の弾を浴びせる。又助ら弓隊は、鉄砲足軽を援護せよ」

「鉄砲足軽の……援護」

呆然と立ちつくす又助らをよそに、少年信長は鉄砲足軽や部下たちに次々と下知を飛ばす。

敵を待ちうける布陣が完成した。

「おい、何をしている。我らも支度をするぞ」

同僚に促されて、やっと鉄砲足軽の背後にひかえた。

「大した若様だ。まさか狩り道具の鉄砲を、こういう風に使われるとはな」

「きっと今川の武者どもも驚くぞ」

「まあ、本番は我らの槍だがな」

武者たちは舌なめずりし、槍や薙刀（なぎなた）など各々の得物（えもの）をにぎりしめる。

軍勢の足音が、聞こえてきた。

「まずいな」と、信長がつぶやいた。顔を空にむけて、険しい表情をつくる。鉄砲足軽たちもざわつきだす。

いつのまにか、空は黒雲におおわれていた。吹きつける風には、たっぷりと湿り気が含まれている。

又助の頬に水滴が落ちたのが合図だった。冷たく硬い雨が、織田軍に襲いかかる。火焔は一気に弱まり、織田軍を隠していた煙が溶けていく。

だけではない。

鉄砲足軽の火種も次々と消えていく。

心中で快哉（かいさい）をあげたのは、又助だ。これで、弓の活躍の場ができた。

「三郎様、ぜひ先陣は我ら弓——」

「ならん」と、信長は又助に最後まで言わせなかった。

「引きあげる。村は焼いた。それで十分だ」

兜の庇（ひさし）からしたたる水滴をにらみつつ言う。

「三郎様、勝ち戦をみすみす逃すおつもりですか」

又助は必死に声を飛ばした。火焔と鉄砲の利はなくなったが、決して負けることはないはずだ。

「晴れていれば、一兵も損じることなく勝てた」

弓隊が前にでて戦えば、すくなくない犠牲がでる、と信長は言う。又助得意の弓を、侮辱するかのように聞こえた。

「なぜだ」と、信長が口走った。

叫ぶ口から、ちらりと歯が見えた。右の奥歯のひとつに亀裂が入っている。信長の鉄砲への傾倒を物語るものだ。発砲の衝撃を右頬で受けとめるので、歯が砕けようとしている。

「人事をつくした己に、どうして天は味方してくれぬのだ」

黒く塗られた空を、信長は睨みつける。

「己の何が不足だというのだ。どうやれば、天は己の味方をしてくれるのだ」

少年信長の問いかけに、天は雨滴と冷風でもって答える。

## 二

美濃と尾張の国境にある聖徳寺(しょうとくじ)には、野点(のだて)の茶席がしつらえられていた。初夏を迎えた庭は葉桜が生い茂り、池の周りを緑で彩っている。その畔(ほとり)におかれた長椅子に、ふたりの男がすわっていた。ひとりは、数えで十七歳のたくましい青年に成長した織田〝弾正忠〟信長。いまひとりは頭を丸めた老人で、美濃の戦国大名斎藤道三(さいとうどうさん)だ。

ふたりからすこし離れたところには毛氈(もうせん)がしかれ、織田家と斎藤家の武者が二十人ほど座していた。そのなかに又助もいる。

「婿殿よ」

斎藤道三は、柔らかい声で信長に語りかける。道三は娘を信長に輿入れさせており、今回の会見も両家の紐帯を強めるために開かれたものだ。

「娘から聞いているぞ。なんでも、天に打ち勝つ術を必死に考えているらしいな」

又助は、不思議な気分だった。蝮と恐れられる道三の言葉は、孫に語りかけるかのようだ。つかえた主君の数々を下克上した過去をもつ男には、見えない。

「人事をつくし天命を待つ――私はこの考えが好きになれませぬ」

「だが、事実、天候はじめ、人の手ではままならぬことが多々あろう」

「私には、それは言い訳のように聞こえます」

「わが娘から聞いたとおりの気性だな」

からからと道三は笑う。

「初陣で悔しい思いをしたと、いまだに娘に語っているそうだな」

「あの雨がなければ、今川勢に痛打を与えることができました」

どうやら、信長は天候さえも己の意のままに操りたいようだ。

「ならば、かわいい婿殿に助言しようか。わが美濃国不破郡の山中村を訪れるがいい」

「山中村ですか」

「壬申の乱で戦場となった、関ヶ原のすぐ隣にある。そこに、婿殿が求める力をもった男がいる。きっと、婿殿のよき軍師となろう」

信長の目が険しくなる。明らかに舅である道三のいうことを訝しんでいた。

「軍師……ということは、その男がもつ力とは神通力の類ですか」

信長は、言葉に軽侮の色を隠そうとしなかった。

あらゆる戦国大名は軍師を雇っているが、それは献策のためではない。天候や吉日を占うためだ。道三は、占卜に長けた男が山中村にいると言っている。ちなみに、信長も軍師は雇っているが、その力を微塵も信じていない。信心深い部下の恐怖心を和らげるための存在と割り切っている。

「世のなかには、理で割りきれぬことが多々ある。わが助言を信じる信じないは、婿殿次第よ。もし山中村へいくなら、通行手形は融通してやろう」

信長が考えていたのは、一瞬だけだった。すぐにこうべを巡らせると、又助と目があう。

「又助、今から山中村へ飛べ」

「せっかちな婿殿よなあ」

道三は苦笑をこぼしつつ、目を又助へとやった。

「又助といったか、神通力をもったその男は〝山中の猿〟と呼ばれておる。祐筆に手形を発行させるゆえ、それをもって山中村へと赴くがいい」

三

又助が山中村から連れてきたのは、大きな体軀をもった男だった。歳のころは二十代半ばに見えるが、実際はまだ十を五つほどこえたあたりだという。言われてみれば、どんぐりのような目は幼いし、髭（ひげ）もほとんどない。

「お主が山中の猿か」

「へ、へえ」

信長の問いかけに、山中の猿は額を床にすりつけた。その所作に、近習（きんじゅう）たちから失笑が漏れる。

「名はなんという」

「山中の猿です」

「そうではない。あだ名ではなく、本名だ」

「わ、わかりません」

近習たちがどっと笑う。

「ふむ、又助よ。この山中の猿は、どんな異才をもつ」

きいても要領をえないと判断した信長は、又助に問いかける。

「そ、それが……」

汗をふきつつ、又助は言いよどんだ。

山中村では、山中の猿をすぐに見つけることができた。が、この男がどんな異才をもつかまではわからなかった。村人にきいても首をかしげるだけだ。軍師が務まるような神通力など、見せたことがないという。どころか、山中の猿は文も武も人並み以下で、ただただ体が大きいだけの木偶の坊だとみなが口をそろえる。

「なんでもいい。こ奴がどんな男かを教えろ。知っている限りだ」

「はい。実はこの男の先祖は、あの常盤御前――源義経公の母君を殺した一味であります。その先祖の悪業ゆえに、山中の猿は呪われておるとみなが言っておりました」

信長の眉宇が硬くなった。呪いやまやかし、迷信のたぐいを、信長は嫌悪することはなはだしい。

信長の怒気を肌で感じつつも、又助は説明をつづける。

まだ牛若丸と名乗っていた源義経は、奥州平泉の藤原氏をたよった。都にいた母の常盤御前は、遅れて牛若丸のあとを追う。そして美濃国の山中村へいたった時、山賊に襲われ落命した。

「この山中の猿は、その常盤御前を手にかけた山賊の子孫です」

山中の猿は、こくこくとうなずいた。

「どこかで聞いたことのある話だな」

「有名な『山中常盤』ではないか」

「まさか、伝説だと思っていたが」

近習のささやきが、又助の耳にも聞こえてきた。

山中常盤――巷間に流布する伝説である。奥州にむかっていた牛若丸は胸騒ぎを覚え急遽引きかえす。山中村で母を殺した山賊と出会い、成敗する。そして奥州へいき成長。兄源頼朝の挙兵に呼応し、奥州から軍勢をひきい京を目指した。その途中の美濃国山中村で、母の墓に手をあわせ落涙する。

『山中常盤』の伝説は、絵巻物の材にも度々なっている。山中の猿は、その山賊の子孫だという。

「この者の祖先の来歴はわかった。では、常盤御前殺しの宿業ゆえの呪いとは何だ」

「山中の猿の一族は、代々体に障害をもつそうです。この山中の猿もそうです」

「見たところ、五体壮健のようだが」

信長が首をかしげた。

「この山中の猿、病でもないのに、突然、頭痛に襲われます。それまで平然としていたのに、急に苦しみ、時に泡をふいて気を失うこともあるとか。その苦しみようは、まさに呪いとしか思えぬ、と」

そう言う又助の脳裏によぎったのは、恐ろしげに語る山中村の住人の表情だ。

「こんな男を、道三様は軍師にせよと言うのか」

「いや、だからこそかもしれん。常盤御前殺しの宿業もちなら、神通力も宿るやも」

軍師には、神がかった役割が求められる。それゆえに、各国の軍師は巡礼や流民、遊民出身者が多い。武田家の軍師山本勘助（やまもとかんすけ）は隻眼で片足が不自由だった。体に欠損をもつ者が、軍師として神託を聞く例は多い。京の松原橋あたりには業病を患った者が集う村があるが、その地の言伝えでは陰陽師の安倍晴明も同様の病に罹患していたという。

常盤御前殺しの罪人の子孫で謎の偏頭痛に苦しめられる山中の猿は、たしかに軍師にはうってつけだ。

唇を隠すように手をやり、信長は山中の猿を凝視した。そして二、三、山中の猿に問いかける。つい最近、頭が痛くなったのはいつか、とごく簡単な内容だ。だが、それさえも山中の猿の答えは要領を得ない。信長は何度も何度も同じことをたしかめた。

「なるほど、な」

信長がひとりごちた。みなの目差しが集まる。

「さすがは蝮の道三よ。この者の呪いは、本物だ」

近習たちがどよめいた。

「この者、わが軍師として神通力を発揮するであろう。長槍、鉄砲につぐ、第三の武器だ」

　武器と言われて又助の脳裏をよぎったのは、己の三人張りの強弓だ。信長は、その弓を武器としてあげなかった。

# 四

　蕾をつけた梅の木の下で、又助は三人張りの強弓を引きしぼる。きりきりと鳴る弓弦が心地いい。矢羽根を指から解きはなつと、矢尻が百歩先の的へと吸いこまれていった。

「よし」

　又助は額の汗をふく。次の矢を取ろうとしたが、腰にある空穂にはもう矢は入っていなかった。

「おらが取ってきます」

　そう叫んだのは、山中の猿だ。大きな体を折りまげて的へと走り、刺さった矢を無造作に一本二本とぬいていく。

「又助様の屋敷に厄介になっているのです。このぐらいしないと」

どういうわけか、信長は山中の猿の世話を又助に託した。以来、山中の猿は又助の小さな屋敷の一隅に寄寓している。いい迷惑だ。百歩先の的を射抜くには、極限まで己を追いこみ、孤独と向きあわねばならない。精神統一の妨げにしかならない。

ため息を吐きだした。知らず知らずのうちに、貧乏ゆすりをしてしまう。

いつまでたっても、山中の猿が矢をもってこない。見ると、的の十歩ほど手前で呆然と立ちつくしている。

「どうしたのだ」

「ううぅ」とうめき声もあげている。脇にかかえていた矢を取りおとし、膝をつき両手で頭をかきむしりはじめた。

この男が、呪われた体をもっていることを思いだす。

「まさか、頭が痛むのか。くそ、稽古の最中だぞ」

「お、お許しください……」

山中の猿の声が聞こえた。

「許して……ください。ゆる……して……くだ、さい」

山中の猿は必死の形相(ぎょうそう)で謝っている。又助に、ではない。

「常盤御前、お願いです。お許しください」

額を地にめりこませた。

「どうか成仏してください。もうこれ以上、おらを苦しめないでください。どんなことでもしま、す……から」

顔をあげると、黒雲が急速に青空を食もうとしている。

脂汗をこぼしつつ、幾度も謝る。かぶさるように、水滴が落ちてきた。

「おい、たてるか。もうすぐ本降りになるぞ。屋敷にはいれ」

肩をかして立ちあがらせようとするが、なかなか上手くいかない。よろけつつやっと屋敷に戻ると、大粒の雨が大地をなではじめた。

一方の山中の猿だが、襲う痛みはさらに激しくなったようで、もう意味のある言葉をつぶやく余裕さえもない。

「待っておれ。薬湯をもってきてやる」

気休めにもならぬのは知っているが、ないよりはましだ。薬をおいている部屋にむかって歩いている時だ。

突然、太鼓の音が鳴りひびく。

陣ぶれの太鼓である。

何か兵事がおこったのだ。

「ええい、こんな時に」

進む先を無理やりに変え、又助は具足櫃のある部屋へと一目散に駆けた。

# 五

綻(ほころ)びかけていた梅の木が、大風によってかしぎそうになっていた。礫(つぶて)のような雨も、横殴りで飛来してくる。

織田信長ひきいる軍勢の目の前には、荒れ狂う海が立ちはだかっていた。たれこめる黒雲をかするような大波が、いくつもある。時折、雷の音が耳をつんざく。

「くそう、これでは村木砦(むらきとりで)にたどりつけんぞ」

「ぐずぐずしていては、水野(みずの)家の城が落ちてしまう」

潮と雨で濡れる又助の横で、朋輩たちが地団駄(じだんだ)をふんでいる。織田方の城だった寺本(てらもと)城が今川方に寝返ったという一報がもたらされたのは、数日前のことだ。これにより、織田家は同盟する水野家との陸路を完全に絶たれた。それでなくとも、水野家は今川方の村木砦から圧迫をうけ苦境にある。このまま織田家の援軍がなければ、水野家は滅んでしまう。

救いは、水野領への海路が健在なことだった。制海権は、いまだ織田家が掌握している。

信長は陣ぶれを発し、舟の支度を整えるよう指示をだした。

そんな織田勢の前に、嵐が立ちはだかっている。

「この嵐で海をいくのは、無謀だ。やはり、陸路をとるべきだ」

又助がうめくようにいうと、すかさず朋輩が反論を飛ばした。

「陸路は寺本城でふさがれている。城攻めしているあいだに、水野家が今川家に降伏してしまうわ」

「じゃあ、この海をいくつもりか」

又助が指を突きつけると、雨で濡れる朋輩の顔がゆがんだ。

「こたび、天は織田家を見放したもうた」

そんな声も聞こえてきた。海路は嵐に阻まれている。常識で考えれば陸路が無難だが、この雨のおかげで虎の子の鉄砲は使えない。立ちはだかる寺本城、そしてさらにその先にある村木砦を落とすのに、大きな犠牲を強いられるだろう。

自然、みなの目差しは信長へと注がれる。成長した信長は、かつての革製の馬鎧はきていない。かわりに、美しい紺糸縅（おどし）の甲冑（かっちゅう）を身につけている。横殴りの雨は、野点傘の下の信長の鎧も容赦なく湿らせていた。

「いかがいたします。陸路をとりますか。それとも海路ですか」

近習の問いかけに、信長は無言である。迷っているのだ。

「ご決断を」

答えを迫られ、信長は硬い唇をこじ開けた。

「しばし待て。軍師にきく」

みなが目を見合わせる。軍師とは一体、誰のことなのだ。

信長は、又助に目をやった。

「まさか――山中の猿にきくのですか」

信長に言われて、山中の猿も従軍させていた。おかげで、偏頭痛で歩行もままならぬ山中の猿のために、荷車を一台調達しなければならなかった。

「そうだ。山中の猿を呼べ」

「呪いのせいで、奴は寝込んでおります。とても歩ける状態ではありませぬ」

「ならば、自ら出向くまでだ」

信長は有無をいわさず歩きだした。

古い祠（ほこら）に板を立てかけ、その隙間に山中の猿がうずくまっていた。信長や又助が近づくのに気づき、顔をあげる。

「山中の猿――いや、わが織田家の軍師よ」

信長はうやうやしく一礼した。神前での戦勝祈願を思わせる、厳か（おごそ）な所作だった。

「今すぐ、天の声に耳を傾けたまえ。織田家がいかな道を歩むべきか、導きたまえ」

頭痛で顔をゆがめる山中の猿へ、慇懃（いんぎん）な言葉を投げかける。

「お、おらが、占う?」

「そうでございます。祠があります。この前で祈り、天の声を聞き、我らに道を示したまえ」

信長の態度は、どこまでも丁重だった。

「無理です」と、痛む頭を山中の猿は必死に左右にふる。

「天の声など……神仏の宣託なんて聞いたことありません。占いもしたことが――」

言葉が途中で切れたのは、信長が抜刀したからだ。きっさきを山中の猿に突きつける。

「軍師の用を成さぬなら、斬る。今すぐに祠の前で祈れ。それとも、血祭りの生贄(いけにえ)にされたいか」

殺気をはらんだ信長の声に、のろのろと山中の猿がはいでる。そして祠の前で、ひざまずいた。

「や、やっぱり無理です。おら、祈りの言葉は知らない」

目を潤ませて、山中の猿が懇願する。

「教えられずとも、貴様の血が知っているはずだ。常盤御前殺しの罪人の血が、貴様に祈りの言葉を紡がせる。呪われた血肉にしか、天の声は宿らぬ」

恫喝するかのような語調だった。祈らぬ山中の猿に、信長は明らかに苛立っている。

まさか、信長は本気で山中の猿が天の声を聞けると信じているのか。

「さあ、軍師よ。天の声を、この織田信長に聞かせたまえ。海を行くべきか、陸を進むべきか。道を示されよ」

殺気さえもこめて、信長は言った。

ごくりと、又助は唾を呑む。山中の猿が祈らぬなら、本当に殺すつもりだ。それほどまでに、信長は宣託を欲しているのだ。

観念したのか山中の猿は、祠にむかい手をあわせた。

「お許し……ください。許して……ください」

祠の前の地面に額をすりつける。

「常盤御前……どうか、わが罪を……お許しください」

それが、山中の猿にとっての祈りの言葉だったようだ。

信長は片膝をつき、山中の猿を凝視する。ぜえぜえと息を切らせつつ、山中の猿は祈りつづける。

雨が又助の甲冑だけでなく、下にきる鎧直垂さえも濡らす。

近習が傘をもってこようとしたが、信長は「いらぬ」と一蹴した。

信長は突如、立ちあがる。

そして、高らかに叫んだ。

「聞こえたぞ」

近習たちが一斉に信長を見た。

「天の声が聞こえたぞ」

爛々（らんらん）とした眼光を、近習や又助にむける。が、又助らは何のことか理解できない。

山中の猿も同様だったようで、不思議そうな表情で信長を見上げている。いつのまにか偏頭痛は和らいだようで、苦悶の色は消えかかっていた。

「天の声はわが軍師山中の猿の身に宿り、声となりこの織田信長の耳にとどいた」

ふる雨を弾きかえすような大音声（だいおんじょう）で、信長はつづける。

「海をわたる。船をだせえい」

## 六

南無妙法蓮華経（なむみょうほうれんげきょう）の題目の声が聞こえたかと思うと、次は南無阿弥陀仏（なむあみだぶつ）の念仏の声が聞こえてくる。滅茶苦茶な祈りが、太田又助の小さな屋敷いっぱいにひびいていた。

山中の猿が、常盤御前の供養のために祈っているのだ。

嵐の海を前にし、山中の猿に祈りをあげさせた信長は、四半刻（約三十分）ほどして突如海をわたると言いだした。海に船をだすと、不思議なことがおこった。みるみるうちに風雨がやみ、晴れ間さえのぞきはじめたのだ。

勇躍した織田勢は、水野領に無事上陸し、今川方の村木砦を落とすことに成功する。

この勝利には、隣国の斎藤道三も称賛をおしまなかった。が、信長は驕らない。逆に斎藤家の使者に、「軍師である山中の猿のおかげだ」とさえ言って謙遜した。

これを聞いた、山中の猿は恐懼した。

自分の呪いが勝利をもたらした。裏をかえせば、自分のせいで、今川方の武者が多く死んだと考えたのだ。

以来、毎日のように念仏と題目をあげるようになった。

家人はうるさいというが、又助は逆に都合がよいと考えていた。

それは今、客間で面会する男のためでもある。

「さて、又助様、くだんのものは用意できておりますか」

出入りの商人は、ふくよかな笑顔を崩さずに言う。膝元には、よく使いこまれた杖が横たわっていた。

又助は、文箱から一冊の帳面を取りだす。表紙には題字がなく、無題だ。それを商人の前で広げると、ここ数ヶ月の信長の行跡がこと細かに書かれていた。

商人はぱらぱらと中を検める。

「たしかに」といって、閉じた。

「これが報酬だ」

がらりと口調を変えて、袱紗を又助の前に放りなげる。開くと、指先の骨ほどの小さな金塊があった。

「さすが武田家の忍びだな。報酬も金か」

しっと商人が唇に人差指をそえたが、聞こえてきた山中の猿の題目と念仏に苦笑を浮かべる。これなら、少々の失言も家人に聞き咎められることはない。

「わが武田家は、金山の富をうなるほどもっているゆえな」

「もし、必要なら、織田家の兵糧や矢玉、槍の数も調べるが」

又助は、武田家と通じるようになっていた。きっかけは村木砦の戦いだ。信長は三人一組の射手による鳥打ちという特殊な方法で、狭間からの矢の反撃を封じた。結果、又助ら弓衆は大きな手柄をあげることはできなかった。

弓で立身することは難しい。そう思いしらされた又助の心は、急速に織田家から離れていく。そこに武田家はつけこんできた。仕事はいたって簡単だ。信長の行跡を書に記し、商人に扮する武田家の忍びにわたす。

「なんだ、もっと金が欲しいのか。欲はかくな」

たしなめるように、武田家の忍びはいう。

「しかし、こんな報告が何の役にたつのだ」

求められた情報は、信長がどんな行動や談話をしたか程度で、戦の機密にはほとんどふれていない。

「弾正忠（信長）の人となりを知ることこそが肝要なのじゃ。信玄公は名君ゆえ、人となりさえわかれば、戦場で対峙したとき、その者がどんな策をとるか、手に取るようにわかる」

武田家の忍びは、報告の書を懐の奥深くにしまった。

「それに、矢玉や兵糧の数を知らせる必要はない。他にも内通者がいるゆえな」

勝ちほこるように、武田家の忍びは笑う。

「矢玉や兵糧の数を知らせれば、もっと報酬は高くなる。が、それゆえにこそ、危険も多い。弓自慢のお主には、これぐらいの調べが分相応だ」

又助は黙ってうなずいた。

「信玄公が、褒めておったぞ。簡潔にして明瞭、それがお主の文への信玄公の評じゃ。きっと、以前から書をつけるのに慣れ親しんでいたのであろう、とな」

図星である。もともとは、弓の稽古のために帳面をつけることが習いになっていた。毎日の体調や天候、風向きで、的に当たるか否かの結果が大きく変わる。百歩先の的を射抜く技量を得るため、又助は稽古の詳細を書き記すことを己に課していた。その習いを知っていた信長は、又助に山中の猿をあずけた。稽古の合間に、山中の猿の体調も書きつけておけという。月の終わりに、山中の猿についての書の提出を義務づけられていた。

　書きつける癖がめぐりめぐって、武田信玄の目に止まるのだから、人生はわからない。

「さて、長居は怪しまれかねん」

　使いこんだ杖を手にとり、武田家の忍びは腰を浮かした。

「そうそう、又助、知っているか」

　戸を開く寸前で、武田家の忍びはいう。

「今川家が、近々陣ぶれを発し尾張を攻めるそうだ。その数、二万以上」

「に、二万だと」

　今、織田信長は、尾張にある今川方の鳴海(なるみ)城を包囲している。その救援のためだろうが、あまりにも多い。これを機に、織田家を滅ぼすつもりだ。

「信玄公は弾正忠めをかっているようだが、はてさて二万以上の今川勢相手に太刀打ちできるかな。ああ、そうだ。もし、織田家が滅びたら、わしを訪ねろ。足軽くらいなら、仕官の口をきいてやる」

　武田家の忍びは戸を開ける。又助に向きなおり、朗らかな笑みをむけた。

「又助様、いつもご贔屓(ひいき)にしていただき、ありがとうございます。また三月後に、お顔を拝見しに参上いたします」

態度を一変させた忍びは、深々と頭を下げるのだった。

## 七

南無阿弥陀仏
南無妙法蓮華経

甲冑に身をつつんだ織田軍の部将たちが、呆れた目をむけている。今川軍二万五千を前にして、無策を露呈する信長へむけたものか。あるいは、その信長が軍師として仰ぐ山中の猿の奇妙な祈りにむけたものか。

清洲城の評定の間には護摩壇がしつらえられ、火焔が踊っていた。その前で汗を流しつつ、念仏と題目を唱えるのは山中の猿だ。時折、「常盤御前、お許しください」と懇願の言葉をはさむ。煙が顔にあたり、双眸からはだらしなく涙がこぼれていた。

その横には、鎧直垂をきた織田信長が片膝立ちでたたずんでいる。

「殿、籠城策か出撃策か、それだけでもお示しください」

部将のひとりが懇願するが、信長は手をふって去れと命じた。

あきらめたのか、やがてひとりふたりと部将たちは評定の間をでていく。

夜も更けてくると、残るはわずかな近習と小姓、そして山中の猿とその世話をする又助だけとなった。

今日の山中の猿の容体は悪くはない。

ただ、良好とも言い難い。

時折、金棒で頭蓋を殴打されたかのように激しく苦しんでいる。一刻（約二時間）に一度あるかないかだが、それは今までの偏頭痛とは比べものにならぬほどの痛みを伴っていた。

幸いなのは、それが長続きしないことだ。十数えるほどのあいだに痛みはひくのか、山中の猿は立ちあがり、ふたたび護摩壇の火焔にむかって祈りを唱える。

南無阿弥陀仏
南無妙法蓮華経

念仏と題目が夜の闇に溶けていく。

ふと、思った。本当に今川軍二万五千は尾張に乱入したのだろうか、と。そんな不思議な気分に襲われる。もし、今、戸を開ければ、まったくちがう世界が広がっているのではないか。山中の猿の念仏が聞こえる範囲で、現世と切り離されているのではないか。

妄想が、又助の肌を不覚にも粟立たせた。

「みな、寝ろ」

依然、信長は片膝立ちである。前のめりになって、山中の猿の声に耳を傾けている。

「これは命令だ。眠り、機に備えろ。眠れずとも、目は閉じて横になれ」

「殿は――」

愚問だった。山中の猿を注視する信長の姿勢に、微塵の変化もない。

命令に従い、又助はまぶたをおろす。

念仏と題目が子守唄のようだ。

時折、山中の猿の苦悶の声が聞こえる。

が、それは潮騒のように遠ざかる。

……。

――突然だった。

「鎧をもてェい」

信長の絶叫が、又助を眠りの世界から引きはがした。

「出陣だ。法螺貝をふけ。湯漬けももってこい」

信長は立ちあがり、つづけざまに下知を飛ばす。仮眠していた小姓や近習たちが、はねおきる。

足音がして戸が開き、紺糸縅の鎧が運ばれてきた。つづいて、湯気をあげる湯漬けも到着する。

湯漬けをかきこみつつ、信長は小姓たちをつかって鎧を身につけた。飯を平らげるのと、鎧の腰帯が結ばれるのは同時だった。

「今こそ決戦の刻だ。今川治部大輔めを討つ」

# 八

涼気と血の香りが、又助と山中の猿の周囲に満ち満ちていた。

桶狭間山があり、それを囲むように今川家の将兵の骸がおり伏している。照りつける太陽が、一刻（約二時間）ほど前にあった豪雨の湿りを急速に乾かしていた。

「おい、あれが軍師の山中の猿か」

遠くの声に、山中の猿の両肩がびくりと反応する。

「そうともよ。あの軍師殿を手元においてから、殿の策は神がかるようになった」

「ならば、我らにとっては軍神よ」

「逆に敵から見れば、疫病神だ。見ろ、この恐るべき光景を」

疫病神という言葉を聞いてか、山中の猿の体がふるえだす。恐る恐る、又助へと顔をむけた。

「又助様、おらは疫病神なのですか。目の前の光景は、すべておらのせいなのですか」

青白い顔できく山中の猿に、又助は言葉をつまらせた。

信長は、ある時期から天さえも味方につけるようになった。こたびの戦でも、突然の雷と大雨が織田軍に味方し、見事に総大将今川義元の首を討ちとった。

神がかるようになったのは、山中の猿を軍師に任命してからだ。

又助の無言は、山中の猿にとっては雄弁なる答えだった。

「ひィいあ」

悲鳴とも嗚咽(おえつ)ともつかぬ言葉を漏らし、崩れおちる。

「許してくれ。おらが、悪かった。みんな、成仏してくれ」

骸のひとつに山中の猿は、むしゃぶりつく。

「おらのせいで、おらのせいで……」

山中の猿の様子は滑稽であったが、それゆえにこそ又助の心を限りなく重くさせた。

又助は、山中の猿から離れた。木立の切り株に、ひとりの商人が腰を落としている。

又助の家に出入りしている、武田家の忍びだ。横には天秤棒(てんびんぼう)があり、その両端には大きな薬箱がつながっていた。戦場の薬売りをよそおって、戦況をうかがっていたのであろう。

「突然の雷雨という天運に恵まれたとはいえ、弾正忠め恐るべき男だな。まさか、ここまでのことをやってのけるとは」

小さな袋を又助に突きつけた。開くと、碁石の形をした金塊が数個掌の上にころがる。

ごくりと唾を呑んだ。

「これは……碁石金(ごいしきん)か」

武田家の金山で産出された金は、碁石の形に成形し、金の貨幣として使われる。大変な価値をもつことは、又助でも知っていた。

「これからは、それだけの報酬をやる。今までどおり、間者(かんじゃ)の仕事に励め」

どうして、報酬の額を釣りあげるのか。

「もう、かつての弾正忠ではない。この東海で、今川家以上に恐るべき敵となった。ならば、報酬があがるのは当然。仕事は変わらん。弾正忠の人となりを報せるだけでいい」

又助は、無言で碁石金を懐にしまった。それを満足そうに見届けてから、武田家の忍びは立ちあがる。

「そういえば、村木砦の戦いといい、こたびの桶狭間といい、弾正忠には不思議な力がある。何か心当たりはあるか」

天秤棒を肩にかつぎ、もう一方でよく使いこまれた杖をついて、武田家の忍びはきいてくる。

山中の猿のことが頭に浮かんだが、「さあな」と気のない答えをかえした。

「まあいい。お主は、弾正忠の人となりをよく観察しろ。今まで以上にな。いっておくが、足を洗うことはできんぞ。拒めば、お主が武田家に通じていることを明かす」

## 九

又助の屋敷に宛てがわれた山中の猿の部屋には、大小様々な仏像がひしめいていた。十四年前の桶狭間の合戦以来、山中の猿は戦があるたびに仏像を購(あがな)うようになり、それが今は部屋を埋めつくしている。

これほどまでの合戦を生きぬいてきたことを誇るべきか。それとも、合戦で殺(あや)めた命や犠牲の数におののくべきだろうか。

又助は懐から小袋を取りだす。中には、ぎっしりと武田家の碁石金がつまっていた。

信長の行状を知らせる仕事は今もつづいており、碁石金だけでひと財産を築けるほど貯まった。

一枚をつまみ、ため息をこぼす。

「そ、それは」

突然の声に、碁石金を取り落としてしまった。太い指で拾いあげたのは、いつのまにか背後にいた山中の猿だ。もう一方の手には、新しく購った仏像をもっている。

「驚かすな」と、山中の猿から碁石金をひったくる。

ふと気になり、「何か用か」ときいた。

「又助様のもっている金、おら見たことがあ——」

「これは偽物だ。中身は鉛の安物だ。忘れろ」

まだ言い募ろうとする山中の猿を無理やりに押しのけて、部屋へ戻った。

しばらくもしないうちに、ひとりの商人が訪いを告げる。武田家の忍びだ。使いこんだ杖をもっているのは、相変わらずだった。

とりとめのない時候の挨拶をしているうちに、山中の猿の念仏と題目の声が聞こえてきた。

「信玄坊主が死んだので、もう用無しだと思っていたがな」

にこやかだった武田家の忍びの顔相が、一気に険しくなる。

二年前の元亀三年（一五七二）九月、武田信玄は上洛の軍をおこした。遠江国の三方ヶ原で徳川家康を完膚なきまでに撃破し、織田領への侵攻を虎視眈々と窺う。しかし、一年前の元亀四年（一五七三）四月に陣中で呆気なく病没し、上洛の軍も武田領へと引きあげていった。

「口を慎め、一体、今までどれだけの碁石金をくれてやったと思っているのだ」

「そう憤るな。それより、まだこいつが必要なのか」

無題の帳面を、武田家の忍びの目の前に差しだした。中を検め、武田家の忍びは「うむ」とうなずく。

「信玄坊主——いや信玄公以外の者がその書を読んでも、役に立たぬだろう」

「わが主人の大膳大夫（武田勝頼）様を見くびるなよ。信玄公以上の武略の持ち主よ」

たしかに、武田勝頼は信玄死後も積極的に外征し、徳川家の高天神城などを次々と攻略していた。

「では、おれの書を読んで、上様（信長）がいかな策で武田と戦うかも、大膳大夫様は見抜いているのか」

「弾正忠めは、鉄砲でわが武田家とわたりあうつもりだろう」

又助はあえて無言をつらぬいた。教えてやる義理はない。が、忍びは又助の所作で図星だと見抜いたようだ。

一時期、織田家では鉄砲を軽視する風潮が広がったが、杉谷善住坊があわや信長を落命においこむ狙撃をしたことから、ふたたび鉄砲への熱が戻りつつあった。それは又助得意の弓が、無用の長物となることを意味している。

ちなみに、狙撃失敗後、杉谷善住坊は姿をくらましていたが、三年後の天正元年（一五七三）に捕まり処刑された。捕らえられた時、妻と十一人の子がいたという。

不思議なことに、妻子が処刑されたという風聞は一向に耳に入ってこない。

「大膳大夫様も愚かではない。織田軍の鉄砲を封じる策は、すでに考えておられる」

「梅雨時に決戦するつもりだろう」

今度は武田家の忍びが黙りこむ番だった。

雨で鉄砲を封じる――単純な策だ。

しかし、単純ゆえに破るのはむずかしい。事実、高天神城を武田勝頼が攻めたのは、梅雨の季節をまたいでいる。信長は援軍こそはだしたが、その行軍は遅々としており、戦場につく前に高天神城は落ちた。

が、今から考えれば遅々とした行軍は正解だったかもしれない。鉄砲が用をなさない雨中で武田の騎馬隊と戦えば、その損害は計りしれない。

# 十

梅雨の雨が、三日三晩降りつづいている。大粒の雨は、長篠設楽原（ながしのしたらがはら）の大地を溶かすかのようだ。屋根の下にいる又助にも湿気は容赦なく襲いかかり、体をかきむしりたくなる不快に耐えねばならなかった。

それ以上に厄介なのは――

陣屋の庇の下から、又助は馬防柵（ばぼうさく）ごしの敵陣を見た。千を超す馬のいななきが、何度もとどく。

織田軍は、武田軍一万五千と対峙していた。両軍の先陣同士の距離は三町（約三百二十七メートル）足らず、いつ合戦がおこってもおかしくない。

武田の大軍が三河国の長篠城に攻めよせ、その後詰（ごづめ）として信長が織田軍約四万をひきいて出陣したのだ。そして、梅雨で天地がむせぶ今、武田軍と指呼（しこ）の間合いで睨みあっている。

織田軍の士気は芳しくない。このままでは、鉄砲は用をなさないからだ。一騎当千の武田の騎馬武者たちと、刀槍だけでわたりあわねばならない。

いつもの信長ならば、このような愚は犯さない。高天神城が落とされた時のように、遅々とした行軍で決戦を回避し、武田軍が長篠城を落とすのを待ったはずだ。

　しかし、こたびはちがう。

長篠城を囲まれた時、徳川家康は信長にこんな使者を送ったのだ。

『もし、長篠城を見捨てるなら、徳川は織田との盟約を破棄する』

聞けば、家康の嫡男信康（のぶやす）は特に強硬で、そこに血縁関係のある水野下野守（しもつけのかみ）も同調したという。これには、さすがの信長も援軍に駆けつけざるを得なかった。

　南無阿弥陀仏
　南無妙法蓮華経

　念仏と題目が、武田軍の陣容を凝視する又助の耳をなでた。見ると、山中の猿が護摩壇の前で必死に祈っている。

「この雨では、さすがの軍師殿の神通力も通用せぬだろう」

「いや、そもそも山中の猿の異能も、ただ幸運がつづいただけ」

「たよりになるのは、怪しい軍師などではなく、我らの刀槍の腕ということさ」

　祈禱の様子を、武者たちが冷ややかな目で見ている。

　勝手な奴らめ、と又助は毒づく。今まで散々、神通力の軍師ともちあげておきながら、形勢が不利になると露骨に掌をかえす。

とはいえ、それでも十数人の織田家の武者が、山中の猿の背後で両手をあわせていた。

「お許しください。常盤御前、お許しください。この山中の猿めは、これ以上の罪は犯しませぬ。先祖の罪を贖(あがな)って、一生を生きていきます」

山中の猿は必死に祈りつづけている。

「おい、そろそろ休め。気を張りすぎるな」

思わず、又助は声をかける。数日前は昏倒するほどの頭痛に襲われていたが、今日は具合がいいようで朝から祈禱三昧である。が、さすがにこれ以上は体にさわる。

無理やりに護摩壇から引きはがした。柄杓(ひしゃく)にくんだ水をやり「頭は痛むか」ときいた。

「祈禱のおかげか、随分とよくなりました」

穏やかな顔色で、山中の猿は答える。

目差しを感じてこうべを巡らすと、すぐ近くに矮軀の侍大将がたっていた。うすい髭としわくちゃな顔は、まるで子猿のようだ。

「これは、羽柴(はしば)藤吉郎殿。何か御用でしょうか」

黄色い歯を見せて、羽柴〝藤吉郎〟秀吉は又助と山中の猿に笑いかける。二年前までは、木下という姓だった。土臭い百姓出とわかる空気をその頃は醸していたが、羽柴という姓になってからどこか貫禄のようなものも備えつつあった。

「なに、わが織田家の宝というべき、大軍師山中の猿殿のご様子をうかがいにきたのじゃ」

神前でするかのように、秀吉は大きく柏手をうった。遠くでは、秀吉の様子を馬鹿にするように見つめる武者たちがいる。

「山中の猿殿のご様子を拝見し、確信いたしましたぞ。こたびも織田軍の勝利――いや大勝利間違いなし」

秀吉の快哉に、周りの武者たちが肩をすくめ去っていく。

「山中の猿殿、わしは羨ましいぞ」

なれなれしく、秀吉は山中の猿の両肩に手をおく。

「そなた様こそは、生ける軍神じゃ。こたびも、そのお力で上様は大勝利をえる。同じ猿という仇名ながら、この藤吉郎の役立たずと比べると、己の不甲斐なさが泣けてくるわ」

「藤吉郎殿、本気で言っているのですか」

「なんじゃ、又助殿は山中の猿殿のお力を信じておらぬのか」

降りつづく雨から、山中の猿の神通力はつきたと判断せざるをえない。

「なんと、鈍いお方じゃ」

秀吉は、芝居がかった仕草で嘆く。

「わしは予言しよう。こたびの戦は、山中の猿殿の力で勝つ。桶狭間など比べるべくもない、大勝利を山中の猿殿はもたらす」

「お、桶狭間以上のですか」

青い顔で、山中の猿が訊きかえす。

「そうともよ。あの時以上の骸が、ここ設楽原の地をおおいつくす」

山中の猿の顔は土気色になっていた。青白い唇がわななく。

そんな様子を気にもとめず、まるで見てきたかのように設楽原に骸が散らばる様を、秀吉は得意げに語った。

そして——

秀吉の予言はあたった。

翌日、梅雨とは思えぬほど強い太陽の下に、武田の武者の骸が隙間なく敷きつめられていた。両軍のあいだをわかつ連吾川も、死体で水面が見えなくなっている。時折、盛りあがった肉塊があるのは、馬の骸だ。

両軍の膠着を先に破ったのは、信長だった。

徳川家康麾下の酒井忠次に二千五百の兵をあずけ、山道を迂回させ長篠城を囲む武田軍を奇襲させた。これが、決戦の火蓋を切ることとなった。兵を分かった織田軍の弱点をつくべく、武田軍は突撃の命を下した。雨は降りつづいている。このままでは、織田軍の勝利は難しかった。

しかし、予想だにしないことがおこる。

空が晴れたのだ。

すでに、突撃ははじまっていた。武田の騎馬武者たちは、鉄砲の餌食となった。死体が埋める大地を、さまようように歩くのは山中の猿だ。

「又助様」と首をひねり、こちらを見た。

「この光景は、この惨状は……おらのせいなのですか」

又助は唇を嚙む。

信長は、最初から雨がやむと知っていたのではないか。だからこそ、わざと兵を割き、隙をみせて勝頼を決戦に誘った。

それをなせたのは、なぜか。

山中の猿の神通力だ。

常盤御前の呪いを宿す体が、降る雨を止ませたのだ。

「どうなのです。おらのせいなのですか」

瞳を戦慄(おのの)かせて、山中の猿がすがる。

「そうともよ」

答えたのは、又助ではなかった。

矮軀の侍大将、羽柴秀吉だった。

「山中の猿殿、そなた様の力で、見事に武田を討ったのじゃ」

手を、おびただしい骸たちへとやった。

音が聞こえてくるほど、山中の猿のふるえは大きくなる。

「どうじゃ。山中の猿殿、わしの軍師にならぬか。武田を叩きつぶした上様に、もうかなう敵はおらぬ。ならば、山中の猿殿の力も上様には必要あるまい。わしのもとにこられよ」

秀吉は、山中の猿の両肩をつかんだ。

「わしと山中の猿、このふたりの猿の力があわされば、敵なしよ」

山中の猿は逃れようとするが、秀吉の指は鷹や鷲の爪を思わせる力で肩にめりこんでいた。

「今以上の、桶狭間やこの設楽原などちっぽけに思えるほどの手柄をあげようではないか」

「今以上の――」

「そうともよ、今ある骸など物の数ではない」

秀吉はからからと大笑し、その様を山中の猿は呆然と見つめていた。

## 十一

岐阜城の信長の前に、次々と使者や奉行たちがやってくる。信長は書状を読みつつ、奉行たちの口上を聞く。近隣の大名への書状に花押を書き、小姓や近習に次々と下知を飛ばす。

長篠設楽原で武田軍に快勝した織田軍だが、家臣たちに休養は与えられなかった。越前攻めの準備を、信長に命令されたからだ。昨年、越前で一向衆が蜂起し、織田家の勢力は駆逐されていた。この越前に、ふたたび信長自身が攻めこむという。

時期は八月と明言されていた。長篠設楽原の合戦から三月足らずで、遠征の軍をおこすのだ。その仕度に、岐阜城の家臣たちは忙殺されている。

又助も奉行たちの末席に腰を落としていた。信長に呼ばれたゆえにやってきたのだが、声がかかるのはしばらく後のようだ。

ため息が、自然と漏れる。山中の猿はどうしているだろうか。長篠設楽原の合戦後、山中の猿は又助のもとを出奔し、姿をくらましていた。信長からは、すぐに見つけ出すよう命じられていた。

　奉行のひとりが呼ばれ、信長の前へいく。

「武田家への内通者の件について、上様にご報告いたします」

　又助の耳がぴくりと動いた。

「間違いなく、我ら織田家の内情は武田家の忍びに漏れております。どうやら、甲州の金塊に目がくらんだようです」

「内通者はひとりか」

　大名への返書に花押を書きいれつつ、信長がきく。

「ひとりではありません。三人か四人の内通者がいるようです。どうも、それぞれ役割を分けて調べているようです」

　又助の心臓が、不穏な拍動を奏ではじめる。

「内通者の手がかりもわからぬのか」

「武田家の忍びが、出入りの商人に扮して内通者と連絡をとっているようです。しかし、出入りの商人といっても数が多うございます。今、わが家臣たちに出入りする商人のなかから、甲斐や信濃に縁故がある者を列挙した書面を作成しております」

　又助の心臓は、胸から飛びださんばかりに暴れている。

「又助よ」

暴れていた心臓が、今度は一気に凍りついた。

「は、はい」と、あわてて返事をする。順番を待つ奉行が、不審気な目をむけた。

「山中の猿は見つかったか」

「さ、猿？　あ、ああ、山中の猿でございますか」

狼狽(うろた)える頭を必死に叱咤して、又助は答えの言葉を探す。

「申し訳ありませぬ。奴めの行方は、いまだわかりませぬ」

嘘である。山中の猿はすぐに見つかった。生まれ故郷の美濃国山中村だ。物乞いに身をやつし、隠れ住んでいる。だが、そのことを信長に告げる気にはならなかった。

奉行のひとりが、あわただしげにはいってきた。その様子から、急を要する報告だと悟る。

「甲斐や信濃に縁故のある商人と、その商人が出入りする屋敷を書き出したものでございます」

ちらりと見えた文面には、自分の名とあの武田家の忍びの偽名もあるではないか。

脇から、脂汗が滝のように流れだす。

信長は素早く書に目をやった。ひとつうなずいて、後ろにひかえる小姓に文箱にしまうように言う。

「又助、最近、随分と筆まめらしいな」

信長の言葉は矢尻に変じて、又助の臓腑をつらぬいた。

まさか、信長は武田家の忍びにわたしている書のことを知っているのか。

「余のことを、随分と詳しく書いているようだが」

信長の声は、問いつめるかのようだった。

いつしか又助は、信長の行跡の書の写しをとるようになっていた。それを、屋敷を訪れた朋輩に見られたことが何度かあった。合戦の機密を書いているわけではないので、上様の武勲を忘れぬための日々の習いだ、と言えば誰も怪しまなかった。

が、あまりにも迂闊(うかつ)だったか。

「い、いや、それは」

舌がもつれて、うまくしゃべれない。

「又助、それで余をたばかったつもりか」

一瞬にして、頭が真っ白になる。

終わった……

そう心中でつぶやいた。

限界に達した恐怖が、体をふるわせようとする。力をこめて、こらえた。織田家にあって、弓三張とまで呼ばれた男のせめてもの意地だ。

こうなれば、潔く腹を切るまで。

「山中の猿めは、山中村にいるのであろう」

「へっ」と、無様な声をあげた。

しかめ面の信長が、又助を睨んでいた。

「余が知らぬと思っていたのか。山中の猿が山中村にいることなど、先刻お見通しよ。

そして、お主がそれを隠していることもな。妙な情をかけおって」

「い、いや……その……」

安堵と混乱が、又助の舌をもつれさせる。

「今より、出立する。支度をせい」

近習や小姓たちがざわめいた。

「どちらへいかれるのですか」

「山中村だ」

信長は言いつつも、もう歩きだしていた。

「山中村へいき、山中の猿とあう。又助、お主もついて参れ」

## 十二

窓からは、炎で炙ったような暑気が吹きこんできていた。又助が目をやると、紺碧の空に大きな入道雲がそびえている。

その一方で、山中の猿は又助と信長の前で恐懼していた。山中村の庄屋の屋敷の一間である。突然の信長の訪問に、怯えているのだ。

「山中の猿よ、もう観念しろ。岐阜城へ帰るぞ」

又助が叱りつけると、山中の猿はがばりと平伏した。

「か、勘弁してください。おら、戻りたくねえ。もう、人が死ぬのを見たくねえ」

「わがままをいうな。この村にいても、施しをうける惨めな生き方しかできんだろう」

又助と庄屋が立ちあがらせようとするが、山中の猿は体を激しくよじり抵抗する。

「安心せい。今日は、お主を連れもどしにきたわけではない」

信長の声に、山中の猿が恐る恐る顔をあげた。

「じゃ、じゃあ、どうして、ここに」

信長が近習に目配せすると、絵巻物が床に広げられる。

「これは――」

又助らは前かがみになり、のぞきこんだ。

広げられた絵巻物は『山中常盤』だ。稚児（ちご）姿の牛若丸が寺から脱走し、奥州平泉の藤原氏をたよる。そのあとを追う常盤御前と、今まさに襲わんとする山賊たちが描かれていた。

「山中の猿よ、今までよくやってくれた。今日はささやかだが、お主に褒美をくれてやる」

絵巻物が今までの信長の軍師を務めた報酬だとしたら、あまりにも趣味が悪い。

「これは、荒木摂津守（村重）が絵師に描かせたものだ。先日、謁見を許した時にもっていたのであずかった。この絵巻物が示すように、山中村での常盤御前落命の伝承は世に広く流布している」

「は、はい。事実、当村には常盤御前の墓があり、毎月供養を欠かしませぬ」

同席していた庄屋が、恐る恐る言葉を差しはさむ。

「あれをもて」

近習が文箱をもってきた。蓋をあけると、何冊かの書物があらわれる。表紙には『吾妻鏡』と題字があった。

鎌倉幕府初代源頼朝から六代までの将軍の約百年間の事蹟を記した歴史書である。

試みに又助も一冊を手に取る。編年体といわれる形式で、年代順で出来事が記されていた。

文治二年（一一八六）五月一日の項を読むと、『黄色の蝶が鶴岡八幡宮に群れ集まる怪異あり。今日供物を――』と実に丁寧に記している。信長の行跡を書いている又助には、それがいかに大変なことかがよくわかった。

そういえば徳川家康は『吾妻鏡』を座右の書としており、戦略に困った時にかならず開くという。これほど精緻な記述ならば、それもうなずける。

信長は『吾妻鏡』を、庄屋にわたした。

「こよりを挟んでいるところを、山中の猿に読んできかせろ」

庄屋が『吾妻鏡』を慎重に読みあげる。牛若丸こと源義経の事蹟だった。

読み進めるうちに、みなの顔色が変わる。牛若丸は奥州平泉の藤原氏をたよる。が、それを追う常盤御前の逸話がなかったからだ。

成長した牛若丸は軍勢をひきい兄の源頼朝を助け、とうとう壇ノ浦で平氏を滅ぼす。

その後、源頼朝と不和になり、京を追われる。

そこで『吾妻鏡』は、驚くべきことを記していた。

「ど、どういうことでございますか」

思わず、又助は声をあげた。

平氏が滅び、兄頼朝によって義経が都を追われた後に、母の常盤御前があらわれたからだ。

『山中常盤』や山中村の伝承によれば、とっくの昔に殺されているはずである。

しかし、『吾妻鏡』の文治二年六月十三日の項はちがった。

京からの当番の雑色の宗廉が、鎌倉に到着した。

去る六日、京の一条河崎の観音堂周辺で、与州（源義経）の母と妹らを捕らえた。

関東へ送るべきか――


徳川家康も愛読する歴史書『吾妻鏡』と『山中常盤』が伝える内容は、明らかに矛盾している。もし『吾妻鏡』の記述が真なら、常盤御前が『山中常盤』の伝説のように山中村で殺されることはない。

「絵巻物と『吾妻鏡』、一体どちらが正しいのでございますか」

又助の問いに、信長は間髪いれずに答えた。

「愚問だ。『吾妻鏡』は、幕府の歴史書であるぞ。どうして、そこに偽りを記そうか」

「で、では」

みなが絵巻物に日をやった。

「そうだ。ここ山中村に残る伝説は偽りだ。常盤御前は、山中村では死んでいない」

わなわなと、山中の猿の体がふるえだす。

「じゃ……じゃあ、おらのご先祖は――」

「何も罪は犯しておらん。すくなくとも、常盤御前を殺すことはなかったであろう」

しんと、場が静まりかえった。信じられぬという風に、山中の猿が首をしきりにふる。


「どうして、なんですか」

突然、山中の猿が叫んだ。

「なら、どうして、おらは呪われているのですか。ご先祖は罪を犯していないのに、なぜむごく苦しまなければいけないのですか」

山中の猿が、信長の足にすがりついた。

「呪いなどまやかしだ」

「嘘だ。じゃあ、なぜ上様はおらを軍師にしたんだ。なぜ護摩を焚かせて、祈らせたんだ。おらが呪われた一族だから、軍師にしたんだろう。上様が数々の奇跡をおこしたのは、どうしてです」

たしかに、と又助はつぶやいた。

村木砦、桶狭間、長篠設楽原、信長は数々の戦場で奇跡をおこしている。それは、山中の猿が信長の軍師となってからだ。

「余が戦場で奇跡を現出させたのは、山中の猿よ、お主の力の賜物(たまもの)だ」

山中の猿の顔がひしゃげた。

「じゃあ、やっぱり、おらは呪われ――」

「だが、それは呪いゆえではない」

山中の猿の声に、信長の言葉がかぶさる。

「お主は、偏頭痛を呪いと思っていた。あれは理で、すべて説明がつく。お主の痛みは、気象によるものだ」

「気象？」

「そうだ。ありていに言えば、天気だ」

指を、窓のむこうの空に突きつけた。

「気づかなかったのか。雨や嵐がくると、お主の頭が痛むことを」

信長は、山中の猿に静かに語って聞かせる。雨や嵐がくると、頭や体が痛む者がいると。そう言われてみれば、雨がふると古傷が痛む朋輩を又助は何人も思い浮かべることができた。信長にとって、最大の敵はままならぬ天候だ。鉄砲を主力にすえる織田軍にとっては、雨は致命的である。

そんな時、信長は山中の猿が天気痛をもっていることを、舅の斎藤道三から教えてもらった。山中の猿の頭痛の大きさと頻度で、何刻後にどれくらいの雨や嵐がくるかを予知できると信長は考えたのだ。そのために、又助に山中の猿をあずけ、頭痛の時期や症状を克明に記させた。

そして、村木砦の戦いでは、山中の猿の小康状態から嵐が終わるのを確信し、荒れる海に船をだした。桶狭間の合戦では、時折襲う強烈な頭痛から、瞬間的な雷雨を攻撃の機にすることを決意した。梅雨時に決戦を挑む武田勢とは、山中の猿の症状を冷静に診断し大事をとり決戦を回避しつづけ、長篠設楽原で一瞬の晴れ間を味方にすることができた。

「余がお主を必要としたのは、呪われた血ゆえではない。天気を読む異能だ。それをあえて隠したのは、敵の間者に悟られぬためよ」

信長の眼前で、山中の猿は呆然と両膝をついていた。

「お主を苦しめるのは、呪いではない。ただの体の性質にすぎぬ。気象の変化に敏(さと)すぎるのだ。人の何倍もな」

なぜか、信長の言葉がいつもより柔らかく感じる。

「天気の痛みには、古くから香附子(こうぶし)と独活(うど)を煎じた薬がきくとされている。今後はこれを服せばいい。すこしは、ましになるであろう」

信長は絵巻物と『吾妻鏡』をしまうように命じる。

「山中の猿よ、あやまった因習に苦しむことなく、これからは自由に生きよ。これが余からの褒美だ」

## 十三

近江国にある安土山が、急速にその姿を変えようとしていた。木々が伐採され、山肌が削られ、堀がうがたれる。大勢の人足たちが、石垣を造るための巨石を運んでいく。

その様子を、街道からすこし外れた無人の広場で、又助は見つめていた。

岐阜城にかわる次の本拠地として、信長は安土を選んだ。

今までの信長の居城を思い出す。清洲城、小牧山城、岐阜城——次の安土城は今までのどの城よりも巨大で美しいものになるだろう。

街道に目をやる。ひとりの女性と十人以上の童が歩いていた。新しく建つ安土城の女中頭として、最近登用された女とその家族だ。たしか姓を善住といったか。妙なのは、その前歴が不明なことだ。羽柴秀吉の強力な推挙があり、信長もなぜか周囲の反対を無視したという。噂では、あの杉谷善住坊の一族だというが、まさかそんなことはあるまいと又助は考えている。

善住一家とすれちがうようにして、杖をつく人影が近づいてきた。又助はしゃがみこみ、足元に隠した縄をたしかめる。風をうけ、背後の藪がゆれた。葉擦れの音が又助の耳にとどく。

「久しぶりだな、太田又助よ」

立ちあがると、商人に扮した武田家の忍びがいた。苛立たしげに、杖で地面をついている。小石が又助のつま先に飛んでくるほどだ。

「長篠設楽原で死んだのかと思っていたぞ」

又助の皮肉に、武田家の忍びは舌打ちをこぼす。

「又助、どういう風の吹き回しだ。こんなところで落ちあうとは。なぜ、屋敷でないのだ」

「山中の猿がいたろう。奴を召しはなったのでな。念仏と題目がなければ、屋敷での密談もできまい。ここなら、人はいない」

題の書かれていない帳面を、又助は差しだした。武田家の忍びがひったくる。今までとちがい、乱暴な手つきで紙をめくる。

「ふん、なんだこれは。山中の猿に木綿を下賜(かし)した、だと」

最後辺りに書かれた——つまりつい最近の信長の行跡を読み、武田家の忍びは顔をしかめた。

山中村の庄屋の屋敷で山中の猿に別れを告げた後、信長は村人を集めた。

そして、こう布告した。

『木綿二十反を村に託すゆえ、この半分で山中の猿のために風雨をしのげる丈夫な家を造ってやってくれ。そして、残る半分で山中の猿が生きていけるように、一年に二度米と麦を分け与えてやってくれ』

武田家の忍びは唾棄した。

「弾正忠め、聖人君子気取りか。今までの行いを忘れたとは言わせぬぞ」

押しこむようにして、懐に帳面をしまう。

「それよりも、又助よ。新たな仕事だ。今までくれてやった金の分の働きをしてもらう。弾正忠の――織田信長の首をとれ」

武田家の忍びの声に反応したわけではないだろうが、背後の藪が風をうけてまた蠢いた。一枚二枚と、葉がふたりの間を舞う。

「お主の弓の腕があれば、信長の首をとるのも難しくはあるまい」

どうやら、長篠設楽原の敗戦で、武田家はなりふりかまっていられなくなったようだ。

「悪いが、ことわる。おれの仕事は上様の行跡を書にして、お前に報せることだけだ」

「馬鹿め、ことわればどうなるかわからぬのか。武田家の内通者であることをばらす。裏切り者として信長に処刑されるぞ」

杖を又助に突きつけ、武田家の忍びはあざ笑った。

だが、又助に動揺はない。

「内通者はおれだけではあるまい。前にそう言っていたな。水野下野守様と岡崎（徳川信康）様が、おれ以外の内通者だろう。そのふたりに頼んだらどうだ」

武田家の忍びは、一瞬だけだが目を大きく見開いた。

「水野、岡崎、なんのこと――」

「おふたりが碁石金をもっているところを見た」

心中で「山中の猿がな」とつけ加えた。

以前、不用意にも又助は碁石金を山中の猿に見られた。その時はごまかしたが、あとで気になることがあり問いただすと、山中の猿は又助以外にも碁石金をもっている人物を知っているという。それが織田家に従属する水野下野守、そして徳川家康の嫡男で岡崎様こと徳川信康だった。山中の猿は信長の軍師ということもあり、その帷幕(いばく)にいることも多い。当然、織田の宿老や同盟する大名とも顔をあわせる。そこで、ふたりが碁石金をもっているのを見たという。

きっと、ふたりは山中の猿を無学と侮り、油断したのだろう。

「おれを密告したいなら、しろ。だが、その時は水野様、岡崎様が武田家に通じていることを隠しおおせると思うなよ」

「おのれ」

歯ぎしりとともに、武田家の忍びはうなり声を漏らす。腰を落とし、殺気さえも解き放った。

「弓しか能のない時代遅れの男が、よくもわしをたばかったな」

そういって杖に手をやる。手首を動かすと、鈍い光をはなつ刃があらわれた。

一方の又助は、短い脇差しかもっていない。

「やるつもりか」

「当たり前だ。飼い犬のくせに、恩を忘れた報いだ。覚悟しろ」

「おれが弓の名人だということを忘れたのか」

言うや否や、又助はしゃがみこむ。そして足元の縄をにぎり、素早くひいた。

背後の藪に隠していた罠が発動する。

甲高い弓弦の音が、ひびきわたった。

一陣の風とともに、矢はあやまたず武田家の忍びの胸を貫く。

苦悶の声を漏らしつつ、どさりと武田家の忍びは倒れ伏した。

「弓だけの男と見くびった報いだ」

引きしぼり矢をつがえた弓を、又助は藪のなかに隠していたのだ。

「上様の炯眼には遠く及ばないとはいえ、織田家にいればこれくらいの知恵は身につく。報告の書を読んで、そんなことも気づかなかったか」

武田家の忍びが痙攣(けいれん)していたのは、わずかな間だけだ。血泡を盛大に吹きこぼしたのを最後に、ぴくりとも動かなくなった。

骸に歩みより、懐からはみでた帳面を奪いかえした。かわりに、今までもらった碁石金のつまった袋をねじこむ。

又助は、題の書かれていない帳面の表紙をなでた。

頭をよぎるのは、山中村で見た『吾妻鏡』だ。

約二百五十年前の書が、因習に苦しむ山中の猿を救った。

まるで、千歩先の的を矢で射抜くかのような出来事に、又助には思えた。


――弓が千歩の間合いを超越する武器ならば、

――書は千年の時を超越する武器なのではないか。


ぶるりと五体がふるえた。恐れではない。

久方ぶりの武者震いである。

又助は――太田又助は弓にかわる新しい武器をとうとう手にいれたのだ。

書を極める。

そうすれば、武田家の忍びにわたすために書きためた書も『吾妻鏡』のように、後世の人々の先行きを照らす歴史の一冊になるはずだ。

筆を取りだし、毛先に墨をたっぷりとつける。

又助は――のちに太田牛一と名乗る織田信長の最初の伝記作家は、まだ題のない帳面の表紙にこう書いた。

『信長公記』と。

# 鉄船

# 序

信長が九鬼嘉隆(くきよしたか)に命じて建造させた鉄甲船(てっこうせん)には、不可解なことがいくつかある。

ひとつ目は、大きさの証言が目撃者によってまちまちなこと。

ある人は、長さ十三間(約二十四メートル)、幅七間(約十三メートル)と記録に残した。

別の人は、長さ十八間(約三十三メートル)、幅六間(約十一メートル)と記している。

実際に図にすればわかるが、このふたつの形はあまりにもちがう。

ふたつ目に不可解なのは、五千人もの人数を収容したと記録にあることだ。二層の矢倉を持ち、さらにその上に屋形と呼ばれるものがあった。船底のスペースも考えると、四層構造だったのではないか。とはいえ、そこに五千人もの人が収容できるであろうか。

鉄甲船とは別に九鬼嘉隆が建造した大船は、定員百八十名。一体どうやって、その約二十七倍もの人数を鉄甲船は載せられたのだろう。

何よりの不思議は、大坂本願寺との合戦で活躍した鉄甲船が、それ以後にまったく力を発揮していないことだ。

秀吉が朝鮮に出征した文禄・慶長の役にも出陣したが、かつてのような華々しい戦果を上げることはなかった。どころか、いくつかの船には構造的欠陥があり、簡単に沈んでしまったという。

大坂本願寺との木津川口合戦の時にだけ、華々しく活躍した鉄甲船。

幻の船は、一体どんな秘密をもっていたのだろうか。

## 一

太陽が照りつける夏の海に、巨大な塊が浮いていた。

一見して船とわからないのは、外殻がすべて厚い鉄でおおわれているからだ。

百丁以上の艪（ろ）が海面をかきまぜる様は、ムカデの化け物が泳ぐかのようである。

船をおおう黒鉄（くろがね）が陽光を鈍く反射し、小舟の上の九鬼〝右馬允（うまのじょう）〟嘉隆らの一団に照りつける。

「やりましたな、浮きましたぞ」

「今度こそ成功にちがいありませぬ」

小舟に同座する、九鬼嘉隆の家臣たちが一斉に歓声をあげる。

「安土におられる上様にお知らせすれば、きっとお喜びになるでしょう」

上様とは、織田信長のことである。尾張の守護代家臣から成りあがり、上洛し足利義昭を将軍の座に就かせたのが九年前の永禄十一年（一五六八）。その義昭を追放し、信長が事実上の天下人となったのが四年前の元亀四年（一五七三）のことだ。

「何よりも、これであの憎き毛利水軍に雪辱を果たすことができますぞ」

家臣のひとりが、鉄甲船を見上げて言う。

昨年、毛利水軍が大挙して大坂の湾に押しよせた。織田家と敵対する大坂本願寺を助けるためだ。九鬼嘉隆らは、堺の水軍の真鍋（まなべ）七五三兵衛（しめのひょうえ）や沼野（ぬまの）伝内（でんない）らをひきいて防ごうとしたが、大敗北を喫する。結果、多くの将を討ち死にさせてしまった。だけでなく、毛利水軍によって、大量の兵糧や武具が大坂本願寺に運ばれ、難敵が息を吹きかえすことになる。

精強な毛利水軍に対抗するために、信長は嘉隆にあることを命じる。

鉄でできた大船――鉄甲船の建造だ。

「さっそく、安土の上様に早馬を送りましょう」

気の早い家臣たちが、目を輝かせる。

「いや、まだだ。今は風も波も弱い。この鉄甲船が嵐や海戦に耐えられるか、よくよく見極めねばならん。船砕きの難所へ進路をとるよう、伝えろ」

嘉隆の命令に、家臣たちの顔が引きしまる。

船砕きの難所とは、海流の流れが強く複雑な海峡のことだ。九鬼水軍では、この難所をとおりぬけて初めて戦船（いくさぶね）として用いられる。

背後で煙の臭いがしたのは、狼煙（のろし）があがったからだ。巨大な鉄甲船が、船砕きの難所へと舵をとる。万が一を考えて、数十隻の小舟もつづく。その最後尾に、嘉隆らの乗る舟がつづいた。

黒い鉄甲船が、島と陸に挟まれた海峡へと船首をいれる。

「いけえ、とおりきれえ」

「大丈夫じゃ。今度の船が沈むわけがない」

まるで合戦の見物でもするかのように、家臣たちが声援を送っている。

荒れる海を、鉄甲船が切り裂くように進む。あともうすぐで、難所をとおりきるという時だった。

「いかん」と、嘉隆が叫ぶ。

「すぐに、水夫（かこ）たちを鉄甲船から避難させろ」

吹きつける潮風に、異音が混じっていた。鉄甲船がきしみ、悲鳴をあげている。

外殻をおおう鉄が重すぎるのだ。

すでに鉄甲船は、目に見えてゆがみはじめていた。骨をおるかのような耳障りな音が、あちこちから聞こえはじめる。

百丁を超える艪はすべて止まり、甲板に水夫たちがひしめく。小舟とつながった縄につかまり、次々と海に飛びこむ。

船体が、くの字に折れ曲がろうとしていた。不幸中の幸いは、水夫たちは全員、海へと避難したことだ。小舟とつないだ命綱もある。よほどのことがない限り、命は落とさないだろう。

問題は、鉄甲船だ。

この程度の難所で沈むようでは、毛利水軍との海戦には耐えられない。

ため息が、嘉隆の唇をこじ開ける。

鉄が重すぎて、船体の強度がもたなかった。だが、毛利水軍の戦法に対抗するには、鉄をうすくすることはできない。

ならば、航（船底材）や船梁を大きくして強くするか。そうすれば船自体が重くなる。重い船は急な操舵で均衡を崩しやすい。きっと海戦になれば、次々と横倒しになるだろう。

船梁の数も増やした、材質も変えた、鉄を貼りつける棚（船体の外壁）も工夫した。ありとあらゆることを試した。だが、一隻たりとも船砕きの難所を乗り切ることができない。

もはや、万策はつきはてた。

日ノ本の技術では、鉄甲船は建造できない。

嘉隆の目の前で、破片をまき散らしながら鉄の船が海中へと没する。

## 二

また、あの夢か、と眠りながら九鬼嘉隆はつぶやく。

天井が恐ろしく低い船底に、嘉隆らは押しこまれていた。両手にもつのは、手垢で黒ずんだ太い艪だ。最下級の水夫として、嘉隆は重い艪を漕がされていた。嘉隆だけではない。知った顔の水夫が何人もいる。虎髭の柴田勝家（しばたかついえ）、額の大きな明智光秀（あけちみつひで）、筆のような口髭をもつ丹羽長秀（にわながひで）――織田の宿将たちが歯を食いしばり、汗を浮かべて、力の限り艪を漕いでいた。

何人かの男の動きがおかしい。艪を操る腕の動きが鈍く、糸の切れた傀儡（くぐつ）を思わせる。

頬骨が浮きでた男は、原田直政だ。もともとは塙という姓だったが、九州の名門の原田姓を名乗った。昨年、大坂本願寺攻めの総大将に任命されたが、敵の猛攻にあい、あえなく戦死した。

顔が病人のように青ざめている。

もう限界が近いのだ。

原田直政は白い泡を吹きはじめ、とうとう白目をむいて倒れた。

どこからかやってくるのは、黒い影だ。原田直政のすぐそばまで、音もなく近づいてくる。影の顔形はわからない。長い手足をもっていることしか、判別できなかった。

顔を近づけて、影は原田直政になにごとかを話しかけている。

「デ、アルカ」

と、嘉隆には聞こえてきた。

返答がないことをたしかめた影は、原田直政の首ねっこをつかむ。

力つきた大坂本願寺攻めの総大将を引きずっていく。

いや、もう一方の手にも、別の男が引きずられていた。あれは、森可成だ。織田軍随一の武将だったが、七年前の元亀元年（一五七〇）、朝倉浅井勢に囲まれ、壮絶な討ち死にをとげた。

原田直政と森可成を引きずる影は、船底の奥へと消えていく。

どのくらいたったろうか。

どぼん、と海に何かを落とす音がふたつ聞こえてきた。

手を止めれば、影に捨てられる。

次に捨てられるのは、だれか。

嘉隆かもしれない。

ひとつたしかなのは、力つきたものには救いの手は差しのべられないということだ。

## 三

風にふくまれる暑気はいくぶんか和らぎ、近江の国には秋の気配が広がりつつあった。だが、安土山に群がる人夫たちはちがう。万をはるかに超える人々が働き、そこだけ湯気がたつのではと思えるほどだ。木を切り、山肌を削り、巨石を運ぶさまは、山の形を変容させるかのようだ。

麓(ふもと)では、細身の男が安土城の普請の様子を凝視していた。行縢(むかばき)や射籠手(いごて)などの鷹狩(たかがり)の衣装に身をつつむ織田信長だ。ひざまずく小姓たちはみな、板を両手にもっている。そこには、安土城の普請図や縄張図、立絵図(たてえず)が貼りつけられていた。

「鉄甲船の件でございますが」

平伏していた九鬼嘉隆が、恐る恐る口を開く。

「外海を航海すること能わず、ことごとく沈んでしまいました」

苦渋の報告だった。

はたして、信長は聞いているのだろうか。怜悧な表情を、変容する安土山にむけたきりだ。

「恐れながら、九鬼水軍の力をもってしても、上様の望むものは造ることはかないません。いや、日ノ本のどの水軍の技をもってしても、鉄甲船を海に浮かべることは不可能です」

さらに嘉隆は極限まで身を沈め、謝意を示した。

信長の唇が動く。

「で、あるか」

ぞくりと、嘉隆の背が凍る。

夢で聞いた影の声と、まったく同じだった。

過酷な信長の命令に全身全霊で応えるのが、織田家の法である。逆らえば、容赦なく粛清される。だから、宿将たちは懸命に働き、結果、消耗する。

そして、力つきれば、原田直政や森可成のように戦場に骸をさらす。

嘉隆の頭のなかに、水中に没する音がひびいた。

恐怖が、嘉隆の唇と舌をつき動かす。

「では、ございますが」

信長は一瞥さえせず、顔は安土山にむけたきりだ。

「鉄のない大船ならばできます。それを造り、毛利に対抗いたしましょう」

「何隻あれば足る」

うう、と嘉隆の喉が悶えた。毛利水軍を相手にした海戦の様がよみがえる。

昨年、天正四年（一五七六）七月のことだ。海面を埋めつくす六百隻の船。長さ十三間（約二十四メートル）の巨大な関船とその半分ほどの小早船が、狼の群のように迫ってくる。強力な火薬で放たれる鉄砲は織田軍の船にめぐらした垣盾を貫き、近づいてからは焙烙という火器を投げつける。焙烙は一見すればただの壺だが、船体に当たるとなかの火薬と油が反応し、大炎上する仕組みになっている。織田軍の船は、またたくまに燃えあがり、戦の役にたたなくなった。

鉄砲と焙烙の連携に対抗しようと思えば、木の大船が百隻は必要だ。いや、切り札ともいうべき毛利水軍のあの一団のことを考えると、それでも足りない。

「なにより、それだけの水夫はいるのか」

先の木津川口の海戦では、多くの水将水夫を喪った。百隻の大船を建造しても、操船する水夫がたりない。

「だからこその鉄甲船だ。余が求める船ができれば、六隻で毛利水軍を壊滅させて余る」

嘉隆は、窮した。

鉄甲船は画に描いた餅だ、とは口にできない。

「できる」と言って、しくじるか。

「できない」と言って、身を破滅させるか。

しばらく沈黙が流れた。

いつのまにか、喉がからからに渇いている。

「わかった。猿をたよれ」

猿とは、羽柴〝筑前守〟秀吉のことだ。

「あ奴は、一夜城の仇名をもつほどの普請上手だ。きっと鉄甲船の普請にも、よい知恵をだす」

美濃斎藤家の攻略戦で、羽柴秀吉が活躍したことを思いだす。川並衆とよばれる川賊の蜂須賀小六と組み、水運を使って資材を運び、美濃の各地に砦を普請した。その迅速な普請は、〝一夜城の藤吉郎〟という仇名がつくほどだ。

が、それが詐術にすぎないことを、嘉隆はよく知っている。秀吉が造ったのは、城には遠くおよばぬ代物だ。

「しかし」と、反射的に口にしてしまった。

信長が鋭い一瞥をくれる。

「しかし、筑前殿は北陸で勝手に戦線を離脱しました」

秀吉の築城の手腕を否定する言葉は、すんでのところで呑みこんだ。

秀吉は北陸の戦場で柴田勝家と口論し、あろうことか命令を無視して帰還した。今、処罰をうけていないのは、直後に松永久秀（まつながひさひで）が反逆したからだ。北陸からもどってきていた羽柴軍のおかげで大事にならず、松永久秀は鎮圧された。幸運にも、秀吉の罪も不問にふされた。

北陸での命令違反を理由に、嘉隆は秀吉の助力をことわろうと考えたのだ。

ふん、と信長が鼻で笑った。

「だからこそ、よ。奴はまだ、北陸の一件を贖（あがな）いきっておらん。松永めを滅ぼしたくらいでは足りぬ。九鬼よ、せいぜい、あの猿めをこき使ってやれ」

なぜか、信長は上機嫌で命令する。唇の右側がめくれるような信長の笑みは、一本だけ砕けた奥歯の様子をあらわにしていた。

# 四

そもそも、秀吉が造ったのは城などではない。

そして、一夜でできたわけでもない。

秀吉の居城長浜(ながはま)への湖岸の道を馬で進みつつ、九鬼嘉隆は思い出していた。

嘉隆が織田家に帰属した時、秀吉はすくないながらも足軽をひきいる侍大将に出世していた。鼻息荒く、美濃攻めを志願し、織田の諸将から笑われていた。たしかに嘉隆の目から見ても、無謀な名乗りに思えた。

そんな秀吉が手腕を発揮したのが、築陣の速さだ。水運で砦の資材を運び、柵を建て、簡易な矢倉を組む。それを一夜で成しとげた。敵も度肝をぬかれたろう。その隙をついて、浅い堀や小さな曲輪(くるわ)を数日かけて間にあわせで造る。

だが、城にはほど遠いしろもので、粗雑で急ごしらえな砦にすぎない。石垣があるわけでも、深い堀をうがったわけでも、天守閣を普請したわけでもない。

なにより嘉隆が気にいらないのは、秀吉の手柄の誇示の仕方だ。墨俣(すのまた)の城を一夜で普請した、という嘘を流布したのだ。そもそも、墨俣には古くから城郭があり、城など建てる必要はない。秀吉の詐術は手がこんでいた。墨俣一夜城に関するまことしやかな嘘の普請図をばらまき、〝一夜城の藤吉郎〟という耳ざわりのいい仇名を自身につけ、言いふらした。

「あの男は大ぼら吹きだ」

左手に広がる琵琶湖にむかって、嘉隆は吐き捨てた。と同時に、めまいにも襲われる。

あの粗悪な砦を築く才を、鉄甲船に用いられたら……。

船砕きの難所につく前に、船は粉々になり海の藻屑と化すだろう。


長浜城の客間にあらわれた羽柴秀吉は、げっそりとやつれていた。頬骨が浮きあがり、顔色も悪い。

「いやあ、待たせてすまなんだのぉ、右馬允殿」

時折咳きこみつつ、そう言う。手には分厚い帳面をもち、脇には丸めた絵地図を何枚も挟んでいた。

「毛利攻めの総大将を仰せつかったのは、聞いておろう。わかってはいたが、これが大変な難事でのお。仕度だけで、下手な合戦より心労が積み重なりおる」

すわるかと思ったら、たったままだった。矮軀の秀吉に見下ろされるのは、妙な気分だ。

松永久秀を討伐した後、秀吉には中国の毛利家を攻める役が課された。従属する大名をあわせれば、毛利家は二百万石を超える。武田家や大坂本願寺をはるかに凌駕する強敵だ。

「すまんが、庭へいこうか。すわると、気が緩んで倒れてしまいそうなんじゃ」

目の下には濃いくまが浮き、言葉も弱々しかった。相当の激務のようだ。出陣する前からこの調子だと、戦がはじまればどうなるのであろうか。他人事ながら、心配してしまう。

言われるままに客間をでて、長浜城の一角に設(しつら)えられた質素な庭へといたる。

「筑前殿、すこし休まれてはどうですか。今のまま働きつづけると、お体にさわりますぞ」

いや、すでに内臓を悪くしているのではないか。顔色や、時折のぞく歯茎の色からそう判断した。

脳裏にまた「デ、アルカ」という声がよみがえる。

秀吉も、いつか原田直政や森可成と同じ末路をたどる。織田という船の水夫として、重い艪を漕ぎつづけ、力つき海に捨てられる。そう確信した。

「この筑前を見くびりなさるな。それはそうと、すでに聞いておりますぞ。鉄甲船の件で難儀しておるとか」

庭を散策しつつ、秀吉は疲れた声できく。

「はい。大船を鉄でおおうと、その自重ゆえに、どうしても沈んでしまいます。筑前様に知恵を拝借するよう、上様に命じられました」

内心でことわってくれ、と祈っていた。船の建造と砦の築陣は、まったくちがう。

「ですが、筑前様はご多忙のようで。これほどとは思っておりませんでした。今のお言葉はお忘れに……」

「わかった」

庭の痩せた木を見つつ、秀吉は言った。

「え」と、訊きかえす。

「あい、わかった」

聞き間違いではない。

「し、しかし、毛利攻めの仕度も……」

「上様のたのみとあらば、喜んで引きうけましょう」

弱々しい声で快諾するではないか。

「あの、お聞きおよびと思いますが、こたび筑前様によい知恵をだしていただいても、ご加増は――」

嘉隆は言葉を濁す。

「知っておる。北陸の件を償わせるため、わしが見事に鉄甲船を建造しても、寸土たりとも加増はないし、脇差一本ももらえぬのだろう」

それでも引きうけるというのか。

「ですが、鉄甲船のことを思案するひまはおありか。とても無理でしょう。拙者から上様に申しあげておきます。決して筑前様に責めがいかぬように、報告いたします」

「安心されよ。策はすでにある」

ふりむいて、秀吉は自身の頭を指さした。

「さ、策ですか」

なぜか、嫌な予感しかしない。

「そうともよ、船を造るも、城を築くも大差などないわ。この筑前が――いや、一夜城の藤吉郎が、見事に海の城ともいうべき鉄甲船を造ってみせましょう」

めまいに襲われた。

やはり、この男は築陣と船造りの区別がついていない。

「デ、アルカ」という声が、ふたたび脳裏によみがえる。夢にあらわれる影に、耳元でささやかれたかのようだ。

嘉隆か秀吉――次に弊履(へいり)のように捨てられるのは、このふたりのうちどちらかではないのか。

そんな想像が、嘉隆の全身を抱きすくめる。

## 五

陸の上に、黒い鉄の大船が鎮座している。地に敷かれた丸太の上を転がって、海へと下りていく。

九鬼嘉隆は、岸辺からその様子を醒めた目で見つめていた。足元には暖をとるための火が燃えさかっている。

秀吉から鉄甲船の指図がとどいたのだ。受け取った時の絶望を、嘉隆は忘れられない。船を守る船梁が太すぎる。厚い鉄の装甲に耐えるために強くしたつもりだろうが、これでは船全体が重くなりすぎて、均衡がとれない。風や波で転覆してしまう。

にもかかわらず、黙って指図どおり造った。無論、理由はある。

来年には毛利家が、大坂本願寺に兵糧入れの大水軍をふたたび派遣するとの噂があった。鉄甲船がその時までにできていなければ、嘉隆は叱責程度ではすまない。信長によって粛清される。よくて、所領没収のうえ、追放だろう。

どうせ、だれが造っても鉄甲船は航海に耐えられない。

ならば、秀吉の指図どおりにすることで、嘉隆ひとりの失態ではなくなる。うまくいけば、秀吉に鉄甲船建造失敗の罪を、なすりつけることができる。

進水する船を見つつ、嘉隆は拳を握りしめた。

――わしは弊履にはならん。織田という船のなかで、絶対に生き残ってやる。

嘉隆の決意をよそに、冷たい飛沫をあげて鉄甲船は海の上に浮いた。

「さすがは筑前殿采配の鉄甲船。見事な出来栄えだな」

心にもないことを嘉隆が言ったのは、この船が自分の采配ではないと主張するためだ。すでに、鉄甲船はかすかにだが左右に揺れている。自重により、均衡がとれないのだ。

「石田殿、いかがか」

嘉隆はふりかえった。背後に、白面の青年がひとりたっている。まだ、少年の面影を残しており、算盤と帳面をもっていた。

名を石田佐吉（後の三成）という。多忙な秀吉の名代として、嘉隆のもとに派遣された男だ。ちなみに秀吉はとうとう中国へとはいり、今は播磨の諸侯の調略に手をつけている。

「これより船砕きの難所へとむかい、鉄甲船がもつかどうかを試す。さあ小舟に乗られよ」

岸につけられた数十の小舟の上には、すでに九鬼家の家臣たちが分乗していた。

「わかりました。今すこしお待ちください。おい、進水した時刻をしかと記しておけよ」

石田佐吉が後ろの従者に声をかける。小さな板の上に棒がついた、携帯の日時計をもっていた。慣れた手つきで、従者は帳面に時刻を書きつける。

「お待たせしました、九鬼様。ただ、ひとつお願いがあるのですが」

「ほお、何なりと申されよ」

「船砕きの難所へいたる前に、半日ほど時間をかけて近海を回っていただきたいのですが」

まさか、この男は物見遊山にきたのだろうか。だが、秀吉に失敗の責をすべて押しつけるには、無下にことわるのは得策ではない。

「そういえば、石田殿は、近江の出だったな。湖は知っていても、海は珍しいか。よかろう。半日ほど、この近辺をめぐった後に、船砕きの難所に案内しよう」

嘉隆は石田佐吉を小舟に誘い、岸辺から離れた。そして、鈍重に進む鉄甲船のすぐ後ろへとつける。

異変は、船砕きの難所にはいってすぐにあらわれた。鉄甲船が左右に激しく揺れはじめたのだ。そして、とうとう右側へと大きく傾いた。艪が、波にのまれていく。

「嗚呼……」と、九鬼家の家臣たちが悲鳴をあげる。予想どおりの結果に、嘉隆に戸惑いはない。すぐに、水夫たちを救助するように指示をだす。

「石田殿、残念ながら鉄甲船は沈んでしまいましたな」

ゆっくりと、後ろへと目をやる。

「うん」と、思わず声にだしてしまった。

石田佐吉の顔には、無念の表情は微塵も浮かんでいない。どころか、卓上の日時計をもった従者と、何事かをしきりに話しこんでいる。

「舟が揺れておりますので、鉄甲船が沈んだ正確な時刻はわかりませんが」

従者が、日時計の影の先を指で押さえた。

「なるほどな、思ったよりももったな。上出来ではないか」

石田佐吉は、満足気にうなずいている。

「石田殿」と、恐る恐る嘉隆は声をかけた。

「さきほどの惨状、見ておられなかったのか」

石田佐吉が、ゆっくりとこちらへむく。

「鉄甲船が——筑前殿の指図の鉄甲船が沈んだのですぞ。この様では、毛利の水軍に勝つどころか、伊勢から大坂まで航海することもおぼつかぬぞ」

　唾なのか潮なのかわからぬものが、ふたりのあいだを飛んだ。

「九鬼様、ご安心めされよ。織田の財力をもってすれば、鉄甲船を百隻造ることも可能です」

　この男は正気か。船が沈んだのを惜しんで、嘉隆が怒っていると思っているのか。

たしかに、この若造の言うとおりだ。さきほどの鉄甲船なら、織田の財力をもってすれば、百隻――いや、二百隻でも造るのはたやすい。が、海に浮かばぬ船に何の意味があるのだ。

「勘違いされますな。九鬼様のご懸念はよくわかっております。百隻造っても、海の上に浮かばねば意味はありますまい。まあ、それ以前に操船する水夫がおらぬでしょうが」

「そ、それをわかっていて、なぜ……」

「半日以上、鉄甲船は浮いていました。それで十分なのです」

　そういえば、船砕きの難所にくるまでに、石田佐吉の指示で近海を大回りさせられたことを思いだす。海を知らぬ男の酔狂と思ってつきあっていたが、まさか何か意図があったのか。

「お喜びください、九鬼様。毛利を打ちゃぶる鉄甲船、見事に完成の目処がつきましたぞ」

石田佐吉の言葉は、自信に満ちあふれていた。

「今すぐ、材木と鉄を大量に調達していただきます。その量もこちらから指示いたします。上様のご指示では、六隻の鉄甲船を造れとのことでしたが、そうではなく——」

石田佐吉が、言葉を途切らせた。

睨む嘉隆に気づいたのだろう。

「九鬼様のご心配は、当然のことと存じます。が、言われたとおりに動いていただきたい。もし、この鉄甲船がものの役にたたなかった時は、わが主の筑前が全ての責を負います。九鬼様に累がおよぶことは、決してありませぬ」

師が弟子にさとすかのように、石田佐吉は言う。

## 六

旅塵を懐紙でぬぐいつつ、九鬼嘉隆は秀吉がくるのを待っている。今、嘉隆は中国を攻める羽柴秀吉の播磨の陣を訪れていた。

「いやあ、わざわざ遠路よりすまんのお。伊勢からこられたのか」

かすれた声がしてふりむくと、陣羽織をきた小男がたっていた。羽柴秀吉だ。よたよたと、手負いの獣のような歩みで、嘉隆の横をとおり、対面にすえられた床几に近づく。

「大坂の水軍の督促も上様に言いつかっております。大坂からならば、ここ播州もそれほど遠くありませぬ」

「大坂の陣の督促のついでとはいっても、播州までは簡単な道ではございますまい」

秀吉は床几にすわろうとしてよろけ、盛大に転んだ。無様に小姓に助けおこされる。

以前より、ずっと深く頬がこけていた。肌の色は病人と変わらない。

播磨を平定したかに見えた秀吉だったが、今年の二月に別所長治の謀反にあい、一転して苦境に陥っていた。毛利の圧力はいやが上にも増し、秀吉がかろうじてもちこたえていることを顔相が物語っている。

そういえば、秀吉の頬のこけ方は、横死した原田直政にそっくりではないか。この男も、近いうちに原田直政のように骸をさらすことになる。

「何用でこられた、尋常の用件ではありますまい」

老夫のような所作で腰をさすりつつ、秀吉は床几に尻を落とした。

「鉄甲船のことです」

「まあ、それしかなかろうて」

人払いをしてから、秀吉は落ち窪んだ目で先を促した。

「筑前様の策がわかりましたぞ」

「ほお、右馬允殿はわが策を見破ったというのか」

秀吉はうつむいて影をつくり、表情を隠した。

織田家にとって、味方は出世を競いあう仲だ。助けあう存在では決してない。敵との合戦以上の駆け引きを、味方同士が繰り広げる。それゆえ、手の内は馬鹿正直に明かさない。鉄甲船建造という目標を共有しつつも、嘉隆が策の全貌を知らされないのは、そのためだ。わからぬ者は、織田家では愚者だと判断される。

「では、聞かせてもらいましょうか。右馬允殿が思いついた、わしの策とやらを」

顔は陰になっていたが、かすかに秀吉の目は光っていた。

「なぜ、外洋航海が不可能な鉄甲船で戦おうとするのか。その理由がわかりました。筑前様は、伊勢で鉄甲船を造るつもりなどないのでしょう」

嘉隆はさらに語る。秀吉の指図を何度も吟味してわかったことだ。鉄甲船の部材を伊勢で造り、建造はしない。部材を陸路で大坂へ運ぶのだ。そして、彼の地で組みあげ、大坂湾に浮かべる。

「そう、さながら、美濃の一夜城のごとくです。こたびは川並衆ではなく、馬借をつかうおつもりか。聞けば、生駒(いこま)殿に助力を求めているそうですな」

信長の家臣のひとり生駒家長(いえなが)は、もともと馬借（運送業）を生業にしていた。

「陸路で船の部材を運ばせ、組みあげる。さらに、その上で大坂の木津川口に、鉄甲船を投錨させる。さながら、水の上に城を築くがごとく、です」

投錨すれば、水上に鉄甲船は固定される。海戦のための激しい舵捌きは不要だ。よほどのことがない限り、沈むことはない。

「まあ、ひとまず、お見事と言っておきましょうか。右馬允殿のおっしゃることは、間違いではありませぬ」

秀吉が首をもちあげ、疲れがにじむ顔をあらわにした。

「ですが、筑前殿の策は画餅でございます」

自然と、罪人に刑を言いわたすような強い口調になってしまった。

だが、秀吉に動揺はない。

「ほお、その訳を聞かせてもらおうか」

前のめりになって、秀吉が上目遣いで睨めつけた。

# 七

「毛利水軍に董襲組なる一団がいるのは、ご存知でしょうか」

秀吉は知っているとも、知らないとも答えない。

董襲組の名は、かの中国三国志の武将からとられている。呉（ご）の孫権（そんけん）につかえた董襲は、水戦で活躍した。この時、敵は大船を多数そろえ投錨し、城壁のごとくならべていた。

水練達者の呉軍だが、この戦法には手も足もでない。それを打開したのが、董襲だ。鎧を二重にきて、水中に飛びこんだ。重さを利して水底まで降りたち、あろうことか歩いて敵船の下までいったのだ。そして、錨（いかり）を結ぶ縄を次々と断ち切っていく。固定を失った大船は隊列を崩し、ぶつかりあい、そこに呉の水軍が強襲をかけ、勝利した。

「毛利水軍の董襲組は、この戦法を得意としています。二領（りょう）重ねの鎧をきこみ、地を歩くかのように水底を進み、時に錨の縄を切り、時に船底に穴をあけます」

嘉隆が懐から取りだしたのは、錆びた鎖だった。端が途中でまっぷたつに切断されている。

「先の木津川口の戦ではこれを警戒し、いくつかの船は錨を鉄の鎖で結んでいました。が、鉄の鋸でこのように切断されました」

言いつつ、屈辱の大敗を思いだし、嘉隆の肌が粟立った。

脂汗をぬぐい、さらにつづける。

「そして、残念なことに、大坂の湾は浅くあります」

荷のなかから、絵図を一枚取りだす。木津川がそそぎこむ、大坂湾の地図だ。なぜか、河口や湾のあちこちに、赤い十字の印がうたれている。

「聖徳太子の御代には、大坂の地はほとんどが海だったそうです。福島など島のつく地名が多いのは、そのため。その時の名残でしょうか、土中から鯨の骨がでることもあるとか」

そして、今も大坂の地は湿地や沼地が大半をしめる。

「なぜ、海がなくなったか。それは、川から運ばれてくる土砂のせいです。かつて、大坂本願寺がある東側には、巨大な入り江がありましたが、土砂が海底を浅くし、やがて沼地や湿地に変わりました」

そして、その大地と海の変容は、今もつづいている。

「古くから大坂の地には、生島（いくしま）、足島（たるしま）という言葉があります」

生島とは、水底に土砂が堆積（たいせき）し海面より高くなること。

足島とは、海面から出た土砂が陸地として大きくなること。

そんな言葉が生まれるほど、川からの堆積物は、木津川の河口や大坂湾の底を浅くしつづけている。当然、深さがなくなれば、大船はとおれないし、水の流れも複雑になる。

「絵図にうたれた赤い印が、水底に土砂がたまり、船がとおれない浅瀬になります。ちなみに、この絵図は二年前の木津川口海戦のときのもの。そして、こちらが――」

さらに荷のなかから、もう一枚の絵図を引っ張りだす。つい最近の大坂湾の絵地図だ。二年前のものより、明らかに赤い印が増えていた。

「このように、大船の動きをさえぎる浅瀬はさらに増え、今も数を増やしています。錨を失えば、それらを避けての船合戦になります。残念ながら、筑前殿ご考案の鉄甲船は、激しい操船に耐えられません。そのことは、石田殿からお聞きおよびでしょう」

いつのまにか、秀吉は顔をうつむかせる姿勢にもどっていた。表情が読めない。

「ですので、今からそれがしは上様に謁見いたします。そして、筑前殿指図の鉄甲船建造は不可能だと、伝えてまいります」

筑前殿指図、というところを強調して言ったが、秀吉から返事はない。

「筑前殿のご助言に忠実に従ったが、鉄甲船は沈み、海の藻屑になったと正直に伝えます。これは、筑前殿を思ってのこと。もし、今の鉄甲船で毛利水軍を迎え討てば、またも全滅。なれば、筑前殿には恐ろしい罰がくだりましょう」

何か、妙だ。唾が飛ぶほどに声を大きくするが、秀吉から反応はない。

嘉隆は、静かに顔を近づけた。

一気に頭に血が昇る。

秀吉から聞こえるのは、寝息ではないか。

さらに近づくと、鼻の穴から提灯がひとつ膨らもうとしていた。

「ち、筑前殿ォ」

耳元で怒鳴ると、鼻提灯がはじける。

「あァ、申し訳ない。最近、寝るひまも惜しみ働いていたゆえ、つい、な」

唇からこぼれる涎を、ふき取る。

「失礼であろう。それがしの話を聞いて……」

「聞いておったわい。菫襲組に、大坂湾の浅瀬のことじゃろう。そして、上様にご報告して、こたびの失態をわしになすりつけることも、な」

「き、聞いておられたのか。寝ていたのでは……」

「あと、生島に足島のこともな。見くびってもらっては困る。生國魂神社の祭神のことくらい存じておるわ」

嘉隆は息をのむ。生國魂神社は織田軍が囲む大坂本願寺の城内にある古社で（後に現在地に移転）、神武天皇東征時に創建されたといわれている。その祭神は、生島大神、足島大神の二柱だ。まさか浅学の秀吉が、大坂の島生みの神々の名を知っているとは思わなかった。

目をしばたたかせて、嘉隆は秀吉を凝視した。

秀吉の体に異変がおこっている。

悪かった肌の血色がよくなっている――ような気がする。いや、目の下のくまは、たしかにうすくなっている。まさか、あのわずかな睡眠で回復したというのか。

「ああ、寝たら、腹が減ったわ。右馬允殿、少々、失礼しますぞ。おい、だれかある。握り飯をもってこい。ああ、どうじゃ、右馬允殿も食うか。播州の米はうまいぞ」

嘉隆はあわてて首を横にふる。心労がたたってか、最近は腹がうすい粥(かゆ)しか受けつけなくなっていた。

# 八

両手に握り飯をもって秀吉がかぶりつく様を、九鬼嘉隆は呆然と見つめていた。あっという間に、食べきってしまう。

「ああ、一息ついたわ。右馬允殿、鉄甲船のご懸念の件は、すべて言い切りましたかの。毛利水軍の董襲組も、大坂湾の底が浅いことも、先刻承知よ。まあ、心配はご無用」

米粒のついた指をねぶりつつ、秀吉は言う。

「強がりはよしなされ」

嘉隆は気を取りなおし、反論する。とにかく、あの張り子の虎のごとき鉄甲船を、大坂湾に浮かべるわけにはいかない。大敗戦になれば、いくら秀吉の言葉に従ったとはいえ、嘉隆も責任は免れない。なにより、船に乗りこみ戦うのは嘉隆らだ。死んでしまっては、元も子もない。

「一夜城の技をお使いになるつもりでしょうが、あのような子供だましは通用しませぬ」

「ほお、墨俣でのわが働きを子供だましと言われるのか」

指をねぶるのをやめ、秀吉が強い眼光を送る。

「筑前殿が造ったのは、城などではない。柵を張りめぐらせただけのものを城とは、片腹痛くありますな」

嘉隆は、墨俣の一夜城の詐術のすべてを容赦なく暴露する。

ふふん、と秀吉が鼻で嘲笑(あざわら)った。

「右馬允殿の言うとおり、墨俣で一夜にして城を築いたことは嘘っぱちじゃ。だがな」

ずい、と秀吉は顔を前につきだした。

「わしは間違いなく、一夜で城を造った。砦ではないぞ。深い堀と高い石垣のある、立派な城を、だ」

今度は、嘉隆が嘲笑う番だった。

「ならば、その城を建てた場所を教えてもらいましょうか。浅学な拙者は聞いたことがありませぬゆえ。どこですか。尾張ですか、美濃ですか、それともここ播州でございますか」

秀吉の腕がゆっくりと動く。嘉隆の胸を指さした。

「わしは、ここに城を造ったのじゃ」

意味がわからない。

「わしは、敵の心のなかに一夜城を建てたのじゃ」

あまりのことに、嘲笑することさえできなかった。そんな嘉隆にかまわず、秀吉はつづける。

「蜂須賀小六ら川並衆をつかい、一晩で柵を張りめぐらせ、見えぬところで数日かけて堀や曲輪を整える。そのうえで、墨俣に一夜城を築いたという嘘の絵図面を、まことしやかにばらまく。すべては、敵の心のなかに一夜城を築くためよ」

「そして、虚飾と誇張にまみれた〝一夜城の藤吉郎〟という仇名を手にされた」

引き取ったのは、嘉隆だ。

「そんなことをして、一体どんな利や得があるというのです」

「大ありじゃとも」

嘉隆にやっていた指をたたみ、秀吉は自身の胸をたたく。

「敵はわしが一夜で城を築く、と信じておる。なれば、どうなる。敵はわしに城を築かせまいと、あわてて行軍するだろう。その結果、疲労した軍でわしと戦うことになる。あるいは、戦場への到着が遅れそうになれば、もう城ができたと思い、退却も考える。すべては、わしが敵の心のなかに築いた一夜城のなせる技じゃ」

「馬鹿馬鹿しい」と、嘉隆は吐き捨てた。

「だが、その馬鹿馬鹿しい詐術のおかげで、百姓だったわしは毛利二百万石と渡りあえる男に出世した」

　にやりと秀吉は笑ってみせる。

「こたびもそうよ。実は上様は、大坂の湾に鉄甲船を浮かべることなど望んでおらん。きっと、鉄甲船が画餅にすぎぬことを、だれよりもよく知っておられる」

「な、何を言うのです」

「上様は、敵の心のなかに、鉄甲船を浮かべることを望んでおる」

　自信に満ちた秀吉の言葉に、嘉隆は戸惑うことしかできない。

「筑前殿の思惑どおり、鉄甲船の存在を毛利が信じたとしましょう」

　そんなことは万が一にもないが、と心中で思いつつ嘉隆はつづける。

「そんなことに、何の意味があるのですか。信じようが信じまいが、毛利水軍は大坂の湾に襲来します。そして、防ごうとする我ら織田水軍と合戦になる。菫襲組の手にかかれば、一隻残らず沈められるでしょう。鉄甲船が張り子の虎であることが、すぐに露見するではないですか」

べろりと舌をだして、秀吉が唇をねぶった。

余裕綽々の態度に、嘉隆はたじろぐ。

「右馬允殿、大坂の地で船を造り、投錨し海の城と化す、というのは間違いではない。だが、それはわが策のほんの一部にしかすぎぬ」

「一部ですと」

「さよう、わが策は——毛利の心のなかに鉄甲船を浮かべる策は、もっと奥が深くございます。それゆえに心配はご無用。まあ、大船に乗ったつもりで、いや」

ぎらりと秀吉の目が光る。

「鉄甲船に乗ったつもりで、わが策がなる瞬間を待っていなされ」

そういえば、と思う。夢で見る船底では、明智光秀や柴田勝家はいるが、なぜか羽柴秀吉はいなかった。

なぜだろうか、と考える。この男だけは、いかなる激務難事でも乗り越えると、嘉隆の本能が告げているのだろうか。

ひとつたしかなのは、目の前の男の頰はこけているが、肌の血色は完全にもどっているということだ。

# 九

大坂の湾には、すみわたった冬の空気が広がっていた。東からのぼった陽光が、さらに大気を清浄にするかのようだ。白い息をはきつつ、鉄甲船の上の九鬼嘉隆は待っていた。

秀吉考案の鉄甲船六隻が、大坂湾に鎮座している。今から四ヶ月ほど前に伊勢を出港し、二十日ほど後に大坂湾に姿を現し、湾を塞ぐようにして投錨した。大坂本願寺の堂宇を、すぐ背後にした位置である。

毛利水軍を待ちつづけるうち、季節は冬になった。

ならぶ六つの鉄甲船は、最初こそ敵である大坂本願寺の目にも珍しかったようだ。堂宇の屋根に見物の門徒がひしめいていたが、今は黒岩がならんだ程度の興味しか示さない。

しかし、それも毛利水軍があらわれれば変わる。物見の報告で、敵の大船団がすぐそこまで来ているのは知っていた。

やがて、西の水平線のかなたに黒い島影のようなものがあらわれる。徐々に、影は大きくなっていく。

朝日をうける嘉隆の肌が、それだけで粟立った。

「きたぞ」

「毛利水軍だァ」

悲鳴のような声も、嘉隆の周囲から湧きあがる。

島影のようなものは、密集する毛利水軍六百隻の船影だ。大きな関船は、樹木を思わせる帆をひるがえらせている。追い風をうけて、海面を削るかのようだ。そのあいだを埋めるのは、半分ほどの大きさの小早船だ。こちらも小さな帆をかかげており、風をいっぱいに食(は)んでいた。関船も小早船も、厚い木とうすい鉄をはった垣盾を鱗のように隙間なくならべている。

「うろたえるな、鉄甲船は決して沈まぬ」

嘉隆は大声をはりあげて、味方の動揺に活をいれる。

「この鉄甲船が船ではなく、不沈の城であることはよう知っていよう」

鉄砲足軽や水夫たちの何人かがうなずいた。

六隻の鉄甲船は、船腹はもちろんのこと、その上にのる二層の矢倉、さらにその上に築かれた天守閣のような屋形まで、すべて厚い鉄でおおわれていた。黒い岩山が海中からつきでているかのようだ。ぴんと張られた縄が海へとのび、海底の錨にしっかりと固定されていることもわかる。

嘉隆がいるのは、一番中央の鉄甲船の屋形だ。

ごくりと唾をのむ。

嘉隆は、秀吉の策にすべてをゆだねた。大坂で密かに建造した鉄甲船を、大坂湾に浮かべ投錨し、今、毛利水軍を迎え撃とうとしている。

再度、唾をのもうとしたが、口のなかはからからに渇いていた。

この船が不沈の城とは知っていても、二年前の悪夢が嘉隆の四肢を緊張させる。

近づく毛利水軍六百隻に、異変がおこった。帆が傾きだす。火矢をうけても燃えぬように、帆を船のなかに収納しているのだ。

その意味するところは、戦支度以外にない。

帆にかわり敵の船の上にあらわれたのは、旗指物の数々だ。

船腹からつきでる櫂の動きも、力強さを増す。

「引きつけろ、まだ射つな」

嘉隆の怒号に、兵たちの緊張がたかまる。

毛利水軍は、さながら押しよせる大波だ。西からの追い風をうけて、速さを増す。

潮の匂いのなかに、火薬の臭いもまじっていた。

味方のものではない。

毛利水軍が、火縄銃をこちらにむけたのだ。

「敵の銃撃がくるぞ。伏せろォ」

嘉隆が叫ぶのと、押しよせる毛利水軍から銃声が轟くのは同時だった。

雨滴のように、敵の弾丸が射ちこまれる。

鉄甲船の装甲に鉛の弾丸が着弾し、悲鳴をあげるかのようだ。耳をふさぎたい衝動を、嘉隆は必死にねじ伏せる。

「よし」と、つぶやいた。

二年前、織田水軍の垣盾は毛利の鉄砲にことごとく粉砕された。だが、こたびはちがう。鉄甲船の厚い装甲がはねかえしている。

「大丈夫だ。無事だぞ」

「穴はひとつも空いてない」

うずくまっていた兵たちから快哉（かいさい）があがる。

「仏郎機（フランキ）を前にだせ」

あらわれたのは、青銅でできた南蛮の大筒だった。

「小早船は捨てておけ。大将ののる関船だけを狙え」

弾をこめ終わったのか、毛利水軍の銃撃が再開される。その間、仏郎機は甲板の上をごろごろと引きずられ、砲身を回転しているところだ。一隻の関船をとらえる。きらびやかな旗指物が幾旒（いくりゅう）もたなびいていた。

「うてえ」

仏郎機が火をふく。刹那の後、毛利水軍がひしめく海に火と水の柱があがった。関船が旗指物から火をあげつつ、まっぷたつになり沈下していく。

残りの五隻の鉄甲船からも、砲撃がつづく。

外れた砲弾もあったが、着水がつくった渦に小早船が巻きこまれ、衝突し砕けていく。

「小早船が近づいてきますぞ」

屋形に乗る家臣が叫ぶ。

さすがは毛利水軍というべきか、仏郎機の砲撃をうけてもまったくひるまない。船足は緩むどころか、さらに速くなっていた。

「鉄砲の衆よ、支度はよいか」

二層の矢倉には狭間（さま）があり、そこから黒光りする銃身がつきだされていた。

「命令は待つな。各自の判断で射て。小早船を近づけさせるな」

鉄甲船の船腹から轟音と銃煙がわきあがる。敵の船に銃弾がめりこみ、踊るようにして水夫や武者たちが倒れ、何人かが水中に没していく。

それでもなお、血で彩られた小早船は速さを緩めない。敵の水夫が、船の上でくるくると回っていた。両手にもつのは、火のついた壺——焙烙だ。

回転の力を利し、焙烙が投擲(とうてき)された。ひとつではない。何十何百という火の壺が、次々と鉄甲船に襲いかかる。

距離があるため、甲板にはとどかない。だが、ことごとく船腹に当たり、砕ける。

足下からせりあがってきたのは、熱だ。焙烙が炎を吹きあげたのだ。じんわりと足裏が暖まる。嘉隆の視界が熱でゆがみ、遅れて火の粉が昇っていく。

嘉隆は左右の鉄甲船を見た。焙烙をうけて、黒光りする船体のあちこちから炎を吹きあげている。

だが、しばらくもしないうちに、ずり落ちるようにして、炎は海中に落下する。装甲が炎を見事に防いだのだ。

「敵の鉄砲も焙烙もはねかえしたぞ。恐れずに、仏郎機で慎重に狙え。鉄砲の衆は、小早船を近づけるな」

嘉隆の指示に、水夫や鉄砲足軽たちが「おおゥ」とたのもしい声をあげる。

「あとは」と、ひとりつぶやく。

目を前へやり、凝視する。

敵の小早船のいくつかは、三枚重ねの垣盾で守られていた。その奥の人影に目をやる。

水兵とは思えぬ、物々しい鉄鎧をきている。しかも、二領重ねだ。他の船よりも喫水が深いので、いかに重い鎧を身につけているかがわかる。

毛利水軍の切り札――菫襲組である。

その数は、数十隻。味方の船を押しのけるようにして、不敵に近づいてくる。

織田水軍の銃撃が迎え射つが、三枚重ねの垣盾を貫通できない。できたとしても、二領重ねの鎧がはねかえす。

小早船が浮いた――

いや、ちがう。

菫襲組が、海中に飛びこんだのだ。重さを失った小早船が跳ねている。

毛利水軍の切り札たちが、次々と海底へと没していく。

十

一時、押しよせる毛利水軍は静寂につつまれた。菫襲組が、水中に身を投じたのを目にしたからだ。鉄甲船と錨をつなぐ縄を、断ち切ると信じている。

そして固定を失えば、重い鉄甲船は潮に翻弄され、遠からず沈むか浅瀬に座礁する。

一気呵成(いっきかせい)に攻めかかる好機を、敵兵全員が咳(しわぶき)ひとつたてずに待っていた。

水中を歩く菫襲組には、火縄銃も仏郎機も通じない。錨を結ぶ縄を切断されるのを、嘉隆らはただ見守ることしかできない。

奇妙な静けさのなか、ぶつりと音がひびく。

一本の縄が、波間にたゆたっていた。

「董襲組の奴ら、縄を切りやがった」

水夫のひとりが叫ぶ。

ぴんと張られた縄が、次々と緩みだす。潮の流れに引きずられる。やがて、鉄甲船を固定していた縄は、すべて切断された。

「すわ、いまぞ」

敵将の大音声は、嘉隆の耳にも届くほどだった。

毛利水軍の櫂が、潮飛沫をあげる。

銃撃が再開され、火の粉をまき散らす焙烙が雲霞(うんか)のごとく飛来する。

だが――

鉄甲船は動かない。

波濤(はとう)をわる岩のごとく鎮座している。

波に流されるどころか、傾きさえしていない。

仏郎機が、ふたたび咆哮(ほうこう)した。

毛利水軍の関船が、次々と破壊されていく。

「鉄砲の衆よ、半数は水面を狙え」

手はずどおりの指示だったので、鉄砲足軽の半分が散り、そしてある箇所に集まる。

投錨した縄がだらりと垂れ下がる船べりだ。

数十の銃口が、一斉に下をむく。

海面を割ったのは、ひとりの男の顔だ。海底を歩き縄を切った、董襲組の猛者である。

水面に浮上した顔は青ざめ、恐怖でゆがんでいた。

「くるなあ」と、迫る毛利水軍にむかって叫ぶ。

「攻めても無駄だァ。これは、船ではない」

董襲組の言葉をかき消したのは、鉄甲船からの銃撃だった。

数多（あまた）の弾丸が襲う。

煮たつかのように、海面が泡ではじけた。

ぷかりと浮いたのは、骸だ。波をうけて、鉄甲船へと近づいてくる。

二領重ねの鎧は、海底に捨てたのだろう。露出した肌には銃孔がいくつもうがたれ、はいりこもうとする潮と吹きだす血がせめぎあっていた。

あちこちで、董襲組が水面に顔をだす。それを、鉄甲船の上から情け容赦なく銃撃していく。

鉄甲船の周囲が、たちまち赤黒いもので染められる。

そのあいだも、錨を失った鉄甲船は海底から生えるかのように不動だ。

こうなると、わかっていた。

なにひとつ予想外のことはない。

にもかかわらず、目の前に広がる光景は、嘉隆を戦慄させた。過去に鮫に襲われる漁師を目の当たりにしたことがあるが、海面を塗る血はその時の様子とよく似ていたからだろうか。

妖術を目の当たりにしたかのように、気分が悪い。

さきほどの菫襲組の叫びを思いだす。

「船ではない、か」

そう、これは船ではない。

秀吉が一夜にして、築いた城だ。

赤く染まる海を見つつ、鉄甲船を大坂の湾に停泊させた夜のことを思いだす。

## 十一

今から三ヶ月ほど前、天正六年（一五七八）七月十八日――

月あかりが闇をはき清めるかのような夜だった。

海は凪ぎ、鈍く輝いている。

鉄甲船が、ゆっくりと大坂の湾へとはいってきた。周囲には、大小様々な舟がひしめいている。

一方、鉄甲船を停泊させる予定の場所に、小舟が六つ浮いていた。その一隻に、九鬼嘉隆はいる。水夫のひとりが松明を回すと、鉄甲船を囲っていた舟たちが誘われるように近づいてくる。奇妙な船団だった。漁船もあれば、古びた安宅船もある。それらの甲板には、土砂や廃材がたっぷりと積まれていた。限界ぎりぎりの喫水が、沈没寸前であることを教えてくれている。

「よし、沈めろ」

嘉隆は静かに命じた。

船底に穴を開けた船が、ゆっくりと沈下していく。やがて、すべてが海面から消えた。長い竿で、水夫が深さを何度もたしかめる。深くうなずいた。

また松明で合図を送ると、一隻の鉄甲船がゆっくりと近づく。船梁がきしむのか、時折、悲鳴を思わせる音も聞こえた。

さきほど船を沈めた場所までくる。

また松明で合図を送る。

鉄甲船の周囲に、突如として泡が沸きたった。鉄甲船の船底に穴がうがたれたのだ。黒い巨船が、ゆっくりと海底に潜ろうとする。

みなが、その様子を見つめる。

このまま、海中に没するのか。

そのとき、衝撃が水の底からはいあがり、嘉隆の乗る船をゆらした。

さざなみが鉄甲船を中心に生じ、広がっていく。

「成功だ」と、だれが言うともなくつぶやいた。

目の前には、いつもよりすこし深い喫水で、鉄甲船が鎮座していた。

嘉隆らは、鉄甲船を沈めたのだ。

だが、単に沈めたのではない。大坂湾特有の海底の浅い場所を選んだ。そこにまず土砂や廃材を積んだ古船を沈め、海の底をあげた。その上に鉄甲船を運び、船底から水をいれ、鉄甲船を着底させる。

鉄甲船という名の城を、座礁させたのだ。

いや、鉄甲船を使い、生國魂神社の神のみが成せる生島と足島の奇跡を現出させたというべきか。

「よし、残りの五隻も同じように座礁させろ」

水夫が、合図の松明を一際大きく回転させた。残りの鉄甲船にまとわりついていた漁船や安宅船が動き、集まり、そして沈んでいく。その上に鉄甲船が運ばれ、次々と座礁していった。

あとは偽装のために投錨し、さも海底と固定しているかのように縄をぴんと張った。

こうして、六つの一夜城が海の上に誕生したのだ。

この海に生えた城に、毛利は無謀にも攻めかかってきた。

敵うはずがない。

これは海戦ではなく、城攻めだからだ。

回想をさえぎったのは、仏郎機の咆哮だった。

血の臭いが濃くただよっている。昼に近づきつつある太陽の光が、海面の惨状を容赦なく照らしていた。

「恐ろしい男だ」と、嘉隆はうなじをなでた。

海の一夜城ともいうべき策のために、秀吉は一見無駄とも思える膨大で周到な準備を費やした。実は、鉄甲船は目の前にある六隻だけを建造したのではない。この何倍もあったのだ。

そのうちの六隻を、まずは伊勢の九鬼嘉隆の所領の港から、大々的に喧伝し出航させた。そして、人目のつかぬ沖にだした後、躊躇なく沈めた。

次は、紀伊国(きいのくに)で建造した鉄甲船を密かに海にだし、さも伊勢からきたかのように入港させた。そして、また翌日、出港し沖で沈める。

　これを繰りかえし、最後に大坂で建造した六隻の鉄甲船を大坂湾で座礁させたのだ。なぜ、一見無駄と思える膨大な手間をほどこしたのか。織田家は外洋航海が可能な鉄甲船を建造できる技術がある、と毛利家に錯覚させるためだ。そうなれば、今後、毛利は海戦での戦略の変更を余儀なくされる。

　織田の水軍に対抗するために、以前のように勇敢には戦えない。囲まれる城があっても、水路から兵糧をいれることをためらう。

　それは、だれにとっての利になるか。

　今、中国で毛利と戦う羽柴秀吉だ。

　幻の鉄甲船で毛利の手足を封じた後、陸路から次々と城を落とす。

　実は、一時、この策が危うい時があった。

　織田の財力では何十隻もの鉄甲船を造ることができるが、肝心の木材が足りなくなったのだ。そのため、いくつかの鉄甲船は寸足らずのものになってしまった。だから人々が噂する鉄甲船の大きさは、まちまちだ。ある人は、長さが十八間（約三十三メートル）もあると言い、ある人は十三間（約二十四メートル）だと主張した。幸いにも、見物人の目測ゆえの誤差として片付けられ、大事にはいたらなかった。

　この海戦が終われば、秀吉と密かに酒を酌み交わすだろうが、その時の笑い話くらいにはなるだろう。

秀吉が喜ぶ様子を頭に思い浮かべようとした。

口角をもちあげる頰、爛々と燃えるような瞳。

いつも見る夢の船底で、なぜ秀吉がいないのか。その理由が、わかったような気がする。

鉄甲船の策は、秀吉にとって大坂本願寺攻めのための一手ではない。中国毛利攻めの布石だ。囲碁でいえば、ひとりだけ何十手も先を見据え戦っていたことになる。

そして、それ以上に先を読んでいたのは、織田信長だ。

秀吉の策を、信長に言上した時のことを思い出す。

評定の間ではなく、信長が憩う書院に通された。南蛮人から贈られた美しい火縄銃と地球儀が飾られている。文机には、海図と奇妙な器具があった。陰陽師が暦作りの天体観測で使う渾天儀(こんてんぎ)に似ている。渾天儀は球型だが、文机の上のそれは円盤だ。あれは、南蛮人が天体観測に使うアストロラーベだ。遠目には見たことがあったが、手にとれるほど近くで検分するのは初めてである。南蛮の天体観測術は優れており、噂では朝廷で暦道を司る陰陽師の賀茂在昌(かもあきまさ)がキリシタンに入信したほどだという。

そういえば、信長は改暦を秘かに企んでいると聞いた。暦作りに天体観測は不可欠だ。まさか南蛮の天体観測術で、新しい暦を作るつもりだろうか。

　さらに目をこらせば、海図は南蛮の文字が記された、彼の国のものだと気づいた。戸惑いつつも、嘉隆は信長に報告する。

「で、あるか」といつもと同じように素気なく、しかし常とはちがう微笑みを信長は口元にたたえていた。驚くべきことは、鉄甲船建造にかかる費用を思案することなく言い当てたことだ。信長も同じ策を思いついていたという、何よりの証左だ。


　――何と恐るべき、炯眼であることか。


　嘉隆は信長の才に畏怖した。同時に、そこに追いつかんとする秀吉にも恐懼した。信長の炯眼を受けつぐのは、信長の子弟ではなく秀吉かもしれない。

　一笑に付そうとしたが、嘉隆には無理だった。

　うなじに視線を感じる。

　ゆっくりとふりむいた。

　銃煙が霧のようにたゆたい、大坂本願寺の堂宇を隠していた。きっと門徒どもは、絶望とともに戦場の様子を凝視しているだろう。

　風がふいた。硝煙の臭いのともなう靄が、ゆっくりと動く。

　隠れていたものが、あらわになった。

「ああ」と、叫ぶ。見開いた目に、痛いほど強く嘉隆は腕をこすりつけた。

「なんだ、あれは」

見たこともない城が建っている。

金瓦と艶のある黒漆で彩られた、宮殿のような天守閣があるではないか。

大坂本願寺の堂宇は——ない。跡形もなく消えている。

だけではない。木津川口はさらに狭まり、湿地や沼もなくなっている。かわりに大地をおおうのは、商家や民家だ。ほとんどの家に瓦が葺かれている。耳をすませば、人々の賑わいや喧騒が聞こえてくるかのようだ。

「い、いつのまに」

またしても銃煙が視界を横切る。

「くそ、見えぬ」

両腕で靄を払う。

完全に視界が晴れた時には、さきほどの風景はどこかに消えていた。天守閣はなく、低いが大きい大坂本願寺の堂宇があるだけだ。その周りにあった商家や民家は、湿原や沼に変わっていた。

「なんだったんだ、今のは……幻か」

呆然とたちつくす。

「右馬允様、敵が退いていきますぞ」

背を打った家臣の喜声に我にかえった。

「よ、よし」と、戦場にむきなおる。

「仏郎機は引きつづき関船を狙え。一隻でも多く沈めろ。鉄砲の衆は、水面に浮かぶ敵を射て。情けは無用だ。ひとりたりとも生かすな」

中国攻めをになう秀吉のためにも、鉄甲船の秘密は敵に知られてはならない。

だが、水面に浮くのはほとんどが骸のようだ。生きている者はあまりいないらしく、鉄砲の音が途切れ途切れにひびく。

潮がひくかのような、毛利水軍の船影を見つめた。

さきほどの幻を思いだす。

なぜ、あんなものを見たのだろうか。

まったく、理由がわからない。

ただ、とつぶやいた。

あの豪華絢爛(ごうかけんらん)な天守閣は、きっと羽柴秀吉好みだろう。

そんな愚にもつかぬことを考える自分に、嘉隆は苦笑をこぼした。

一番遠くにある鉄甲船から、銃声が一発だけ聞こえてきた。

# 鉄砲

# 序

鉄砲と騎馬隊があいまみえた、長篠設楽原の戦い。

又助こと太田牛一の『信長公記』にも、鉄砲が威力を発揮したことが明記されている。

だが、謎もある。

鉄砲をいかに運用したか、だ。

信長は鉄砲での三段打ちを長篠設楽原の合戦で考案したというが、実はその二十年以上前の村木砦の戦いで、三段打ちの原型の鳥打ちという鉄砲運用法で戦果をあげている。類似の戦法を、雑賀(さいか)の鉄砲衆が駆使した史料もある。

既存の鉄砲運用法で、はたして剽悍(ひょうかん)な武田騎馬隊を倒せるだろうか。

長篠設楽原の戦いの様子を、『信長公記』はこう記す。

信長公は武田勢と間近に対陣できたのは天の恵みと考え、敵をことごとく討ちはたさんとした。その上で、味方を一人も失わぬよう方策を練った。

信長のとった方策とは、いかなるものだったのか。

『信長公記』は、こうも書いている。

敵は入れ替わりで次々と突撃してきた。

織田徳川勢は一将たりとも前に出さず、鉄砲のみで応じた。

そして、結果は織田軍の大勝利に終わる。

信長の命令にしたがい、織田の鉄砲隊はどのような働きを見せたのか。

〝大筒の妙術〟とまで称された鉄砲戦の達人・明智光秀の目を通して、長篠設楽原の合戦の顚末と信長の炯眼をここに語ってみることにする。

一

春の日をうけ輝く湖面の上で、明智光秀の乗る舟がたゆたっていた。梅の香りをはらむ涼風が、帆をたなびかせている。

浮かぶ舟からは、美しくそびえたつ近江国坂本の城が見えた。城は琵琶湖に接し、まるで水面から生えているかのようだ。堅牢な石垣と壮麗な天守閣があり、曲輪の一部が港になっている。

揺れる舟の上で、明智光秀は己の建てた城の威容を何度も何度も堪能した。

ここまでいたるのに、どれほどの年月を費やしただろうか。

美濃国可児郡の明智城に生をうけ約五十年、二十五年前の天文十九年（一五五〇）に美濃国守護の土岐家が蝮の道三に滅ぼされ流浪した。幕臣細川藤孝の食客となり、京を追放された将軍義昭と尾張にいる憎きあの男とを結びつけ上洛させてやった。だけでなく、あの男の走狗として比叡山焼き討ちという汚れ仕事も引きうけた。

そしてあの男と将軍が鉾盾となった時、幕臣の地位を捨て将軍追放に加担した。

「長かった」と、つぶやく。

坂本城には、何百旒もの旗指物がひるがえっていた。水色の生地は、琵琶湖の色を吸いとったかのようだ。白く染めぬかれた花の紋は、桔梗である。

「なつかしい。三十年前の美濃は、こんな風景があちこちにあった」

唇からもれた光秀の声はふるえていた。桔梗紋は、かつて美濃国守護だった土岐家の家紋である。

目に映る景色もにじみだした。身の内の感激が、己が土岐一族のひとりであることを再認識させる。

「十兵衛（光秀）様のお気持ち、この内蔵助は痛いほどわかりますぞ」

背後からよりそったのは、斎藤〝内蔵助〟利三だ。熊のような巨体で、顔中に傷がはしっていた。光秀は土岐家の支族である土岐明智家の出で、斎藤内蔵助は土岐家を補佐した守護代の一族である。明智光秀の片腕であり、最良の友、そして同じ男への復讐を誓った同志だ。

「内蔵助、本当はまだ喜んではならぬのだ。我らはまだ、宿願を達成したわけではない」

「わかっております。あの男を倒さずして、土岐家の復興はありえませぬ」

内蔵助が低い声でいう。

土岐家が以前の栄光を取りもどすには、あの男とその一族を根絶やしにせねばならない。そのために、光秀は将軍義昭を連れて流浪し、あの男と出会わせ、上洛までさせてやったのだから。

あの男とは、いうまでもない。

光秀と内蔵助は、同時に沖へと目をやる。

巨大な軍船が、湖面をわるようにして進んでいた。航跡が波となって、光秀らのいる舟にぶつかる。帆には永楽銭の紋が染められており、その下にはひとりの男がたっていた。

細身の体を緋色の陣羽織でつつんでいる。矢のような眼光を、琵琶湖の対岸へやっていた。

織田〝弾正忠〟信長だ。光秀と内蔵助の主君であり、ふたりが復讐を誓った男である。

仇をのせた軍船が、どんどんと小さくなっていく。きっと安土にいくのだろう。信長は、岐阜城にかわる新しい拠点を琵琶湖湖畔に探している。安土は、その有力な候補地のひとつだ。

信長との因縁は、二十八年前の天文十六年（一五四七）からはじまる。

光秀が、数えで二十二歳の時だ。美濃守護代の蝮の道三が、土岐家打倒の兵をあげた。土岐家が後手に回ったのには、理由がある。道三が、娘を守護の土岐頼純（よりずみ）に嫁がせていたからだ。道三は油断する頼純を毒殺し、土岐一族を次々と攻撃する。光秀らは、それに抗った。が、道三にかなわないのは火を見るより明らかだ。

そんな土岐家に強力な援軍があらわれる。織田信秀（のぶひで）――信長の実父が援軍をひきいて、道三を攻めたのだ。

信秀は強かった。

しかし、それ以上に道三は狡猾だった。

尾張で信秀の傀儡となっていた守護の斯波家をたきつけ、反信秀の兵をあげさせたのだ。道三の謀略により、信秀は美濃から撤退せざるをえなくなった。

だけなら、よかった。

こともあろうに、尾張にもどった信秀は土岐家を見捨て、道三と同盟を結んだのだ。

この時、信秀の嫡男信長に嫁いだのが、毒殺された土岐頼純の妻だった道三の娘だ。

天文十八年（一五四九）のことである。

こうして土岐家は、美濃守護の座から追放された。光秀も流浪を余儀なくされる。

この時、光秀は決意した。

かならずや、道三と織田家に復讐する、と。

無念だったのは、織田信秀はまもなく病死し、道三も自滅したことだ。

残った仇は、ただひとり。

道三の娘をめとった、織田信長だけだ。

「わしは誓ったのだ」

右の掌を開くと、十文字の傷が刻まれていた。

毒殺された土岐頼純は、光秀と年齢が近かったこともあり、身分の垣根をこえて朋輩のように接してくれた。彼が死んだ時、光秀は掌に十文字の傷を刻んだ。土岐家を害するすべての者を滅ぼす誓いの傷である。

右手を握りしめた。

――織田信長を倒す。

その方策を、皮肉にも蝮の道三が教えてくれた。

道三は土岐家の被官となり、土岐家の家臣を次々と排除した。そして、美濃という国を掠めとった。

敵となるのではなく、その麾下にはいりこみ、有力な家臣を罠にかけ、力をたくわえてから滅ぼす。これが強大な敵を葬る、もっとも確実な方法だ。

そのために、光秀は織田家の禄を食み、信長の忠臣を必死に演じている。

## 二

岐阜城の評定の間は、やわらかい畳が一面に敷きつめられていた。襖は金箔で化粧され、勇壮な獅子や龍があちこちに描かれている。

居並ぶのは、織田家の諸将だ。

塙直政、佐久間信盛、柴田勝家、丹羽長秀、滝川一益、簗田政綱らの尾張時代から信長をささえた勇将たちが上座近くを占め、つづいて稲葉一鉄、安藤守就、氏家直元ら美濃を征服した時に降った武将がすわり、さらに元幕臣の細川藤孝と明智光秀らがひかえ、一番後方には前田利家、佐々成政、羽柴秀吉らの歴戦の部隊長がひしめいていた。

上座の襖が開き、小姓と近習をひきつれた織田信長が姿をあらわす。黒い小袖の上に、色鮮やかな緋色の陣羽織をきこんでいた。

「集まってもらったのは他でもない。武田家のことだ」

着座するや否や、信長は口を開く。

「こしゃくな信玄坊主めは、もうこの世にはおらぬ。今をおいて、武田を討つ機はない」

諸将が慎重に目を見あわせた。

二年前の元亀四年（一五七三）四月、武田信玄が陣中で病没した。上洛の途上の出来事であった。信玄が死んだとはいえ、武田軍は精強だ。跡をついだ勝頼は守勢にまわることなく、外征にうってでた。一年前には、東美濃の白鷹城と遠江の高天神城を陥落させている。

「恐るべきは、信玄坊主が育てた武田の騎馬武者。それに対抗するのは、鉄砲であろう」

　信長の声に、何人かが渋い表情で腕を組んだ。諸将のあいだでは、鉄砲は女子供の武器という思いがつよい。とはいえ、それも随分とましになった。杉谷善住坊によって信長が千草峠で狙撃され厚い鎧が砕かれたことで、鉄砲は重要な武器という認識に変わりつつある。

　上座の信長は、小姓に視線を送った。大きな巻物がひとつ運ばれてきて、みなの前に広げられる。

「これは」と、全員が前のめりになった。

　巻物には、小さな文字で姓名がびっしりと書かれていた。さらに目をこらすと、名前の下に四匁や六匁などの数字も記されている。

「抜き鉄砲か」と、誰かがつぶやいた。

　巻物に書かれているのは、織田家の直臣が召抱えている鉄砲放ちの衆の名前の一覧だ。名前の下に書かれた四匁や六匁などの数字は、火縄銃の口径である。当然ながら、口径が大きいほうが破壊力も大きい。

　織田家では家中の鉄砲衆を管理し、いつでも抽出して鉄砲隊を編成できるようにしていた。これを〝抜き鉄砲〟という。

「きたるべき武田攻めのために用意する抜き鉄砲は、三千だ」

どよめきがたちあがった。

鉄砲調達が容易な九州中国の大名でも、この半分も集められないだろう。

「この抜き鉄砲をつかって、武田の騎馬武者を殲滅する。そのための策を考えよ。妙案をもつ者がいれば、抜き鉄砲の采配もまかせる。身分や禄の高低は問わぬ」

しんと、場が静まりかえった。

鉄砲の数では凌駕するといっても、実戦で武田を圧倒するには心もとない。それほどまでに、武田はつよい。足軽の力量では武田と織田は互角だ。長槍を装備し厚い鎧をきる織田は、なんとか武田とわたりあえる。問題は、騎馬武者だ。武田家では人を襲い殺した野生の悍馬でさえ、飼いならし乗りこなす。人馬一体となった格闘術は、他家の追随を許さない。

「恐れながら」と前にでてきたのは、佐久間信盛だ。

「鉄砲は操作が難しゅうございます。弾込めは時間がかかり、的に当てる技には熟練が必要」

佐久間信盛は、信長の顔色を窺いつつも話を進める。

「我らが武田家に勝るものは、国の豊かさと兵の数です。鉄砲を集めるよりも武田の三倍の軍をそろえ、正面から叩きつぶすべきです」

慎重なだけが取り柄の佐久間信盛らしい考えだったが、何人もの将が同調の意を示した。

「それはならぬ」

だが、信長の返答はにべもない。

「次の決戦だが、武田が動員する兵は一万五千と読んでいる」

信長の怜悧な目が、一座をなめる。諸将が緊張を増すなか、淡々と信長は見通しを語る。

武田の騎馬武者は全体の十分の一をしめると言われている。一万五千の軍勢なら、その数は一千五百だ。武田の騎馬武者は一騎当十――つまり一千五百の騎馬武者は一万五千の軍団に匹敵する。そこに一万三千五百の残りの足軽も加わる。武田軍一万五千は、織田軍の兵数に換算すれば、二万八千五百人分の戦力ということになる。

炯眼と恐れられるだけあり、信長の論は明瞭にして簡潔だ。

信長はこれを圧倒し殲滅する、と言う。そのためには、佐久間信盛が言うように武田の戦力の三倍の軍が必要だ。ざっと計算すると、九万ちかい兵数になる。

「我らが四囲に敵をかかえているのは知っていよう。徳川をあわせても、動員できる兵力は三万から三万八千だ」

武田軍の戦力は二万八千五百。三万八千の織田軍が戦えば、すこし優勢な程度にすぎない。

「まともに武田軍とぶつかれば、損害ははかりしれない。多くの侍大将が死ぬ。森三左衛門のような犠牲はだしたくない」

諸将は眉間にしわを刻み、腕を組んで沈思する。

森〝三左衛門〟可成は、宇佐山城を守っていた織田の宿将だ。智勇兼備の名将として、他国にも名が鳴りひびいていた。が、五年前の元亀元年（一五七〇）に南下してきた朝倉浅井勢を引きうけ、討ち死にしてしまう。

実は、そうなるように仕向けたのは明智光秀だ。ひそかにこちらの陣容を朝倉浅井に教えてやったのだ。

「今後の天下布武を考えれば、足軽はともかく侍大将は喪いたくない。だからこそ鉄砲をつかう。抜き鉄砲の三千を采配し、それを成せる者はいるか」

しかし、応える諸将はいない。

沈黙が重くのしかかる。

そんななか、光秀はひそかにほくそ笑んでいた。流浪していた若き光秀が目をつけたのが鉄砲で、修練の結果、名人と呼ばれるほどの腕前に達している。実際、幾度も鉄砲で戦果をあげた。本圀寺合戦では何倍もの敵を鉄砲で押しとどめ、金ヶ崎の退き口では抜き鉄砲の采配をまかされ、信長の撤退を助けた。琵琶湖の制圧戦でも、竹生島の敵を大筒と鉄砲で殲滅させている。

もし、自分の策で武田騎馬隊を倒せば、さらなる出世ができる。居ならぶ諸将をだしぬくことになり、信長打倒の宿願にさらに近づける。

「抜き鉄砲采配の役、ぜひこの明智十兵衛にお命じください」

全員が光秀を注視した。

「それがしが鉄砲の技でもって、見事、武田を壊滅させてご覧にいれましょう」

「明智殿、大言はひかえられよ。これは、容易なことではないですぞ」

思わずという風情で口を挟んだのは、塙直政だった。森可成亡きあとの織田軍団の筆頭に昇りつめた男だ。

光秀は一瞥するだけで、顔さえもむけなかった。塙直政が、怒りで身をふるわせる気配が伝わってくる。

「この仕事が、難事なのは承知の上。されど、路傍の石のごとく落ちぶれたそれがしを引きたててくださったのは、上様です。それがしは命を賭して、上様の思いにこたえる責があります」

心にもないことを言うのには、慣れている。

「たとえ、武田の騎馬武者と刺しちがえることになろうとも、見事にこの大役を成しとげてご覧にいれましょう」

# 三

坂本城の一室には、一領の甲冑が鎮座していた。異様なのは、胴の左脇あたりが蹄(ひづめ)の形にへこんでいることだ。

光秀は、甲冑を背にして腕を組む。窓から吹きこむ風には、以前とちがって梅の香りはない。かわりに、湖岸に植わる桜が美しい花を咲かせていた。岐阜城から帰還したばかりの光秀は、斎藤内蔵助とむきあっている。武田攻めのために抜き鉄砲の采配をまかされたことを伝えると、光秀の腹心は目を輝かせた。

「それは重畳(ちょうじょう)。武田の騎馬武者どもを殺しつくせば、われら明智家は織田家でさらに重きをなすことになりましょう」

「今は塙、佐久間、柴田らの下風にたっているが、それもしばらくの辛抱だ。わしが織田家の筆頭家老になれば、いずれ奴らも森のように罠にかけてやるわ」

右掌にある十文字の傷を見つつ、光秀はいう。

「となると、やはり問題は、いかにして武田の騎馬武者を倒すかですな」

内蔵助の言葉に、光秀の目が自然と背後の甲冑へと誘われる。左脇のあたりが、蹄の形に深くくぼんでいた。

一年前、武田軍が東美濃の白鷹城へ攻めよせた時にできたものだ。

天正二年（一五七四）二月――

馬に乗る光秀は、白鷹城を目指していた。すぐ横では、斎藤内蔵助が大きな槍を小脇にかかえて並走している。率いる兵は、百を少しこえた程度だ。

信長は、嫡男の織田信忠（のぶただ）と光秀に救援を命じた。斥候（せっこう）の報告では、白鷹城は陥落寸前だという。普通に駆けつけては、とても間にあわない。

ならば、ということで光秀は少勢を先行させたのだ。このまま落城すればむなしく引きあげるだけで、手柄をあげられない。小さくても武田と一戦し、兜首をあげたかった。強敵武田の騎馬武者を倒せば、敗戦とはいえ光秀の戦功に箔がつく。

「十兵衛様、あれを」

内蔵助が槍でさし示す先には、武田の小隊がいた。その数は、騎馬武者ばかりで十数騎ほどか。

光秀は、ほくそ笑む。

きっと斥候だろう。討ちとるには、ちょうどいい数だ。

「囲め。一兵たりとも逃すな」

だが、武田の騎馬武者は逃げなかった。

あろうことか、こちらへとむかって馬を駆けさせるではないか。

「こしゃくな。押しつぶせ」

百人以上で、十数騎を一気に押しつつまんとする。

最初に繰りだされたのは、槍や刀ではなかった。馬の蹄だ。武田の騎馬が、高々と前脚をあげたのだ。鉄槌を打ちおとすような蹄の一撃が、兜ごと明智兵の頭を粉砕する。

さらに巨大な馬体が突進してきて、足軽たちを蹴散らした。

背後にまわった明智兵には、後脚の蹴りが繰りだされる。

馬の攻撃をなんとかかいくぐった侍には、槍の洗礼が待っていた。

「気をつけろ、武田の馬当てだ」

光秀が叫ぶ。

馬当てとは、馬自身を武器としてつかう馬術だ。気性の荒い野生馬を乗りこなす、武田勢ならではの戦闘方法である。

「冷静になれ、槍衾で防ぐのだ」

光秀があわてて指示するが、遅かった。

悲鳴と絶叫が、次々と湧きあがる。

武田の乗る馬の力は凄まじく、明智勢が紙きれのように引きさかれていく。

甲冑を血でそめた騎馬武者と目があった。

にやりと光秀に笑いかける。乗る馬の口には、半死半生の明智の武者が咥(くわ)えられていた。食い破られた喉から漏れる空気が、笛のような音を奏でる。

「敵の大将か」と、武田の武者がきく。

「そうともよ。われこそは、土岐一族のひとり——」

「弱兵の将の名など、興味もないわ」

敵の馬が大地を蹴った。

光秀との間合いが一気にちぢむ。

繰りだされる槍をかわすのが精一杯だった。馬体を当てられ、光秀の体が宙に浮いた。狙いすましたように、馬の前脚が光秀の左の脇腹にめりこむ。

光秀は、大地に叩きつけられた。

息ができない。背中を打ったのか。だが、手足は動く。鉄砲戦用の鉄厚の鎧が幸いした。でなければ、肋(あばら)を粉砕されていたはずだ。

光秀が助かったのは、陣鐘の音が鳴りひびいたからだ。

「運がよかったな。今から白鷹の城へ総がかりだ」

鞍上の武田武者が光秀らにいう。

「もどるぞ」と声をあげると、手綱や鐙(あぶみ)を動かすまでもなく、馬がその身を反転させた。そして、風のように去っていく。

残されたのは、百を数える明智勢だけだ。半数近くが、血を流しうずくまっている。

一方の武田の騎馬武者十数騎は、ひとりたりとも欠けていない。激闘などなかったかのように、かろやかに疾駆していた。

光秀の体がぶるりとふるえた。額や頰に、脂汗が何筋もつたう。窓から見える桜が、とても寒々しいものに思えた。

あの恐ろしい武田の騎馬武者と、ふたたび戦うのか。

目の前に鎮座する甲冑が、なぜか紙細工のように頼りなく思える。


――怯（ひる）むな。


つよく心中で念じる。

強敵だからこそ、こたびの役目を志願したのだ。弱き敵を倒しても、手柄にはならない。

# 四

土が踏み固められた調練場には、光秀麾下の鉄砲放ちの衆九十人がずらりとならんでいた。その様子を、光秀は斎藤内蔵助とともに凝視している。

「よし、手はずどおりに、陣形を組め」

内蔵助が号令をかけると、九十人の鉄砲放ちの衆が一斉に動きだす。四十五人ずつの二隊に分かれた。一隊が横十五人、縦三人の方形陣を作る。それぞれ黒い陣笠と白い陣笠をかぶっていた。

ふたつの陣の百間（約百八十メートル）ほど先には、幅一尺（約三十センチメートル）の菱形の的がならべられている。

「左手の白い陣笠をかぶった隊が、鳥打ちを行います」

鳥打ちとは、二十一年前に信長がつかった戦法だ。三人に役割分担させて、銃を射つ。一列目が射ち手で、射ち終わったら二列目に銃をわたす。二列目は用意していた弾込め済みの銃を一列目にわたしつつ、三列目に空の銃をわたす。三列目が弾込めをして、ふたたび二列目が一列目にわたす。

こうすることで、絶え間のない銃撃ができる。

信長は、敵城にある狭間（さま）にたいして鳥打ちを敢行した。絶え間なく銃撃することで、敵の反撃を無にしたのだ。

　強力な武田の騎馬武者に対抗するには、銃弾を雨あられのように大量に浴びせるしかない。

「そして、もうひとつの黒い陣笠の隊は、三段打ちを行います」

　三段打ちは、武田攻めのために光秀が考案した射撃方法で、鳥打ちとよく似ている。ちがうのは、役割分担をしないことだ。ひとりが射てば次は二列目が前にでて射ち、つづいて三列目が前にでる。このようにして、三人の射手が次々と交互に射つ。

　一見すれば、鳥打ちのほうが効率がよい。役割分担することで、それぞれがひとつの作業に集中できるからだ。が、鉄砲の名人である光秀は、射撃が繊細な技であることを知っている。

　銃口から玉薬（たまぐすり）と弾丸をいれ、さく杖でつき固め、火皿に口薬（くちぐすり）をこめ、火蓋をとじ、狙いをつけ、火蓋を切り引金をひく。

　これらの作業を流れるように無意識に行えるまで、鉄砲放ちの衆は修練を積む。何万回もの稽古の結果、手順をふむことで精神を集中させ、射撃の精度があがる。それゆえになにかひとつの作業がぬけると、拍子がくずれ狙いが狂う恐れがある。

　ならば、鳥打ちよりも三段打ちのほうが、有効なのではないか。

「では、はじめますか」

内蔵助がしゃがみこむ。足元には水のはいった壺がおかれ、下にある穴に栓をしていた。栓をぬいて二十五をかぞえると空になる、水時計である。

光秀らは鉄砲の弾幕で武田軍を迎えうつ間合いを、百間（約百八十メートル）と想定した。ちょうど今、鉄砲放ちの衆の前におかれた的の距離とおなじだ。

そこから銃撃をはじめる。鎧をつけた足軽ならば、百間を大体二十五をかぞえるうちに駆けぬける。もちろん騎馬武者はそれより速いが、足軽をおいて突撃することはない。白鷹城救援で出会ったような騎馬隊だけの編成は、物見などの特殊な場合しかないからだ。

攻撃は、足の遅い足軽にあわせるのが定法である。

そのあいだに、どれだけ銃弾を射ちこめるかが鍵だ。

「はじめェい」

大号令とともに、内蔵助は水時計の栓をぬいた。糸をひくように水が流れだす。と同時に、鳥打ちの隊と三段打ちの隊が射ちこんでいく。

水が途切れたとき、「やめェい」と内蔵助の号令がとぶ。

鳥打ちの隊も三段打ちの隊も、それぞれの的にむけて一組につき四発の弾丸を射ちこんでいた。数は同じだが、四発を早く射ちおわったのは、三段打ちの隊だ。

四発射つのに鳥打ちは二十四ほど数え、三段打ちは二十二ほどだった。

光秀は何度も同じ訓練をつづけた。

予想どおり、三段打ちの方がわずかだが速く射てる。

「よし、これまでにしよう。内蔵助、的に当たった数を勘定したら、館へ報せにきてくれ。わしは先に帰って、玉薬の配合などをもう一度見直す」

鳥打ちよりも三段打ちの方が、銃弾を速く発射できることはわかった。だが武田軍に浴びせる弾丸は、四発がどうしても限界だった。

「四発か」と、つぶやく。

その倍は射ちこみたいが、それは不可能だ。ならば、一弾ごとの精度と破壊力を増すしかない。

## 五

武田軍の蹄が刻まれた鎧が鎮座する部屋の床には、数字を書きつけた紙がいっぱいに散らばっている。

玉薬の配合を計算したあとだ。抜き鉄砲は、様々な口径の銃をもつ射手の寄せ集めである。それは、銃ごとに射程距離と破壊力にちがいがあることを意味する。三段打ちをおこなうには、致命的な欠点だ。弾幕に強弱があれば、戦上手の武田軍はまちがいなく弱い部分に戦力を集中させる。

そのため、光秀は銃の口径ごとの玉薬の配合を細かく規定する必要があった。散らばる紙は、その苦心の証だ。

重いため息をついて、光秀は硬くなった肩の筋肉をもむ。目にも、しこりを感じる。

「やはり、たやすい仕事ではありませんでしたな」

同じように肩をもみつつ言うのは、斎藤内蔵助だ。

武田軍一万五千の突撃を、三千の銃で迎え撃つ。三段打ちで射ちこめる弾丸は四弾。

武田軍は、波状攻撃を得意としている。軍を五つにわけて攻めかかるのが常法だ。これに三方ヶ原の徳川軍だけでなく、北条、今川、上杉の強敵さえも苦戦した。

だが、銃で迎え撃つ織田軍にとっては、波状攻撃はありがたい。

一気に一万五千が攻めてくれば三千の鉄砲では対処できないが、その五分の一の三千の兵なら三千の鉄砲でなんとかなるかもしれない。

だが、それは机上の空論だった。

初弾の百間の距離では、十発のうち二発を当てるのが精一杯なことが、さきほどの調練で明らかになった。無論、敵も馬鹿ではない。弾よけの竹を束ねた盾をもっているはずだ。当たった二発のうち、半分は盾で防がれるだろうし、この間合いならば当たっても鎧を貫くのは難しい。

光秀は頭をかかえた。

銃弾が鎧を貫通できるのは、三十間（約五十五メートル）の間合いだと言われている。だが、鉄砲戦用の鉄厚の鎧や甲冑を二枚重ねにした武者を傷つけるのは、この間合いでも難しい。

光秀は思考を整理するため、各弾ごとの敵との距離を新しい紙に書きつけた。

初弾　百間（約百八十メートル）
次弾　七十二間（約百三十メートル）
三弾　四十四間（約八十メートル）
四弾　十六間（約三十メートル）

これをもとに、何人の兵を倒せるかを試算する。三千の銃をみっつに分けるので各弾一千発のうち、何発が急所に命中するかは、鉄砲巧者の光秀の経験をもってすれば容易に計算できる。

初弾　五十人

次弾　百人
三弾　二百人
四弾　四百人

合計で、七百五十人しか倒せない。

武田軍の波状攻撃は一波が三千人なので、銃弾をかいくぐり織田の陣に肉薄するのは約二千三百人。そのうち騎馬武者は十分の一の二百三十騎。足軽とあわせて武田軍の波状攻撃ひとつは、織田軍四千三百七十人分の戦力に相当する。

それが五回の波状攻撃だから、約二万二千人分の戦力。

これを圧倒するには三倍の兵力が必要だから、やはり織田軍は七万近くをそろえないといけない。

無理だ。

信長は、多くても三万八千しか集められないと言っていた。

ぶつかっても武田に負けはしないだろうが、計り知れない損害がでる。

これでは、光秀の手柄にならない。

では、鎧をつらぬける三十間まで引きつけて、三段打ちを繰りだすか。首を左右にふった。

その間合いになる前に矢戦になる。武田軍の強弓は、騎馬隊とおなじく隣国にも知られている。鉄砲放ちの衆の多くが矢の犠牲になれば、三段打ちも画餅だ。

目の裏に感じるしこりが、先ほどより大きくなる。

妙案がまったく思いうかばない。

「たしか、明日でしたな」

心配そうに内蔵助がきいてきたので、うなずいた。

明日、光秀は岐阜城で信長に拝謁する。武田攻めの策の進捗を報告するのだ。

「いかがいたします」

「まさか、岐阜にいかぬわけにもいくまい」

内蔵助の顔色が悪くなる。

「今の状況を包みかくさずに報告する。鳥打ちよりも、三段打ちの方が優れていることはわかった。それを手土産にすれば、格好はつく」

そして時をかせぎ、そのあいだに武田を殲滅する妙案をひねりだすのだ。

## 六

長良川（ながらがわ）がたゆたう美濃の平野は、塗りたての顔料のような新緑でいろどられていた。

稲葉山の頂にある天守閣が、下界にたつ光秀を睥睨(へいげい)している。

かつては稲葉山城とよばれた蝮の道三の居城は、今は岐阜城と名を変え、織田信長の本拠地となっている。


——いつか信長ともども、この城を焼いてやる。


光秀は決意を新たにしつつ、天守閣への石段の第一歩を力強く踏みだそうとした。

「おお、明智殿ではないですか」

陽気な声にふりむくと、猿顔の小男が駆けよってくるところだった。百姓の出ながら、一城の主にまで出世した羽柴秀吉である。

「これは羽柴殿、お久しゅうございます」

光秀は深々と頭を下げた。百姓あがりの男に頭を下げるのは癪だが、信長に下克上するためである。辞を低くして油断させるのが最善の策だ。

「拙者ごとき卑しい出自の者に、もったいないことです。頭をあげてくだされ。それより聞きましたぞ。今日は武田攻めの件で、上様とお話しになるとか」

目を輝かせ、羽柴秀吉が聞いてくる。

「どうなのですか。武田の騎馬武者を滅ぼす秘策、思いつかれたのですか。鉄砲を、いかに運用するおつもりですか」

　だきつかんばかりに近づかれ、光秀は言葉につまった。

　策が、まだ不完全だとは言いたくない。それが理由で、この男に軽んじられるなど屈辱の極みだ。

　かといって、偽りを口にすることはできない。嘘をついたと知られれば、弱味をにぎられる。

「鉄砲の運用について、重要な知見を得ることができました」

　とっさにでた返答に、光秀は深く満足する。

　嘘はついていない。この言葉をどう判断するかは猿顔の小男次第で、光秀には何の関わりもないことだ。

「おお、それはまことですか。一体、どのような策でしょうか」

「上様にお知らせする前に、お教えできるとでも」

　じろりと睨むと、羽柴秀吉は頭をかいて豪快に笑った。

「では、お約束の刻限がせまっていますので」

　背をむけて、天守閣へつづく石段にふたたび足をかけた。

「ああ、明智殿、くれぐれもお気をつけなされ」

　まるで、老人の足元を労わるかのような声だった。

「なに」と、怒気を含ませて言ってしまった。

「羽柴殿、気をつけるとは、どういうことか」

たしかに、光秀は織田家臣団にあっては高齢だ。が、けっして耄碌はしていない。

にもかかわらず、己を老人あつかいするのか。

「上様は炯眼の持ち主。たまに家臣を試される時がある。それに気をつけなされ、と言っておるのです」

自分の足腰を侮ったのではないようだ。しかし、なぜか胸騒ぎは収まらない。

「上様は我らの知恵を鍛えるために、あるいは理にあわぬ因習や妄執を捨てさせるために、あえて家臣に考えさせることがあります」

秀吉の目が、観察するかのように光秀の五体をはう。

「それは……すでに上様が鉄砲の運用の答えをだしている、と」

「まあ、そういう場合のことをよくよく考えておくことですな。下手な答えやごまかしならば、言上せぬほうがよいということです。恐ろしいお叱りをうけますゆえな」

羽柴秀吉は、わざとらしく怖がるふりをしてみせた。

光秀の胸がざわつく。

この男は、まさか己が三段打ちでいきづまっていることを知っているのか。

ありえない。

しかし、言うことは一理ある。

信長の炯眼は、恐るべきものがある。小細工を弄さずに、今の窮状を正直に信長にあかすべきではないのか。

「上様は、無知や無能には案外寛容でございます。もっとも憎むのは、無知や無能を認めぬ性根——」

「心配ご無用」

無理やりに言葉をかぶせ、秀吉の弁をさえぎった。なぜ、己がこんな小男に心配されなければいけないのだ。そう思うと、腹の底で怒りがたぎる。

「この明智十兵衛を侮られるな。誇りたかき土岐一族のひとりであるぞ。百姓あがりの御辺(ごへん)とはちがう」

背をむけて、歩みを再開する。

怒りが、足に力をこめさせる。踏みにじった石が弾かれ、階段から転げおちた。

## 七

光秀は、天守閣の最上階から信長とともに下界を見ていた。平らな大地に長良川が流れ、所々にお椀をひっくりかえしたかのような小山がある。

だが、光秀と信長が見おろすのは、はるか下界ではない。天守閣の足元にある曲輪だ。光秀麾下の鉄砲放ちの衆が、三列になってならんでいる。黒と白の陣笠が、碁石を思わせた。白の陣笠は鳥打ち、黒の陣笠は三段打ちの隊である。

光秀が指示をだすと、信長の隣に侍していた小姓が旗をふる。鳥打ちと三段打ちの隊の一列目が、同時に火をふいた。

鳥打ちは列を固定して、鉄砲を次々と受けわたしていく。一方の三段打ちは、人間がくるくると忙しげに回る。

「ご覧ください。武田攻めのために考案したのが、黒の陣笠がおこなっている三段打ちでございます。一見すれば白い陣笠の鳥打ちの方が、ひとつの役割に専念できるため優れているように見えます」

徐々に、鳥打ちの隊の射撃が遅れはじめる。三段打ちが二周目を射ちおわるころ、鳥打ちはまだひとりを残していた。

三段打ちが五周目をむかえると、鳥打ちはやっと四周目が終わったところだった。

「考えまするに、鳥打ちは受け渡しに高い連携が必要です。すこしでも呼吸がずれると、もたつきます。また、射つたびに銃が変わりますので、銃ごとの癖を把握せねばなりません。命中する数も、鳥打ちは三段打ちにはかないません」

光秀の声が聞こえたわけではないだろうが、鳥打ちの隊のいくつかで銃の受け渡しをしくじりだす。

弾幕には、大きな乱れが生じていた。一方の三段打ちは、整然と射ちつづけている。

「武田騎馬武者を圧倒するには、三段打ちしか手はありませぬ」

ちらりと信長の顔をのぞく。形のいい眉が、不快げにうごめいているではないか。明らかに、光秀の報告に苛立っている。

羽柴秀吉の言葉がよみがえる。信長は無知や無能を認めぬ性根を憎むと言っていなかったか。

「ご、ご賢察のように、今のままでは武田の騎馬武者の突撃を阻むのは難しゅうございます」

光秀は、あわてて言いそえる。

眼下の試技のように、鉄砲放ちの衆が四周も五周もすることはない。実戦では四弾、すなわち一周と一発を射った時点で武田軍に肉薄される。

「ですが、玉薬の配合を変え、射程をのばします。より多くの弾丸を、武田勢に浴びせるようにいたします」

「十兵衛、失望したぞ」

語調は強くはなかったが、頭上に巨大な岩がのしかかったかのように光秀は錯覚した。

「武田勢を鉄砲で圧倒するには、何が必要か申してみよ」

眼下の鳥打ちと三段打ちの競いあいに目をやったまま、信長がきく。

光秀の頬を一筋の汗が伝った。

ここで答えを誤れば、信長からの信用を失ってしまう。

喉に力をこめ、口を開いた。

「一弾でも多くの弾丸を、武田勢に浴びせることです」

「そのためのお主の策がこれか」

三段打ちは、整然と射ちつづけている。

一方の鳥打ちは無茶苦茶に乱れ、あちこちで鉄砲を取りおとしていた。

「左様です。三段打ちは、上様が村木砦で披露した鳥打ちよりも優れた――」

「もうよい」

信長は眼下の風景に背をむけ、大股で部屋の中央へともどる。上座に、腰を落とした。

「う、上様」

恐る恐る、信長へ目をむける。小さくだが、舌打ちをされたように聞こえた。

「もう、よい」

さきほどよりも強い口調だった。

光秀の全身から、血の気が一気にひく。

「もう……よい、とは」

「お主ならば、鉄砲のまことの運用に気づくと思っていたが、余の目利きちがいか」

「で、では……」

「抜き鉄砲采配の任をとく」

あまりのことに、返事ができない。

腕を動かし、去れと命令された。

のろのろと光秀は立ちあがり、階（きざはし）へと足を踏みだす。

一段、二段と降りる。

なぜか、踏みしめる階が永遠につづいているかのように感じられた。奈落の底へ落ちるように、光秀はただ信長のもとから離れていく。

## 八

馬蹄が刻まれた鎧の前で、光秀は腕をくみ考えていた。

なぜ、信長は三段打ちを否定したのか。信長自身も、過去に三段打ちの原型である鳥打ちをおこなっている。

三段打ちを否定したということは、過去の鳥打ちは失敗だったのか。
いや、鳥打ちは狭間からの敵の反撃を完全に封じることができた。
膝元にある紙を見た。
三千挺の火縄銃で三段打ちをしたときの発射する弾丸数と、倒せる敵の数の試算だ。

初弾　一千発　五十人
次弾　一千発　百人
三弾　一千発　二百人
四弾　一千発　四百人

合計　四千発　七百五十人

ふと思った。
もし、これが一斉射撃であれば、何弾武田勢に射ちこめて、何人を倒せるのか。
なぜか、手がふるえる。
筆をとり、紙に一斉射撃のときの試算を書きつける。
一斉射撃ならば、弾込めの時間を考えると三段打ちの初弾と四弾目に射撃できる。

ということは――

初弾　三千発　百五十人
次弾　　　無
三弾　　　無
四弾　三千発　千二百人

合計　六千発　千三百五十人

「なんということだ」

敵に射ちこめる弾数、倒せる人数ともに、三段打ちよりも一斉射撃の方がはるかに多い。

では、なぜ、信長は村木砦で鳥打ちを行ったのか。

「そうか」

信長が村木砦で狙ったのは、狭間だ。幅は二尺（約六十センチメートル）に足りない。狭間に一斉射撃しても無駄弾が多い。そして、弾込めをするあいだに反撃にあう。しかし、鳥打ちにすれば、弾数はすくなくなるが、絶え間なく射ちこめる。

鳥打ちや三段打ちは、隘路などの狭い場所でのみ有効なのだ。

では、きたるべき武田との戦いはどうなるか。

三段打ちの可能な隘路で迎え撃てるのか。

光秀は首を横にふった。

信長は様々な駆け引きを行い、五月ごろには武田が三河国の長篠城を攻めるという情報を得ている。長篠城の西には山に挟まれた設楽原があり、ここが決戦場になると想定していた。光秀は、設楽原の地形を思いだす。

予想される織田軍の布陣は、横に十八町（約二キロメートル）と長い。三人一組の三段打ちだと、幅一間強（約二メートル）もの範囲を受けもつことになる。

これでは、武田勢の突撃を抑えることは不可能だ。

頭をかきむしった。

襖がひらき、巨軀の男がはいってきた。斎藤内蔵助だ。頭をかかえる光秀を見つけて、顔色を変える。

「どうされたのです」

「鉄砲では、武田を圧倒できぬ」

「三段打ちを駆使してもですか」

さきほどの試算を教えてやると、内蔵助の顔が険しくなった。さらに、信長から不興をかったことも伝えた。

「で、では」

「抜き鉄砲采配の任も解かれた。わしが織田家で上りつめる目はなくなった」

これからは、佐久間か塙の与力として、先鋒や殿(しんがり)などの危険な役目を押しつけられるだろう。

「もう、おしまいだ。なにもかもな」

拳を床に思いきり叩きつけた。一度でなく、何度も。

「策がひとつあります」

床を打つ光秀の腕がぴたりと止まる。

「策だと。武田を打ちやぶる策か」

「勘違いされるな」

叱りつけるように、内蔵助はつづける。

「我らの本当の敵は、武田家ではありませぬ」

内蔵助の言葉が、急速に光秀の頭に染みこんでいく。

そうだ。武田騎馬隊を全滅させるのは、信長を下克上するための道程のひとつにすぎない。決して最終目的ではない。

「鉄砲では武田を圧倒できぬとわかりました。にもかかわらず、あの男は武田と戦おうとしております。ならば——」

光秀は腕をのばし、内蔵助の言葉をさえぎった。

信長が強敵と戦い疲弊する、またとない好機ではないか。きっと信長は一斉射撃で迎え撃つつもりだ。素早く、光秀は計算する。一斉射撃を駆使しても、武田軍を圧倒するには約五万の兵が必要だ。武田の騎馬武者と今のままぶつかれば、織田の侍大将の多くが死ぬ。それは、光秀の下克上をより容易にしてくれる。

「内蔵助、密使を飛ばせ」

「武田家にですな」

「無論だ」

長篠設楽原で行われる決戦で、織田軍の布陣を武田軍に密告する。そうやって、武田の騎馬武者が多くの織田の侍大将を討ちとる手助けをするのだ。

## 九

光秀の予想どおり、織田徳川連合軍は長篠城の西方にある設楽原に幅十八町（約二キロメートル）以上にわたる長い陣をしいていた。

水深の浅い連吾川にそって、三重の馬防柵を張りめぐらせ、織田徳川の陣はさながら城壁のようである。これほどの陣を短期間で築いた織田軍の力は、さすがというほかない。

光秀は軍をひきいていない。軍監として、信長の本陣に侍る役目をになっている。ちなみに麾下の鉄砲放ちの衆は、抜き鉄砲には参加させなかった。あえて辞退して、かわりに弾丸や玉薬、火縄などの消耗品を大量に供出する役目を志願した。武田との合戦で、織田軍は大きな犠牲を強いられる。抜き鉄砲にも、多数の死者がでるはずだ。貴重な鉄砲放ちの衆を喪うぐらいなら、痛い出費だが戦の玉薬や火縄を負担するほうがましだ。

昇ったばかりの太陽を背負うようにして、武田軍一万五千の精鋭があらわれた。武田菱や風林火山の旗指物がなびく様子は、燎原を彩る炎を連想させる。

両軍のあいだをわかつ平原には、ぽつぽつと紫色の点が散っていた。桔梗が花を咲かせているのだ。光秀の足元にも桔梗が群生しているが、こちらはまだ蕾である。

大地が湿っているのは、つい一刻（約二時間）ほど前まで雨がふっていたからだ。

「惜しいことをしたわ」

もし雨がふりつづけていれば、織田軍の鉄砲は用をなさなくなる。なれば、武田の騎馬武者はより多くの織田の侍大将を討ちとっただろう。

ちらりと横を見る。大きな体を持つ男が、青い顔をして立ちつくしていた。山中のう。
猿とよばれる信長の軍師である。隣には、太田又助も心配そうに控えていた。織田の軍兵たちがいうには、晴れ間がのぞいたのは軍師である山中の猿の神通力ゆえだという。

内心で嘲笑った。

神通力など存在するわけがない。にもかかわらず、多くの織田の家臣が山中の猿を崇めている。そのひとりには、あの羽柴秀吉もいた。迷信を信じる彼らに、光秀が負けるわけがない。

遠くで鉄砲の音が聞こえ、光秀の考えが中断された。

織田徳川の別働隊が、長篠城を囲む武田軍を攻めたのだ。今いる武田本隊にとっては、退路をたたれる攻撃を意味する。

しかし、武田勢一万五千に微塵の動揺もない。光秀が、事前に織田徳川の別働隊の動きを教えていたからだ。

武田軍は、これを織田徳川軍を討つ好機とみた。織田軍は別働隊に二千五百をさいて、本隊の兵力は三万五千ほどに減っている。

一方の武田軍は一万五千。一千五百の騎馬武者は一騎当十と計算すると、合計して二万八千五百人の戦力を有していることになる。

三万五千人の戦力をもつ織田徳川連合軍の有利は変わらないが、織田徳川の陣形を光秀は武田にしらせている。戦上手の勝頼は、織田の弱点を鋭くつくはずだ。

武田勢からかぶら矢がはなたれ、空を切り裂くかのような音が奏でられた。

武田陣の一角から、赤い甲冑で彩られた一団が動きだす。武田家最強の名をほしいままにする、山県昌景(やまがたまさかげ)の軍だ。

その数、三千。

武田軍得意の波状攻撃の第一陣である。

山県勢の鯨波(とき)の声は、太鼓や法螺貝(ほらがい)、陣鐘の音を圧するほどだった。

知らず知らずのうちに、拳を握りしめる。武田勢が織田の武将たちを槍にかける様子を想像した。胸が自然と高鳴る。

光秀は、織田の陣へと目を移した。

川と三重の馬防柵、そして足軽が厚い壁をつくっている。その背後に、一列になった鉄砲放ちの衆三千がひかえていた。

信長は一斉射撃の策をとったようだが、前方に足軽を配すれば射てない。

一体、何を考えているのだ。

そうこうしているうちに、山県昌景の軍勢は川の手前まで一気に間合いをつめた。縄のついた熊手を投げつけ、次々と馬防柵を引き倒しはじめる。

あっという間もなく、柵は途切れ途切れになる。

赤い具足に身をつつんだ武田勢のなかに、木立のように突きでているのは騎馬武者たちだ。武田の悍馬(かんば)は牛のごとく巨大で、武者たちは仁王を思わせる存在感を放っていた。

川を埋めるかのように、織田の陣へと殺到する。

馬防柵を失った織田の足軽たちは、必死に槍を繰り出す。

嘲笑うかのように、騎馬武者が馬当てを炸裂させた。それだけで、十人近くの足軽が吹き飛ぶ。

気の早い武田の武者が、二列目の馬防柵を倒さんとした時だった。

三千の鉄砲隊が、銃をかまえる。

やはり、横一列の一斉射撃か。しかし、敵味方が入り乱れる今、どうするつもりなのだ。

うん、と光秀は顔を前へと突きだす。

横一列にならぶ鉄砲足軽だが、銃身は平行ではない。十挺ほどの銃口の先は、ある一点にむけられている。さながら、扇の骨のようだ。

三千の銃によって、三百の扇が形づくられる。

銃口が集中する、扇の要にあたる部分にあるのは――

光秀は息を呑んだ。

武田織田の足軽たちがひしめくなかから、武者の上半身が突きでている。

信長の意図するところを、光秀は初めて悟った。

あまりにも単純な算術だ。

武田軍の第一陣のうち騎馬武者は三百、対する織田の鉄砲は三千。武田騎馬武者ひとりを、十挺の鉄砲が一斉射撃で迎え撃つことになる。

鉄砲隊と騎馬武者との間合いは、五間（約九メートル）に満たない。

目をつむっても当たる間合いだ。


――武田勢を全滅させるのではなく、武田騎馬武者だけを全滅させる。


それが、信長の答えだったのだ。

三千挺の鉄砲が火をふいた。

見えぬ鎌で刈りとられたかのように、騎馬武者が一斉に落馬する。

一騎当十の騎馬武者は十発もの弾丸をその身にうけ、光秀の視界から消え失せた。

喚声をあげていた武田勢が静まりかえる。

今、織田の陣を攻めるのは、ただの二千七百の足軽にすぎない。

「逃げろォ」

「大将が討ち死にしたァ」

一拍遅れて悲鳴が湧きおこり、武田の第一陣が退却を開始する。騎馬武者のほとんどが侍大将だ。将を喪えば、その麾下の足軽は四散する。それは武田軍もしかりだ。

だが、さすが武田兵というべきか、いつもと同じように左右に分かれ、まるで波状攻撃から撤退するように退いていく。

入れ替わるように姿をあらわしたのは、武田軍の第二陣だ。

混乱をさけるために、第二陣の突撃は第一陣が完全に去ってから行うのが武田の軍法だ。つまり、織田の鉄砲隊が弾をこめる時間が十分にあるということだ。

無論、間髪いれずに攻めてきた時は、三重の馬防柵と足軽たちが食いとめる。

武田軍の二番手は武田信廉(のぶかど)――武田信玄の弟である。山県昌景のような岩をも砕く突撃は不得手だが、敵が攻めれば退き、退けば攻めるという粘りの用兵を得意としている。

二列目の馬防柵へと織田軍の全員が退いていくのは、武田信廉の戦法を熟知しているからだ。

敵が退却したと思った武田信廉の勢が、一気呵成に押しよせる。扇の骨のように展開する織田の鉄砲隊にむかって、騎馬武者が無謀にも突進していく。

ふたたび、三千の鉄砲が火をふいた。

三百の武田騎馬武者に三千の弾丸がめりこむ。

鞍から転げ落ち、大地に叩きつけられた。

第三陣は、上野国(こうずけのくに)に所領をもつ小幡憲重(おばたのりしげ)だった。

こちらは黒と赤の二色に塗りわけられた軍勢である。足軽は黒色の甲冑に身をつつみ、騎馬武者は赤い鎧と馬具で彩られていた。だが、それは織田の鉄砲隊にとっては目印にすぎない。

銃声と銃煙が光秀の鼓膜と視界を洗った時、赤鎧の騎馬武者のほとんどが黒い甲冑の海に沈んでいた。

四番手としてあらわれたのは、武田信豊(のぶとよ)の軍勢だ。武田勝頼の従弟(いとこ)がひきいるのは、黒一色の軍団だ。黒鉄が迫るかのような圧力で、織田の陣へと襲いかかる。

織田軍の三千の鉄砲の斉射をうけ、武者たちが落馬していく。

五番手の馬場信春(ばばのぶはる)は、一見すると善戦していた。二列目の馬防柵を突破し、三列目の柵のほとんどを破壊した。

無論、それは織田軍の罠だ。

馬場信春は、第一陣を指揮した山県昌景とともに武田四天王にも数えられる。かならず仕留めるために、あえて織田軍は三列目まで退いたのだ。

三千挺の一斉射撃は、弔鐘(ちょうしょう)のようだった。

踊るように両腕を舞わせたのちに、騎馬武者たちが足軽たちのなかへと没していく。光秀は、眼下の戦場の様子を呆然と見つめることしかできない。織田の陣から、押し太鼓がけたたましく鳴りひびく。それまで武田の突撃を受け止めるだけだった織田勢が、攻勢へと転じたのだ。長槍をもった集団が、一斉に踏みだした。侍大将を喪った武田勢を次々と討ちとっていく。

冬の日のように、光秀の四肢がふるえだす。

今回の戦いで、光秀は多くの織田の侍大将を討ち死にさせるはずだった。だが、織田軍の死傷者のほとんどは足軽だ。侍大将はほぼ無傷である。

どころか、織田の侍大将たちは目の前の追撃戦で次々と兜首をあげ、作物でも収穫するかのように手柄をあげていく。

なぜか、息も絶えだえに走る男の姿が脳裏をよぎった。男は馬蹄を刻まれた鎧をきて、桔梗紋の旗指物を背負っている。塙直政、柴田勝家、佐久間信盛らの織田の僚将たちが、次々と追いぬいていく。必死に走る光秀を、猿顔の小男が軽々とぬき去っていく。

彼らのはるか先には、黒光りする南蛮胴をきた男の背中。織田信長の姿が小さくなり、点になり、ほとんど消えようとしていた。

「わしは……負けたのか」

崩壊する武田勢を見つつ、光秀はつぶやいた。

隣に侍す斎藤内蔵助は、ただうつむくのみで何も答えない。

光秀は、掌を目の前にかざす。

十文字の傷が刻まれていた。

「いや、わしは負けない」

腰帯にさした短刀をつかむ。

「決して、負けてはならぬのだ」

短刀を、一気にひきぬいた。

「何をされるのです」

内蔵助の制止を無視して、掌に短刀をつきさした。血雫が飛びちり、顔にふりかかる。

歯を食いしばり、短刀を動かす。十文字の古傷をなぞるように、新しい傷を刻みつけた。

痛みが、光秀の闘志を覚醒させる。

土岐家が滅んだ時の決意が、ありありとよみがえる。

そうだ。あの時は、今以上に苦境だった。だが、くじけなかった。

逆に、蝮の道三から下克上の方法を学んだではないか。そして、仇である織田家の重臣にまで昇りつめた。

今度もそうだ。

信長から学べばいい。

光秀はこうべをめぐらした。

南蛮胴をきこんだ信長が馬に乗り、ゆっくりと歩んでいる。繰り広げられる戦いを、あらゆる角度から見届けんとしている。信長の表情は真剣で、勝利が決したというのに驕りの色は一切なかった。

仇の目差しの先を追う。

織田武田両軍が入り乱れて戦っている。一騎の武田武者にひきいられた足軽の一団が、果敢に殿をつとめていた。

乾いた銃声がひびき、線香のような煙がたちのぼる。殿を指揮していた騎馬武者の姿が鞍上から消えた。

ひきいられていた足軽たちが、槍を捨てて一斉に逃げだす。

侍大将を喪えば、足軽は四散する。

「そうだ。全員を倒す必要などないのだ」

今までは塙、佐久間、柴田らをいつか排除するつもりでいた。そうすることで、光秀は己の力をたくわえ、信長より強くなろうとした。

信長を討つだけでは意味がない。信長ひとりを殺したとしても、他の家臣たちに逆襲されれば、土岐家再興の悲願は達成できない。

そう思っていた。

だが、目の前の戦場はちがうことを教えてくれている。

力が強大であるがゆえに、それを失ったときの反動は大きい。

光秀は、ふたたび仇を見た。

——罠にかけるのは、信長ひとりで十分なのだ。

奴さえ倒せば——信長の首級を満天下に見せつけるだけでいいのだ。そうすれば、織田の諸将は混乱する。目の前の武田軍のように。

ばらばらになった織田軍を打ち倒すのは容易だ。

土岐家の血をひく己が、信長にかわり天下人になることも可能だ。この日ノ本全土を、桔梗紋の旗指物で埋めつくすことができる。

怖気はいつのまにか去り、毛穴から闘志と野心が噴きこぼれていた。

それまでは、いかな屈辱にも耐え忍ぼう。

どんな過酷な命令にも従おう。

だが、すこしでも油断があれば、ただちに信長の寝首をかく。
炯眼と恐れられる男の死角をつく。
掌を開き、十文字の傷を顔の前にもってくる。流れる血から、鉄に似た匂いがした。
足元にある桔梗はいつのまにか蕾が開き、はかなげな花弁を血の滴が化粧している。
武田軍の断末魔が、心地よく光秀の耳をなでた。

# 首級

# 序

唯一無二ともいえる機をとらえ、明智光秀は本能寺の変で信長を弑逆(しいぎゃく)することに成功する。

織田家の軍団長は不運にも——光秀にとっては幸運にも各地に散っていた。嫡男の織田信忠は本能寺至近の二条御所にいたが、わずかな兵しか従えていなかった。堺にいた三男の織田信孝(のぶたか)は大軍を率いていたが、光秀反乱の報を聞くや軍勢は四散してしまった。

光秀にとっては、完璧すぎるほど完璧にことは進む。

天下取りも夢ではなかった。

が、ひとつ誤算があった。

信長の首級を、見つけることができなかったのだ。

信長の首は、どこへ消えたのか。

本能寺の変前夜に信長の御前で碁打ちの勝負をしていた日海は、こう証言している。日海の指示で、首は信長の部下によって本能寺を脱出、その後に駿河国の日海ゆかりの西山本門寺へ埋葬した。

また、こんな証言もある。京の阿弥陀寺の清玉上人が、本能寺から信長の首を持ち出した織田家の者を発見し、これを預かり荼毘にふした、と。

ひとつたしかなのは、信長の首を掌中にできなかったことで、光秀は天下取りの階から大転落したことだ。

一体、誰が光秀の死角をついて、信長の首を隠したのか。

当時、信長の寵愛をうけ、その様子をそばで見続けた人物がいる。

黒人奴隷の弥助である。

信長の首の行方の顚末を、黒人奴隷弥助の目から物語ろうではないか。

一

喜色をいっぱいにたたえた声で、

「こりゃあ、ひでえや」

とヤジルの主人は言った。

目の前の荒野は、ついさっきまで戦場だった。火薬と血の匂いが濃厚に漂っている。小山のようなものが点々と横たわっているのは、戦象たちである。

「ムガルの奴ら、本当に鬼か悪魔だな。慈悲ってもんがねえ」

ヨーロッパのリスボン出身の主人は、赤髭を指でしごきつつ荒野を歩く。ヤジルは包帯や鋏、縫い針、ロープなどがはいった籠を背負い直して後をついていく。裸の上半身に、強烈な陽光が痛い。

ヤジルの胸ほどの背丈の主人はターバンを巻きつけたインド人の骸を飛び越え、巨軀の黒人奴隷であるヤジルは骸を跨いで進む。主人とちがい靴はなく裸足なので、注意深く歩む。

チンギスハーンの子孫が建国したムガル帝国の兵士たちは、みな剽悍だ。矢を放てば、人間、馬、象関係なく一矢で急所を射抜く。あつかいの難しい大砲も、ヒンドゥーの雷神インドラの化身のごとくに操って、城壁さえも破壊する。祖先のチンギスハーンでさえ攻略できなかったここインドだが、世界最強のムガル帝国の軍兵は、キャンバスを塗るかのように征服地をたやすく増やしていた。

「畜生、ほとんど皆殺しかよ。外科医のおれ様の出番がねえぞ。お、あそこに負傷兵がいやがる。見ろ、ヤジル、首の塔から右へいったところだ」

主人が指さす先に、ずんぐりとした石塔があった。ひやりと、ヤジルの背が冷たくなる。そこから死臭が濃く漂っていた。〝首の塔〟と呼ばれる、騎馬民族の風習だ。討ち取った敵兵の首と石と煉瓦(れんが)で造った塔である。塔の表面には、首が何十と埋めこまれている。

ヤジルは首の塔に目をやらないようにしつつ、矮軀(わいく)の主人の背を追った。

「おーい、医者がきたぞ。外科医様のおでましだ」

ターバンを血で染めた一団に、主人は陽気に語りかける。ほとんどが民兵(ブーミ)のようだ。上半身はヤジルのように裸で、下半身を黄色の布でできたズボンでおおっている。

「そんな不安そうな顔をしなさんな。こう見えても、おれはリスボン仕込みの腕だ。どんなにひどい傷も元どおりに縫うし、腐った手足は一瞬で切断するって評判さ。ああ、読めねえだろうが、これがリスボンの宮廷からもらった免状だ。こっちが理髪屋の分で、こっちが外科医の分」

羊皮紙を突きつけ、主人は誇らしげに語る。リスボンで外科医をやっていたのは本当らしい。とはいっても、外科医は床屋が片手間にやる仕事だ。内科医よりも何等も劣ると言われ、医者あつかいされないことも珍しくない。

「さあ、どいつが一番だい。縫うだけなら、百ルピーだぜ。ちゃんと金は用意しとけよ」

ひとりがよろよろと手をあげた。見ると、右太ももに矢が何本も刺さっている。その根元はきつく縛られて、かろうじて止血の処置だけはされていた。

「これは腐る前に切るしかねえな。足一本の切断は大仕事だから五百ルピーだ」

覚悟はしていたのか、男は青ざめた顔でうなずく。

「よし、ヤジルの出番だ。見なよ。いい体しているだろう。こいつは数年前までリスボンの宮廷で、王様の小姓をしてたんだぜ」

黒人の少年がヨーロッパの王宮で小姓として珍重されるのは事実だが、ヤジルはアフリカの東海岸で買われてから、ヨーロッパと反対側の東へと奴隷(ハブシ)として旅した。十数人の主人の手を経てインドにきたので、当然リスボンで小姓は経験していない。物心ついた時から、ずっと外科医の助手だ。

外科は施術に激痛を伴うため、患者が暴れ回る。戦場では、縛りつける適当な木々がない時も多い。そのため、外科医の助手に求められるのはただひとつ——腕力である。

ヤジルは太ももで患者の頭を固定し、骨盤の辺りを両手で押さえつけた。矢の刺さってない足を、軽傷の兵がだきこむ。男は口に布を含み、強く嚙んだ。悲鳴は漏れなそうである。ヤジルはすこし安堵(あんど)した。悲鳴が苦手だからだ。暴れ回る分には力ずくで押さえればいいが、悲鳴はちがう。耳を両手でふさげば、仕事ができない。

「じゃあ、いくぜ、安心しろ。さっさと終わらせてやる」

主人が鋸を手に、にやりと笑った。

手足を切断しなければいけない重傷の兵士たちを押さえつける仕事が終わった後は、傷口を縫う仕事が待っている。矢を引きぬき、糸と針を使って縫いあわせる。床屋をやっている主人ほどではないが、ヤジルも器用だ。腹に矢を突きたてた患者のもとへいく。幸いにも内臓は傷ついていない。以前の戦争では、腸が傷ついた兵士がいた。血で濡れるのを嫌がった主人が、ヤジルに仕事をさせたので大変だった。腹を切り開き、矢尻を取り出し、傷ついた腸を縫った。蓋をするように腹の傷を縫い終わった時には、ヤジルの黒い肌が真っ赤になっていた。そして、血を多く流しすぎた兵は間もなく死んだ。

今回はそれほどの深傷ではない。傷口を縫いつつ、ヤジルは何度も手を止めた。視線を感じたからだ。ふりむくが、あるのは首の塔だけだ。塔の表面に埋めこまれた顔が、こちらを見ているような気がする。

「おお、味方だぞ」

縫い終わったばかりの民兵が、地平線の彼方を指さした。土煙が舞いあがり、数百騎の騎兵が疾駆している。主人が露骨に舌打ちした。あれだけの数なら、きっと軍医がいる。法外な値段の商売が通用しなくなる。

「おーい」と、治療が終わった民兵（ブーミ）たちが手をふる。おれるようにして進路を変えて、一団が近づいてきた。ヤジルが目を見開いたのは、先頭の男の肌がみなとはちがっていたからだ。

ヤジルと同じ褐色の肌、隆々とした筋肉、白銀の鎧を貼りつけるようにしてきている。裸足のヤジルとちがい、金糸で刺繍した靴を履いていた。戦争で手柄をたて自由民となった元奴隷（ハブシ）だ。アフリカのモザンビークやアビシニア（エチオピア）は騎馬術に優れた黒人が多く、インド各地で戦士として活躍している。すくなくない男が自由民になり、さらに何人かは領主や将軍にまで昇りつめていた。

「将軍、よくぞ、こられました」

施術の終わった患者たちが、次々と膝をつく。黒い肌の指揮官は当然のように、胸を反（そ）らした。背後にはヨーロッパ人だろうか、金髪碧眼の小姓（こしょう）も扈従している。

「よくぞ、生き残った。まだ、戦える者はいるか」

数人の兵士が手をあげた。瞳には信頼の灯が点っている。よほど優秀な将軍なのだろう。

「お主らは後軍にはいれ。他の者は、荷車に乗れ、町へ送る。軍医もつけてやれ」

黒い肌の指揮官の言葉に、主人があわてた。

「ちょっと待ってくだせえ。私はまだお代をいただいておりませんぜ」

必死に言い募るが、指揮官が睨(にら)みつけると主人は力なく後ずさった。

「安心しろ、金は払う。ただし、値はこちらで決める。文句はないな」

「へ、へい、もちろんです」

殊勝に頭を下げるが、主人の四肢は怒りでふるえていた。

「それよりも、貴様の奴隷(ハブシ)か」

黒い指がヤジルをさす。

「よい体をしているな。どうだ、おれに買われぬか。戦士となって手柄をたてれば、自由民にしてやるぞ」

「ご冗談を」と、主人が悲鳴をあげた。

「こいつがいなけりゃ、外科医の仕事が不便になる。幾ら積まれても、売れませんぜ」

たちはだかるように、主人がヤジルの前へとでる。予想した答えだったのか、将軍は黒い顔に苦笑を浮かべただけで、それ以上交渉しなかった。金のはいった袋を投げつける。

「治療の報酬だ。すくないとは言わせぬぞ」

思い描いていた額よりはるかにすくないが、主人は何度も頭を下げた。

「よし、わが軍はこれより北へ進む。ムガルの走狗(そうく)どものいる砦を攻める」

馬上で指揮官が号令をかけると、軍勢が雄叫びでかえした。ヤジル主従の前を、戦士たちが流れるように動きだす。やがて、北の地平線へと吸いこまれていった。

「けっ、もとは卑しい奴隷のくせに。おれ様の商売の邪魔をするんじゃねえ」

主人は、袋を地に叩きつけた。

ヤジルは胸に手をやる。

さきほどの将軍の言葉を思い出す。


――戦士となって手柄をたてれば……。


奇妙な高鳴りがあった。

物心ついた時から、ずっと外科医の助手だった。一生かかっても自由民にはなれないと思っていた。

だが……とつぶやく。

抑えこむのに屈強な兵数人が必要な重傷の患者でも、ひとりで事足りるほどの力をヤジルはもっている。

この力を戦場で使えば――

厚い胸肉を突き破らんばかりに、心臓が激しく鼓動していた。

## 二

胴丸という異国の鎧にヤジルは身をつつんでいた。変わったのはきるものだけではない。名前も〝弥助〟という奇妙なひびきをもつものになっていた。最初に買った日本人の人買いがつけたものだ。

弥助は、ジパングと呼ばれる世界の涯（はて）の国にきている。外科医のもとを逃亡し、港の人買いに頭を下げて奴隷（ハブシ）がひしめく船に乗せてもらったのだ。インドでは、前の主人に見つかれば連れもどされる。ちがう国へいかねばならなかった。戦争がたくさんある、できるだけ遠くの国に。

弥助が上陸したのは、海と半島が入り組む島原（しまばら）という土地だ。周辺には、有馬（ありま）、大村（おおむら）、龍造寺（りゅうぞうじ）、大友（おおとも）という領主たちがひしめき、戦いが繰り広げられていた。貿易もさかんで、キリスト教を信じる領主もすくなくない。兵たちのなかには日本人だけでなく、朝鮮や明国、ポルトガル人が居留するマカオ出身の異人もちらほらといる。

「おーい、野郎ども」

月代（さかやき）という頭を剃りあげる奇妙な風習をもつ男の長（おさ）が叫んだ。奴隷として、様々な国を渡り歩いたので、弥助は言葉を覚えるのは速い。日本語を喋るのはさすがに覚束（おぼつか）

ないが、聞き取る分にはほとんど苦労しないようになっていた。

「いつまでも、休んでんじゃねえ。さっさとならべ」

弥助をはじめ、十数人が横一列になる。みな、背が低く、弥助の胸ぐらいしかない。

「いいか、たしかにお前らを買ったのは二束三文の捨て値だ。だがな、今までたっぷりと飯を食わせてやったんだ。わかってんだろうな」

このジパングという国では、一食の飯よりも安い値段で人が売買される。かわりに自由の身になるには、途方もない金額が必要だ。特に弥助は逃亡奴隷ということで、法外な銭を稼がなければならない。

弥助は手にもつ武器を握る。薙刀（なぎなた）と言って、棒の先端に恐ろしげな片刃の刀がついていた。

この軍隊では、弥助以上の力をもつものはいない。弥助なら、活躍できるだろう。

唯一、気をつけねばいけないことは、傷を負わないことだ。

驚くべきことに、この国には外科医がいない。金瘡医（きんそうい）という刀傷専門の医者はいるが、傷口を縫ったり腐りそうな四肢を素早く切断するという治療法を、ほとんどの者が知らない。どころか、傷には、馬糞（ばふん）を塗るのが最善だと盲信している。インドなら生きながらえる負傷兵が、ジパングでは何人も死んでいくのを見てきた。

「いいか、敵をぶっ倒したら、まずは首だ」

月代を光らせて、男は叫ぶ。

「首をもってこねえと、手柄として認めねえからな。倒しても気をぬくなよ。敵だけじゃねえ、味方にも気を許すな。首を奪おうっていう、不届き者はごまんといる」

弥助の頭をよぎったのは、インドで見たムガル帝国の〝首の塔〟だ。背筋がたちまち冷たくなり、痺れるようなふるえが足下からはいあがってきた。

「よし、敵がきたぞ。つっこめ。手柄をあげろ。首を取ってこい」

太鼓の音がけたたましく鳴りひびいた。雄叫びをあげて、弥助はみなと一緒に突撃する。


弥助の渾身の一撃は、兜をかぶった侍とよばれる戦士の首を簡単にへし折った。耳ざわりな異音とともに、敵の頭があらぬ方向に向く。仰向けに倒れた男の目には、すでに命の色はない。

「おおお、やったぞ」

周りから喝采がおこる。

「くろんぼ、首をとれ。大手柄じゃぞ」

「そうだ、さっさとしねえと奪われちまうぞ」

薙刀を地に放り投げて、弥助は腰の短剣をぬく。木でできた柄（つか）を握りしめた。外科手術の時のように、骸の両腕を挟みこんで馬乗りになった。ぺろりと唇をなめると、塩と砂の味が口のなかに広がる。戦士の顔や体には、ほとんど傷がない。抜き身の短剣を、ゆっくりと近づける。

きっさきが皮を斬ろうかという時だった。

最初、弥助は地面が揺れているのかと思った。このジパングという国では、大地が時々ひどくゆれると聞いていたからだ。

だが、ちがう。ふるえは、弥助自身のものだった。両足で挟んだ骸の体がずれるほど、激しく五体が戦慄(おのの)いている。

「どうした、早くやれ」

味方の罵声が背を打つたびに、ふるえが激しくなる。なぜか、戦士の骸がこちらを見ているような気がした。

「見ルナ」と、ジパングの言葉で懇願したが、骸の視線が弱まることはない。

「首をとらねえと、手柄として認められねえぞ」

殺すだけでは駄目なのだ。首を取らなければ、自由民になれない。もちろん、インドの荒野で出会った黒人の将軍のようにもなれない。

そうだ、目をつぶろう。骸の視線を感じずにすむ。ジパングの刃物は恐ろしいほどよく切れる。外科医の助手をしていた弥助ならば、どんなに厚い脂肪をもつ体であっても骨ごと両断できる。たとえ、目を閉じていてもだ。

真っ暗になった視界に、ぼんやりと白いものが浮かびあがる。ずんぐりとした輪郭に見覚えがあった。石と煉瓦、そして人の生首でできた〝首の塔〟ではないか。表面に埋めこまれた顔たちが、弥助を見ている。

そのなかのひとつは、つい今しがた弥助が斃（たお）した男だ。

悲鳴とともに、弥助は跳ねた。骸から距離を取る。びっしょりと汗をかいていた。

「ち、仕方ねえ野郎だ。お前がとらねえなら、おれがもらうぜ」

弥助と同じ胴丸をきた下級兵士が近づいてくる。弥助が捨てた短剣を取りあげて、骸の首へ突きつけた。

「ダメ、弥助ノ手柄」

あわてて駆けよろうとしたら、後頭部に激しい痛みが走った。視界が激しくゆれ、酩酊（めいてい）したかのようによろめく。

ふりむくと、にやついた男たちが棒をもっていた。

「馬鹿野郎が。最後まで首を切って、初めて手柄だろう。そんなこともわからねえのか」

棒の一撃は、弥助の視界をいとも易く黒一色に染めた。

合戦で首を取れなかった弥助は、みなから厄介者としてあつかわれた。

幾度か戦争に随行したが、敵を倒すことはできても首を取ることはできない。そうするうちに、敵に刃をむけること自体が恐ろしく思うようになる。そんな時にあらわれたのが、イエズス会の巡察師アレッサンドロ・ヴァリニャーノだ。使用人を求めていたヴァリニャーノと、弥助を厄介払いしたい主人の思惑が一致して売り払われる。すでにジパングにきて、数年が経っていた。宣教師の召使いなら戦争にでなくていいと、胸をなでおろしたのも束の間、ヴァリニャーノは驚くべきことを言いだす。

都へいく、と。

天下人の織田信長に謁見し、布教の便宜を図ってもらうのだという。

弥助は、妙な胸騒ぎを感じた。

織田信長の噂は嫌でも耳にはいる。ムガル帝国のような強力無比な軍隊をもっていること。残酷で苛烈な性分であること。敵を完膚(かんぷ)なきまでに殲滅(せんめつ)すること。何より、敵の首をとることに血眼になり、仇敵(きゅうてき)の首には漆と呼ばれる塗料と黄金で化粧し、美術品のように愛でる癖があること。

そんな男のもとに赴くのだ。弥助にとっては、戦争にいくことと同じくらい恐ろしく思えた。

# 三

ジパングの都は、まるで戦場のような喧騒につつまれていた。日傘をもつ弥助の手がふるえるほどの熱狂だ。恐ろしい勢いで、野次馬が弥助一行に迫ってくる。

「どけどけ、おれにも黒坊主を拝ませろ」

「一度見た奴は、後ろにのけえい」

彼らの目当ては、粗末な灰色の衣に身を包んだ弥助であることが言葉からわかった。

「ほお、ジパングの都の民が、これほどまでに黒い肌を珍重がるとはな」

弥助がかざす日傘の下から言ったのは、巡察師のヴァリニャーノだ。

「弥助と契約して正解だったかもしれんな」

商人のような笑みを、ヴァリニャーノは口端に浮かべた。

弥助は殺到する群衆を見た。みな、殺気立っている。何人かは倒れ、踏みつけられていた。それでもなお、ひしめく群衆は減らない。

「見物料をとれば、財をなせるかもしれんな」

ヴァリニャーノが巡察師らしくない冗談を口にしつつ、弥助へ目をやった。

「謁見には弥助もついてこい。きっと、織田様はお前を気にいってくれよう」

九州を発つ前、信長への献上品を検めていた時とまったく同じ目つきで、ヴァリニャーノは言うのだった。

「これが、噂に聞く黒坊主であるか」

はるか上座にいるにもかかわらず、信長という男の声は弥助の耳元でささやくかのようだった。上目遣いで信長の様子を窺う。白い襞襟が、ずり落ちそうになった。謁見のために新調した灰色の衣は固く、まだ弥助の肌になじまない。それが緊張とあいまって、ますます弥助の体を強張らせる。

一方の信長は、うすい髭を口元にたくわえていた。つりあがった眦が、風評どおりの苛烈さを証明しているかのようだ。

弥助たちがいるのは、本能寺と呼ばれるブッダの像を祀る聖域である。広大な敷地には宮殿のように堀と塀がめぐらされて、巨大な聖堂がいくつも鎮座していた。そのなかのひとつに、織田信長はいた。本能寺は都での信長の宿舎も兼ねているらしく、織田家の侍たちが自分の屋敷のような顔で居座っている。

「ご覧のように黒き肌をもっております。ヨーロッパでは、黒人を小姓として従える風習があります。何より、この男はアビシニアとならぶ戦士の産地として名高いモザンビークの産でございます」

献上品の説明をする時よりも熱心なヴァリニャーノの口ぶりに、弥助の胸中の不安は大きく肥え太る。もしや、ヴァリニャーノは弥助を目の前の恐ろしい領主に売り払うつもりではないのか。だが、口応えはできない。すれば、ひどい折檻(せっかん)が待っている。弥助にできることは、信長という男が自分に興味を示さないよう祈るだけだ。

「弥助とやら、近くよれ」

弥助は恐る恐る前へと進む。

「いかがです、この肌の黒さはジパングの漆のようでしょう」

ヴァリニャーノの言葉を、通詞(つうじ)が素早く訳す。どうしたことか、信長は鼻で嘲笑(あざわら)った。ヴァリニャーノだけでなく、家臣たちも不思議そうに信長を見る。

「これは本当の黒ではない」

困惑する家来やヴァリニャーノを無視して、信長はつづける。

「盥(たらい)と手巾(しゅきん)をもって参れ。この黒坊主の体を洗え。乱丸(らんまる)よ」

信長の隣に侍(じ)す美しい小姓を呼びよせ、さらに何事かを言いつける。一礼して少年は去っていった。きっと、体に塗料でも塗っていると思ったのだろう。ジパングのあらゆる買い手がまず試すのが、弥助の肌の黒さが本物かどうかだった。

水をはった盥がきたので、大人しく白い襞襟を外し、灰色の衣を脱ぐ。小姓たちが手巾で肌をふくのにまかせた。

「どうやら、何も塗っていないようです」

「誰が手を止めろと言った」

ふりむいた小姓に、信長の叱声が飛ぶ。

「全身をくまなく洗い、磨け」

そんなにも弥助の黒い肌が信じがたいのだろうか。小姓たちが額に汗して、必死に弥助を洗う。長年染みついた垢や汚れが落ちていく。乱丸と呼ばれた小姓がもどってきた。手にしていたのは、小袖と袴と呼ばれるジパングの衣服のようだ。

「よし、いいだろう。この者に服をきせよ」

乱丸がもってきた着衣を小姓たちが受け取り、弥助をつつむようにしてきさせる。

おおお、と家臣たちがどよめいた。

信長が微笑とともに、脇息（きょうそく）と呼ばれる肘掛に体をあずけた。

「見ろ、これがこ奴の本当の姿だ」

弥助の体をおおうのは、漆黒の小袖と袴だった。

「これは見事ですな。黒い小袖が黒い肌を引きたてておりまする」

「さながら、黒い宝玉。いや、黒い仁王像とでも言いましょうか」

信長の家臣だけではない。ヴァリニャーノも目を丸くして驚いている。

「ヴァリニャーノよ、お主の目は節穴か。これほど壮健な従者を、なぜ飾りたてん」

通詞の言葉を聞いて、ヴァリニャーノは恥ずかしそうに平伏する。

「余の好きな緋色の陣羽織をきせれば、さらに黒い肌が引きたつであろう」

信長が乱丸という小姓に目をやると、「申し訳ございませぬ」となぜか謝った。

「弥助殿のお体にあう、緋色の陣羽織が今はありませぬ。急ぎ誂(あつら)えさせましょう」

「ふむ、この巨軀ならば仕方あるまい」

信長は目を弥助へともどした。不思議な目差しだった。これほど熱く激しい好奇にあふれる瞳を、弥助は知らない。肌の内側の肉が溶けるかのような熱をおびる。

「気にいったぞ、ヴァリニャーノよ。この弥助を、余がもらいうける。よいな」

通詞が訳し終わる前に、ヴァリニャーノは「もちろんでございます」と叫んでいた。

「明智日向守(ひゅうがのかみ)（光秀）よ」

信長の声に応えて、大きな額と月代をもつ老家臣が躙(にじ)りでた。顔にかすかに嫌悪の表情があるのは、きっと弥助のことが嫌いなのだろう。どこの国にもそういう人々がいることを、弥助は知りつくしている。

「次の馬揃(うまぞろえ)に、この弥助も参加させろ」

「ですが、この黒坊主、海のものとも山のもの……」

明智日向守と呼ばれた老臣の言葉は、途中で萎(しぼ)む。信長が恐ろしい形相で睨んでいたからだ。

「申し訳ありませぬ。急ぎ、馬揃の陣容を検討し直します」

明智日向守は、深々と頭を下げた。一瞬だけ弥助と目があう。眉をゆがめたのを、弥助は見逃さなかった。

## 四

色とりどりの騎馬武者が都の大路を練り歩いている。万人をひきいる知将勇将たち、侍と呼ばれる精悍（せいかん）な戦士、そして秀麗な顔形をした信長の一族衆がつづく。

頭から布をかぶり黒い肌を隠した弥助は、嘆息（たんそく）とともに馬揃と呼ばれるパレードを見つめていた。参加はしていない。明智日向守から、「当日は腹痛を訴え、辞退しろ」と密かに厳命されたからだ。

「黒奴のお主が馬揃に参加すれば、物珍しがった群衆が暴れる」

そう言われれば、納得するしかない。一見すると合理的な理由だが、明智日向守の目にはありありと侮蔑の色があった。異教徒を殺す時のキリストの戦士の瞳とそっくりだった。

通りすぎる馬揃に、弥助は目をもどす。かつてインドの戦場であった黒人の将軍のように、みな堂々としている。

もし、ここに自分が参加していればと夢想した。また、ため息が唇をこじ開ける。何を考えているのだ。パレードに参加できるのは、将軍か優秀な戦士だけだ。首をとれぬ弥助には、その資格はない。もう、その夢はあきらめた。にもかかわらず、こみあげるため息が止まることはなかった。

「弥助殿、ここにいたのか」

陽気な声が、背後からした。弥助よりすこしだけ背の低い若者がたっている。年齢は、きっと弥助と同じくらいの二十代半ば。といっても、弥助は自分の正確な年齢を知らないが。

弥助が目を見張ったのは、若者の体軀だ。筋肉を鎧のように身にまとっている。太鼓のように突きでた腹をなでつつ、弥助の隣にならんだ。

「わしは村田吉五（むらたきつご）という。上様に召抱えられた力士よ。力士はわかるか」

白い歯を見せ屈託なくきく男に戸惑いを感じつつも、弥助はうなずいた。相撲という力比べをする競技がジパングにあることは、数年の滞在で知っている。また、相撲を愛好することが高じて、信長が力士を何人も召抱えていることもだ。どうやら、村田吉五という青年も、そんな力士のひとりらしい。

「それにしても弥助殿、馬揃に参加できずに、お互い残念よのお」

悔しがる風情もどこか楽しげだった。思わず弥助の口元も綻（ほころ）ぶ。

「力士モ、馬揃ニデルノデスカ」

弥助の問いかけに、村田吉五は武者たちの行列の一角を指さした。巨軀の男たちが、列を作っている。美しい鎧に身をつつみ、手に巨大な薙刀をもっていた。

「これは見事な力士様たちじゃ」

「なんでも数百人の力士のなかからの選りすぐりらしいぞ」

その威容に、群衆からどよめきが湧く。

「弥助殿、よく見ろ。あの一際大きな力士が大唐殿といって、上手投げの名人よ。わしも何度もやられておる。隣にならんでいるのが、ひし屋殿と言って、張り手で何人も失神させた剛の者じゃ」

闊歩する力士ひとりひとりを、丁寧に説明してくれる。時折、口調に悔しさがにじむのは、相撲で負けた相手だからだろうか。

「惜しかったのじゃ。前の相撲の会では、四人抜きまでいった。あとひとりというところで、大唐殿に投げられた」

信長の御前で行われる相撲の会で五人抜きすれば、馬揃参加の栄誉が与えられるらしい。

「村田様ハ、馬揃ニ入リタイデスカ」

当たり前だと言わんばかりにうなずいた。

「ただの村の乱暴者だったわしを、上様は五十石もの扶持(ふち)で雇ってくれた。わしは上様のお役にたちたいんじゃ。わしら力士衆が戦場にでることは滅多にない。ご身辺に侍(はべ)り、相撲で退屈の気を散じることが仕事じゃからな」

瞳を輝かせ、村田吉五はつづける。

「だが、わしは戦場でもお役にたちたい。そのためには、馬揃は格好の場なのじゃ。馬揃で行進し、羽柴様や柴田様の目に止まれば、与力として合戦に連れていってもらえる」

弥助の胸が苦しくなる。かつて、自分もこの村田吉五のように戦場に憧れをもっていた。

だが、今はちがう。

「そのためには、次の相撲の会が大事なのじゃ」

聞けば二月ほど後に、安土という信長の本拠地で相撲の会が開かれるらしい。

「弥助殿よ、わしは力士として一生を終えるつもりはないぞ。見出してくれた上様のためにも、天下布武を支える侍になりたいのじゃ」

村田吉五の言葉は、どこまでも透きとおっている。

# 五

剝きだしになった筋肉と筋肉が激しくぶつかりあった。ふたりの力士が組み合う様子を、弥助は櫓(やぐら)の上から見ていた。中央に座すのは、織田信長だ。弥助も横で、巨軀を折り曲げるようにして侍していた。眼下の土俵と呼ばれる円のなかでは、相撲の勝負が繰り広げられている。ひとりは村田吉五で、いまひとりは馬揃で薙刀をもっていた大唐である。村田吉五は肩で息をしていた。それも当然だ。これまで三人抜きの熱戦を演じた。一方の大唐は、初めての勝負だ。

「村田ァ、負けるな」

「大唐、押せ、押せェ」

囲む力士や織田家の近習(きんじゅう)たちが声援を送る。

「うおおお」

うめき声とともに、大唐が前進する。足をめりこませるようにして、村田吉五が後退した。とうとう土俵際に足をかけた時だった。

村田吉五の腰が回転する。激しく足が跳ねあがった。

ふたり同時に、大地へと叩きつけられたように見えた。

座が静まりかえり、みなの目差しが行司と呼ばれる審判に集中する。

「勝者、村田吉五、四人抜きィ」

行司が村田に勝利を宣告し、歓声が湧きおこる。

涼しい風が吹きぬけたのは、近くに琵琶湖と呼ばれる巨大な湖があるからだ。湖風が、村田吉五の勝利を讃えるかのように思えた。

あとひとり勝てば、念願の馬揃への参列が叶う。弥助も、自然と前のめりになる。

「では、五人抜きをかけた大一番、次はひし屋殿」

馬揃に参加していた力士のひとりが立ちあがろうとした。

「待て」という言葉がかかる。

信長が右腕をあげている。つづけた言葉に、みなが仰天した。

「弥助と勝負させせよ」

「う、上様、今何とおっしゃいました」

乱丸も珍しく動揺している。弥助自身は、ただ呆然と立ちつくすだけだ。

「五人抜き最後の勝負は弥助とさせろ。弥助の怪力を、村田との一番で検分する」

無論、誰も反対することはできない。乱丸に目配せされて、弥助は櫓を降りて、小袖を脱ぐ。どよめきが湧きおこった。みなが弥助の筋肉に驚嘆したのだ。一方の村田吉五は口を大きく開け、苦しそうに息をしている。

弥助が土俵にあがると、白い歯を見せて笑った。

「弥助殿、全力で戦おうぞ」

目は爛々と輝いているが、泥だらけの体が疲労困憊（ひろうこんぱい）しているのは明らかだ。

腰を沈め、ふたりは対峙する。

「はァっけよい、のこったっ」

号令とともにぶつかった。骨がきしむ音とうめき声が、弥助と村田吉五双方から漏れる。

やはり体力の限界か、村田吉五の圧力は弱い。倒そうと思えば、弥助はいつでも倒せた。

だが、迷っていた。

村田吉五の五人抜きの願望を聞いたからだろうか。それとも、怪力を見せつければ、弥助が戦士として戦場に駆りたてられるかもしれないからか。

どちらかわからない。

逡巡しているうちに、村田吉五の踵（かかと）が弥助の臑（すね）にからまる。足を刈ろうというのだ。

耐えるのはたやすかったが、弥助はわざと膝を崩す。

背中から地面へ、勢いよく落ちた。

「勝者ァ、村田吉――」

「ちがう」

行司の勝ち名乗りを遮ったのは、櫓の上の信長だ。

「まだ、決着はついておらん。今一度、取り直せ」

しんと、場が静まりかえった。

「そ、それは何ゆえでございますか」

恐る恐る行司がきく。

「弥助めは、わざと負けおった」

全員の視線が、弥助の黒い肌に突き刺さった。

「上様、チ、チガイマス。私、本当ノ力出シタ」

必死に弁解するが、主君の表情に一切の変化はない。

「右腕だ」と、ぽつりと言う。

意味がわからず、弥助は首をひねった。

「余をたばかった罪だ。弥助の右腕を落とせ」

弥助の全身から、あっという間に血の気が引いた。冬の日のように、カタカタとふるえがはいあがる。

「だが、弥助はまだ新参。余の流儀がわからぬのもやむを得まい。よって、今一度、機を与える。全力で村田と相撲を取れ、すこしでも手加減していると余が判断したら」

刹那、恐ろしいほどの殺気が信長から吹きこぼれた。

「腕を斬るなどと生易しいことはせん。その首を掻っ切ってやる」

弥助は不思議だった。

自身がさらに怖気（おじけ）づくかと思ったが、ちがっていたからだ。ふるえは止まり、なぜか体の底から力がにじみでる。信長の殺気が、弥助の眠っていた何かを呼びおこすかのようだった。

――これが天下人なのか。

怖いはずなのに、肌からにじむほどに闘志が漲（みなぎ）っている。今までに感じたことのない心地で、ふたたび弥助は土俵の中央へと進む。汗をびっしょりとかいた、村田吉五と正対した。

号令とともに、ふたたび両者が突進する。

勝負は一瞬だった。

肌がふれた刹那、村田吉五は反対側へと吹き飛んでいたからだ。村田吉五が二転三転する。土俵を囲む力士たちをなぎ倒すようにぶつかって、ようやく止まった。

みな、呆然として声もでない。

弥助自身も身動きができない。

静寂を破ったのは、信長だった。

「見事だ。弥助、さすが余が見込んだ男よ」

弥助はゆっくりと首をねじり、信長を見る。

「その力を、織田家の天下布武のために存分に活かせ。さすれば、いずれ城を与えよう。一軍の長とし、戦場にたたせてやる」

しばらく返答もせずたたずんでいた。信長の殺気を浴びた全身が、弥助の意思とは関係なく戦慄いている。

恐怖でふるえているのではないような気がした。もしかして、弥助は歓喜しているのだろうか。ひとつたしかなことがある。この恐ろしい男から、もう一度賞賛されたい。そんな強烈な渇望が、弥助の全身を満たしていた。

## 六

近習や家臣たちが、本能寺の一室から続々と吐きだされる。そのなかに巨軀の弥助も混じっていた。何度目かの本能寺滞在ということもあり、歩む弥助の足にも迷いがない。

「まったくもって上様の教えはためになるわ」

「桶狭間のご決断の裏に、あのような逸話があったとは」

「どんなに敵が強大でも、怯むことなく戦う。上様は、まことに侍の鑑（かがみ）よ」

興奮を言の葉にのせ、口々に語っている。

「それにしても羨ましいのは弥助殿だ」

どきりとして、弥助は足を止めた。

「上様のお近くで、お話をいつも拝聴できるのだからな」

「そうとも、わしは今夜の語りが初めてじゃ。いつも、上様はどんなことを語られるのだ」

巨軀の弥助を、みなが囲みだした。さきほどまで、信長は近習や家臣を集めて、夜（よ）語（がたり）をしていたのだ。年長者が過去の武勲を語ることで、経験のすくない戦士たちが学ぶ場だ。ジパングの戦士たちは、月に二度、軍神である愛宕（あたご）や八幡（やはた）の名を冠した夜語をして、平時でも戦争の知識をたくわえるのに余念がない。

なぜか信長は夜語の時、かならず弥助をそばに侍らせた。弥助に直接教えるかのように語ることもある。乱丸が言うには、信長は弥助に期待しているのだという。信長の知識のすべてをそそぎ、いずれ一軍の将にする算段だという。とんでもないと弥助は思うが、まさか信長の命に逆らって夜語に参加しない訳にはいかない。何より信長の居室を訪れるのが、弥助は嫌いではなかった。南蛮製の火縄銃や地球儀、円形の鉄板を組みあわせた天体観測器アストロラーベなど、弥助がインドにいた頃に目にしたものが多く飾られていたからかもしれない。

家臣たちの質問攻めをやりすごして、弥助は廊下を進む。ふと、足を止めた。弥助と同じくらい巨軀の男が、廊下にぽつねんとすわっている。村田吉五だ。あれ以来、相撲の会は開かれていない。信長の興味は別のことに移っていた。安土城をジパングのランタンで煌々と照らしたり、バテレンの居住する町を建設したり、新年の左義長という火薬を使ったフェスティバルを盛大に催したりと、政治と祭事に情熱を費やすようになった。そのため、相撲で五人抜きを達成できなかった村田吉五は馬揃に参加することはなく、まだ力士の身分のままだ。ちなみに、大唐やひし屋ら馬揃に参加した力士は、信長の部下の柴田や羽柴に見出され、今は戦場にいる。

「村田様、大丈夫デスカ」

村田吉五が、生気のない顔をむける。

「弥助殿も知っておろう。先の武田攻めでも、わしは上様の身辺に侍るだけだった。このままでは、合戦で手柄をあげられぬ。それが無念なのじゃ」

うなだれて、大きなため息を吐きだした。

宿敵だった武田家を、信長はつい三月前に滅ぼしたばかりだ。信長も出陣したが、先鋒をまかされた長男信忠らの活躍で、合戦での出番はなかった。次の敵の毛利家だが、備中高松城で羽柴筑前守が攻めている。明智日向守が、近日中に援軍に発つことも決まっていた。遅れて信長も出陣するが、備中につくころには決着はついているだろう。

「ソンナニ戦デ、首ヲ取リタイノデスカ」

びくりと村田吉五の肩が動いた。

「弥助殿は首を取りたくはないのか」

弥助は、静かにうなずいた。

「では、どうして、日ノ本までこられた。ヴァリニャーノ殿が言うには、戦場で手柄をたてるために弥助殿は海をわたったと聞いたぞ」

弥助はどう説明していいかわからず、首を左右にふる。すこし躊躇してから、弥助は正直に話した。首を切ることが恐ろしいこと。今では戦場にたつだけで、怖気で体が言うことをきかないこと。

「私、戦ニデタクナイ。恐ロシイデス。武田攻メ、スグ終ワッテヨカッタ」

半ば微笑、半ば失笑するように、村田吉五は笑う。

「首取レナイ弥助、出世デキナイ」

「そんなことはないぞ」

思いの外、強い口調だった。

「首を取る以外にも、幾らでも手柄のたてようはある」

村田吉五は語る。敵陣に誰よりも早く突入する一番槍の功、槍武者を助ける槍脇の功、敵陣を崩す崩しの功。

「ケド、首ヲアゲルホドジャナイ」

戦場で首を奪われた弥助には、それらが大きな手柄でないことはわかっている。

「無論、兜首をあげるのは大きな功績じゃ。だが、それよりももっと名誉な手柄がある。それは、ご主君の首を取り戻すことじゃ」

「取リ戻ス……首ヲ？」

「左様」とうなずいて、村田吉五はつづける。桶狭間の合戦でのことだ。信長の強襲で、見事に敵将の今川義元の首をあげた。今川軍は総崩れになる。だが、ひとりそれに抗った敵将がいた。岡部丹波守だ。鳴海城にこもり徹底抗戦し、とうとう信長がおれた。義元の首と引き換えに、開城を要求する。岡部丹波守は、主君の首をもって領国へ帰還した。

「負け戦にもかかわらず、主君の首を取りかえし、その名誉を守ったのじゃ。百万の敵を討ち破る以上の功績だ。その働きに、敵である織田家からも天晴れと賞賛された。東日本一の武士として、岡部丹波守は今も評判よ」

語る村田吉五の口調には熱がこもっていた。何より、東日本一という言葉が、弥助の体の奥深くに火を灯すかのようだ。かつて、インドの戦場で出会った黒人の将軍を思い出す。圧倒的強者のムガル帝国に、恐れることなく立ちむかった。その姿を見て、部下たちも躊躇なくついていった。

そうだ。弥助は、ただ出世したいのではない。

みなから賞賛される、英雄になりたいのだ。

弥助は、村田吉五の手を取る。

「主君ノ首ヲ取リ戻セバ、弥助モ英雄ニナレルカ。首ヲ落トサナクテモ、手柄ニナルカ」

村田吉五の顔がゆがんだ。

「そりゃあ、無理だ」

「ドウシテデスカ」と、すがりつく。

「馬鹿、そんなこともわからぬのか。ご主君の首を弥助殿が取りかえすということは、それは上様が――」

そこまで言われて、弥助は小さく「アッ」と叫ぶ。主君の首を取りかえすということは、信長が討たれるということだ。

「まあ、そんな顔をされるな。味方の首を取りかえすだけでも、手柄にはちがいない」

が、口調から、その功績が東日本一の武士の足元にもおよばぬことは、弥助でも理解せざるを得ない。

# 七

なぜか胸騒ぎがして、弥助は大きな体をもちあげた。欠伸(あくび)をするが、すぐに萎む。ふたたび寝ようとしたが、胸の鼓動がやけにうるさい。本能寺の宿舎は香の匂いが強くて、弥助は苦手だった。見ると、暗闇がうすまりつつある。朝が近いのだ。

寝床からはいだし、顔を洗う。ウンと言ったのは、建物の陰に甲冑をきた戦士らしき者の姿が見えたからだ。まるで戦場にいるかのような格好に首を傾げる。

「弥助殿」

後ろをむくと、村田吉五がたっていた。横にはもうひとり若年の力士がたっている。伴正林(ばんしょうりん)という名前で、年少ながら過去に七人抜きした力士だ。なぜか、ふたりとも晴れやかな顔をしている。

「聞かれたか。力士を呼びよせて、相撲の会を開くことが決定したそうじゃ」

「ホ、本当デスカ」

「ああ、もし五人抜きすれば、今度こそ馬揃に参加できる。そうすれば、羽柴様や柴田様の目に止まり、与力として声がかかる。そう考えると、いてもたってもいられなくてな。伴を叩きおこして、稽古をしようと思ったのじゃ」

　隣の少年力士の肩を親しげに叩いた。

「一緒に汗を流さんか。前の相撲の会の借りを、稽古でもいいからかえしたいのじゃ」

　屈託のない村田吉五にもどっていることが嬉しくて、弥助は同意した。三人で笑いながら、本能寺の聖域を歩く。塔頭(たっちゅう)と呼ばれる、大寺院のなかにある小寺院の建物の角を曲がった時だった。見たこともない壁がたちはだかっている。本能寺の外塀が新しくなったのか。

　いや、ちがう。

　塀ではない。縦に長いジパング特有の軍旗が、壁を作るようにならんでいるではないか。水色の生地に、桔梗(ききょう)と呼ばれる花の紋が白く染めぬかれていた。

「あれは、明智日向守様の旗指物(はたさしもの)じゃ」

「どうして、こんなところにおる。今ごろは中国攻めにむかっているはずだぞ」

　言いあう村田吉五と伴正林の顔が、みるみると青ざめていく。旗指物の下には、黒い甲冑をきた戦士たちがいたからだ。門は開け放たれ、粛々続々と戦士たちがはいってくる。なぜか、足下には坊主や門番が倒れていた。

　戦士たちがもつ火縄銃が、ゆっくりとこちらへむけられる。

「む、謀反じゃ」

村田吉五の叫びと銃声は同時だった。弥助の隣にいた伴正林が血しぶきをあげて、仰け反る。へたりこみそうになる弥助の脇をかかえたのは、村田吉五だ。

雨のように銃弾と矢が飛来する。

「立て、走って上様に知らせるんだ」

村田吉五に叱咤されて、何とか立ちあがる。

「おのれ、明智め」

叫んだのは、血まみれの伴正林だった。

「村田殿、弥助殿、ここはわしが食い止める」

地に落ちていた棒を取りあげた。

「たのむ」と言い捨てて、村田吉五と弥助が走る。背後で雨滴が弾けるような音がした。ふりむくと、伴正林が針鼠のように全身に矢を突きたてていた。

「射て、射て、皆殺しにしろ」

「前右大臣（信長）様の首をとれば、一万石の加増も夢ではないぞ」

飢えたライオンを思わせる勢いで、明智の戦士たちが駆けだす。

「くそう」

走る村田吉五が罵声をあげる。目の前から、道をふさぐようにして敵があらわれたのだ。

「弥助殿、血路を開くぞ。上様のもとに何としてもたどりつくのじゃ」

突きだされた槍を、村田吉五は身をよじり避けた。柄をつかみ、雄叫びとともに敵兵をもちあげて、大地に叩きつけた。弥助も倒れた戦士から刀を奪い、悲鳴とともに振りまわす。

見れば、火の粉が降りそそいでいる。弥助たちの肌を容赦なく焼く。火柱もあちこちからあがっていた。本能寺の聖堂に、明智の戦士たちが火をかけたのだ。竈(かまど)のなかにいるかのような灼熱(しゃくねつ)に襲われる。煌(きらめ)く白刃(はくじん)のなかを、弥助と村田吉五は必死に駆けた。煙と汗でにじむ視界をぬぐう暇はない。

体のあちこちに火傷と刀傷を負いつつ走りぬける。

途中で深傷を負った村田吉五の巨体をかつぎ、弥助はやっとの思いで信長の寝所にたどりついた。

廊下に、人がひとり隠れるほど大きい行李(こうり)が転がっていた。逃げた女房衆が途中で捨てたのだろうか。蓋が開き、中から縫いかけの小袖と針や糸、器や掛け軸、足袋などが散乱していた。

小姓たちが十数人いるが、みな着衣が血に染まっている。その中心に立つのは、鋭い眦とうすい口髭の男――織田信長である。白い襦袢(じゅばん)に身をつつみ左手に薙刀をもっているが、刃が途中でおれていた。右肘からは滝のように血が流れている。外科手術を施さないと、いずれ失血死してしまうだろう。

だが、信長は混乱も恐怖もしていなかった。寝室の窓を開け放ち、燃える聖堂とひしめく明智の戦士たちの様子を、愛(め)でるように見ている。

「ふふふ、日向守め、よくもやりおおせたものよ」

なぜか、信長の口調は嬉しげだった。

「もはや、ここまでだろう。腹を切る」

宴の終わりを告げるかのような声だった。

「上様、我々もお供します」

みなを代表するかのように言ったのは、乱丸だ。その時、弥助がかついでいた村田吉五の首がゆっくりともちあがる。眼球が激しく血走っていた。

「嫌だ」

村田吉五が絶叫した。

「死ぬのが怖いのか」

信長の問いに、村田吉五は必死に首を打ちふる。床に血が飛び散った。

「わしは明智が憎くございます。わしの夢を——上様の夢を潰した明智を許せませぬ。奴めをこの手で滅ぼしたい。それまでは死にとうない」

何人かの小姓がうなずいた。

「拙者もです」

「明智を討ちとうございます」

「死ぬのは、それからでもよいではないですか」

みなが口々に叫ぶ。

「方々、何を血迷っている。上様をひとりで逝かせる気か」

乱丸が叱りつけるが、小姓たちはさらに明智日向守を罵る声を強めた。

信長は瞑目(めいもく)した。

「本能寺を抜けることをお許しください。我らは、明智を滅ぼす軍に参加しとうございます。奴が天下人になるのを阻んだ後に、上様の後を追います」

何人かの小姓が足元にすがりついた。

「無駄だ」

信長の目と口が同時に開いた。

「余が死ねば、明智の天下だ。敵う者などおらぬ」

信長は言う。信長が死んだとわかれば、諸侯は続々と明智日向守につくはずである。精強な鉄砲隊と多くの味方があれば、明智日向守が地方に散った織田軍を打ち破るのは造作もない、と。

降りかかる火の粉を、信長は真っ赤になった腕で払う。

「生きたくば生きよ。止めぬ。だが、明智を討つのは難事だ。天下平定よりもな」

皮肉にも、信長が優れた予言者であることをみなが知っている。その信長が、明智の天下だと断言した。

若者たちが次々と膝をつき、泣きくずれていく。

「何か……手はないのですか」

村田吉五がうめいた。

「明智を討つ策はないのですか。奴めを滅ぼす手段は――」

しばし、信長は黙考した。

「ひとつだけある。あることをなせば、明智と互角に戦えるだろう」

全員が前のめりになった。

「わが首級を敵にやらぬことだ」

信長はみなに語る。まるで夜語で、弥助たちに教えるかのように。

もし、信長の首が明智日向守の手にわたらなければ、信長の死の確証がなくなる。

そうすれば、諸侯は迷うはずだ。万が一、信長が生きていれば、明智日向守に勝ちはない。味方につくのを躊躇する。諸侯の迷いはさざ波程度かもしれないが、全員のそれが集まれば大局を動かす津波に化ける。

信長は首をめぐらし、また窓の外を見た。本能寺の聖域には、敵の戦士たちがひしめいている。

「雑魚(ざこ)は捨てろ」

「狙うは上様の首だけだ」

敵の目的もまた、信長の首ひとつに集中していた。

「余の首さえとれば、たやすく天下を取れる。そのことを、日向守はよく知っている。明智の旗本たちが、わが首級を見逃すとは思えん」

風がふいて、火の粉が大量に降りそそぐ。

絶望が、驟雨(しゅうう)のように信長主従を打ちつける。

ふふ、と信長は自嘲(じちょう)するように笑った。

「さて、そろそろ腹を切るか。乱丸、介錯(かいしゃく)をたのむ。まあ、無駄とは思うが、わが首を隠せるものなら隠すがいい。無駄な足掻(あが)きだが、止めはせぬ」

肩をふるわせる乱丸とともに、寝所の奥へと進もうとする。

「そうだ、弥助。お主は余とともに死ぬ義理はない。降参すれば、よもや異人のお主を殺すようなことはすまい。友を葬ってやれ」

優しげな信長の声に、弥助は足元を見る。そこには、いつのまにか息絶えた村田吉五の骸が横たわっていた。腹には大きな傷がはいり、そこから腸が盛大に漏れでている。

# 八

村田吉五の骸はずしりと重かった。

降りしきる雨のなか、弥助は山を登る。本能寺の変のすぐ後から降りつづく雨は、踏みしめる地面を溶かすかのようで、何度も弥助は足を滑らせた。

本能寺で、弥助は村田吉五の骸をかついで脱出した。明智日向守の戦士に呼び止められたが、幸いにも解放された。彼らの興味は、信長の首だけだ。首がはいりそうな袋や籠をもっている者たちは、みな検められていたが、屍体しかもっていない弥助は気味悪がられこそすれ、興味などないようだった。

村田吉五の骸を、近くの宿屋に金をにぎらせてあずかってもらい、二条御所へと急いだ。信長の後継者である織田信忠がたてこもっていた。父と同じく勇敢な織田信忠は、逃走より闘争を選んだ。弥助はそこで奮闘した後、生け捕りにされる。そして、バテレンたちに引きわたされた。

翌日には、弥助は教会をぬけだした。宿屋へいき、骸を引き取る。

そして今、骸を弔うために雨のなかぬかるんだ山道を必死に歩んでいた。もうすぐ、頂上につくはずだ。そうすれば、琵琶湖という巨大な湖が見える。

　信長とその後継者の信忠の首を、明智日向守はとうとう見つけることができなかった。信長の予言どおり事が進む。明智の味方になると思われた細川、筒井らの有力な将軍が、二の足を踏んだのだ。さらに中国にいる羽柴筑前守が、信長生存の偽情報を流す。完全に、明智日向守は孤立した。聞けば、羽柴筑前守が猛烈な勢いで進軍し、信長の子の信孝らと合流したという。

　あとは、羽柴筑前守が明智日向守の鉄砲隊をいかにして制するかだ。

　去り際に、信長は「明智を討つのは難事だ」と言っていた。

　明智日向守の軍は強い。精強なのは鉄砲隊だ。長篠設楽原の合戦では軍監に徹して手柄を立てられなかったが、信長の鉄砲運用法を貪欲に吸収し、日ノ本最強の鉄砲隊をつくりあげた。信長の予言が正しければ、羽柴筑前守は苦戦することになる。

　頂上についてから骸を下ろし、丁寧に横たえた。眼下には琵琶湖が広がり、安土城も見えた。あそこで数々の相撲の会が開かれた。まだ弥助の記憶にも新しい。

　鍬というジパングの農具を振りあげ、弥助は土を掘りかえす。雨で湿る地面は、人ひとりを埋める穴をたやすく掘ることができた。懐から取り出したのは、鋏だ。

　村田吉五の着衣の襟をはだける。筋肉がたっぷりとついた体があらわになった。太鼓のような腹に目をやる。かつて腸がはみでていた大きな裂傷は、糸で綺麗に縫いあわされていた。

「村田様、感謝シマス」

鋏をやって、糸を断ち切っていく。

大きな傷口に手を入れて、腹のなかのものをまさぐる。

ずしりと重いものを取りあげた。

でてきたのは、男の生首だ。つりあがった眦とうすい口髭をもっている。口は何かをしゃべるかのように開き、右の奥歯が一本砕けているのがわかった。

天下人、織田信長の首である。

弥助は、信長の首を村田吉五の骸のなかに隠したのだ。外科医の助手だった弥助には、わずかな時間があれば事足りた。幸いにも針と糸は、廊下に散乱していた荷の中にあった。同じように、織田信忠の首も兵士の骸のなかに隠し、二条御所へおいてきた。さすがに、二度も死体をかついでいると怪しまれるからだ。そして明智日向守は、弥助の策を見抜くことができなかった。信長の首をもった弥助を、みすみすと本能寺から脱出させてしまう。

かつての主君の首と弥助は正対した。

「上様、弥助ハヤリマシタ」

開いた口から、今にも言葉が漏れ聞こえてきそうだった。

「上様ノ首ヲ、明智ノ手ニ渡シマセンデシタ」

次に、横たわる村田吉五の骸を見た。

「村田様、弥助ハ仇ヲ取ッタ。奪ワレルハズノ上様ノ首、守ッタ」

無論、骸たちからは返事はない。

弥助は、手巾を取り出す。

丁寧に丁寧に汚れをぬぐう。

脳裏を信長の姿がよぎった。本能寺での夜語。まだ人が集まる前で、弥助と信長と乱丸の三人しかいなかった。信長は天体観測器のアストロラーベを手に、地球儀に散らばる国々に思いをはせていた。

彼の人の、在りし日の姿を胸に刻みながら手を動かす。

まるで生きているかのように美しくなるまで、弥助は首をぬぐいつづけた。

## 九

「そんな話、信じられるかよ」

罵声が飛んできた。煉瓦と石でできた、インドの安酒場でのことだ。スパイスの香りとナンが焼ける匂いが、鼻をくすぐる。

「そうだ、おれたちがジパングを知らねえと思って、適当な嘘をこくんじゃねえよ」

上半身裸の民兵たちが口々に言う。

「ヤジルさんよ、それともヤスケさんと呼ぼうか。あんたがノブナガの首を死体のなかに隠すことで、アケチって野郎を倒したと言いたいんだろうが、そんなに上手くことが運ぶ訳がねえだろう」

盃を口にやりつつ、民兵たちがうなずいた。

「ああ、つまんねえ時間をすごしちまったぜ」

民兵たちが一斉に腰をあげる。

弥助の目の前に残ったのは、黒い肌をもつ戦士だけだった。民兵とちがい、厚い甲冑をきている。

「自由民か」と昔語りをした口で、弥助はきいた。対面する黒い肌の戦士の目尻は鷹のように鋭く、口元にはうすい髭があった。

「ああ、ムガルの蛮兵どもを百人斬ったご褒美に自由民になった」

男は、アフマドナガル国の宰相チャンゲス・ハーンの奴隷だったという。

「おもしろい与太話だったぜ。気にいった」

「そう言ってくれたのは、あんたが初めてだ」

弥助は、明智日向守が羽柴筑前守に討たれるのを見届けてから、南蛮船に乗りインドへと帰還した。イエズス会は名目上は奴隷を禁じているので、信長に売り払われた時点で自由の身分だった。また、信長の葬い合戦に勝利した羽柴筑前守からも、なぜか褒美をもらったので旅費には困らなかった。

信長の首の埋葬後に出会った、羽柴筑前守の猿のような矮軀を思い出す。横には多くの諸将が侍っていた。信長の息子や弟たち、かつての羽柴筑前守の同僚たちである。明智日向守を討ち、羽柴筑前守は新たな日本の王になったのだ。

諸将の列に、見慣れぬ男がいることに弥助は気づいた。大きな体をしているが、顔は鈍重そうで武士というより貧しい農夫を連想させた。

『ああ、この御仁は、山中の猿殿だ。信長公にお仕えしていた軍師殿よ』

羽柴筑前守は誇らしげにつづける。

『知らぬのも無理はない。長篠設楽原の後、山中村で隠居されていたからな。だが、こたび信長公の敵討ちのため、わが陣に馳せ参じてくれたのよ』

聞けば、不思議な力で天候を予知する異能の持ち主だという。

そういえば、ひとつ信長の予言通りいかなかったことがあった。明智軍の鉄砲に苦戦すると思われた羽柴軍が、圧勝したのだ。

山崎合戦が行われた天正十年（一五八二）六月十三日は、雨だったのだ。虎の子の明智軍の鉄砲はただの鉄の棒と化し、勢いにのる羽柴筑前守の軍勢にあっという間もなく駆逐された。

聞けば、羽柴筑前守らは本当は翌日に戦う手はずだったという。さらなる増援を期待していたのだ。各地の諸将に、そう書状でも告げていた。しかし、周囲の反対を押し切り、羽柴筑前守は突如一日前倒しで決戦を敢行する。

本能寺の変の翌日から、畿内は〝稀代の雨〟と称されるほどの降雨が続いていた。突如として雨が止んだのが、六月十四日。羽柴筑前守らが、決戦を期していた日だった。

なぜ、羽柴筑前守は決戦を急遽一日早めたのか。反対する近習や諸将に、秀吉はこう言ったという。

『山中の猿殿のご神託があったのじゃ』

事実、当初の予定通り戦っていれば、羽柴筑前守の軍勢は明智日向守の鉄砲隊に相当な苦戦をしいられたはずだ。

「どうだ、一緒に戦わないか」

弥助の回想をさえぎったのは、目の前の男の意外な一言だった。

黒い肌をもった戦士が、微笑んでいる。

「戦う？　アフマドナガル国の戦士としてか」

冗談じゃないという口ぶりで言ったのは、アフマドナガル国は今や風前の灯だからた。

だ。侵攻するムガル帝国の前に連戦連敗、国土の九割を蹂躙(じゅうりん)され、半分以上を奪われた。

「ムガル帝国に勝てる訳がないだろう」

きっと、ジパングの戦士たちでさえ、ムガル帝国に歯向かおうとは思わない。ただ、ひとりの男をのぞいて。

「弱い敵を倒しても、つまらんだろう」

黒い戦士は、白い歯を見せて笑う。

しばし、弥助はその表情を凝視した。いや、魅入られたと言うべきか。

「サムライだな」

「サムライ？　なんだそれは」

眦をかすかに下げてきいてきたが、微笑で誤魔化す。

「まあ、いい。とにかく、おれの仲間になれ。ムガル帝国は、あんたが言うように強敵だ。だから仲間を探している。法螺話のようなことを、実際にやってのける男だ」

また、男の眦が吊りあがる。ジパングでつかえた、かつての主君によく似ていた。

「ノブナガって男に、夜語で教えてもらった知恵を活かせ」

「夜語か」と、弥助はつぶやく。様々なことを信長からきいた。

勇ましい兜の前立をつけた武者の話、桶狭間とよばれる合戦での大将首の手柄の行方、鉄砲を操る異教徒の戦士、海に浮かぶはずのない鉄の船、日本一の騎士団を擁する武田軍を討ち破った秘策。そうだ、天気を予知する不思議な男の話もあった。あれは、山中の猿のことだったのか。

　ひとり納得する弥助の顔を、男がのぞきこんだ。

「聞いた夜語を、頭のなかにしまいっぱなしでいいのか。ノブナガが喜ぶか。頭につめこんだ法螺話を、ムガルとの戦いに役立てたくはないか」

　右手を図々しく突きだし、握手を求めてくる。なぜか抗い難かった。かつての主君に、雰囲気が似ているからだろうか。

「いいだろう」と、握りかえす。

「じゃあ、契約成立だな、相棒よ。なんと呼べばいい。ヤジルか、それともヤスケか」

　すこし考えた。

「弥助だ」

　すとんと、弥助の胃の腑に言葉が納まった。

「わかった、ヤスケ、いこう。さっそくムガルの餓狼どもを倒す策を考えようぜ。もっといい酒と、上玉の女のいる酒場でな」

　片頰をもちあげて、男は酒場をでようとする。

「待ってくれ、あんたの名前は」

弥助が男の背中に声をかけた。弥助と同じくらい大きいことに、立ちあがって初めて気づく。

男はふりかえる。

「マリクだ」

男は、凛とした声でつづけた。

「おれの名前は、マリク・アンバル。アビシニアの戦士だ」


後に、アビシニアの奴隷出身のマリク・アンバルは、アフマドナガル王国の大宰相にまで昇りつめる。

そして天才的な軍略と柔軟な外交手腕で、ムガル帝国から奪われた国土のほとんどを回復する。


が、その物語はまた別の機会に語られるべきだろう。

今、記すべきは、ひとつ。

夜が明るいということだ。

黒く精悍なふたりの戦士の先行きを照らすように、夜空に月が煌々と輝いている。

ライオンだろうか、野獣たちの咆哮がかすかに聞こえた。

# 解説

天野純希

「織田信長を書いてください」

歴史小説、とりわけ戦国時代をメインに書いていると、そんな依頼をいただくことがしばしばあります。

信長といえば、戦国時代のみならず、日本史上でも一、二を争うネームバリューの持ち主であり、ファンも多い。（その是非はともかく）信長に憧れ、手本にしている企業家や政治家もたくさんいます。出版社としては、手堅く売れるコンテンツと言ってもいいでしょう。

ところがこの信長、書き手にとってはまさに鬼門。信長ほど書きづらい戦国武将はいないといっても過言ではないのです。

まずは言うまでもありませんが、膨大な数の先行作品です。古今の作家によって、信長はあらゆる角度から描かれてきました。

信長を真正面から捉えたものもあれば、はたまた女性になったり両性具有者だったり。こと歴史小説の世界において、信長はもはや書き尽くされ、手垢がつきまくった題材なのです。

それだけに、信長を主人公に小説を書くとなると、読者は新しい信長像や、斬新な切り口を期待します。この二十一世紀に信長を書くというのは、なまなかなプレッシャーではありません。

次に、信長のイメージです。「神仏を恐れず、新しい時代を切り拓いた革命児」、「天下布武を目指し、実現間近まで迫ったものの、部下の裏切りに倒れた非運の天才」、あるいは、「比叡山を焼き、何万もの一向門徒を撫で斬りにした残虐な魔王」。一般に流布した信長像というと、このあたりでしょうか。

ところが近年の研究では、そうした信長像が大きく見直されつつあります。従来のイメージほどの革新性は無く、むしろある種の保守性を持ち、当時の常識的な政策を推し進めた人物だったというのです。

こうなると、作家はますます書きづらくなってしまいます。従来通りの革命児として描けば「古臭い！」「研究成果を無視している！」とクレームが付くし、保守的、常識的な人物として描けば、小説としての面白みを削ぐことにもなりかねない。

何やら愚痴めいてきましたが、ことほどさように、信長を書くのは難しい。

前置きが長くなりましたが、本作『炯眼に候』は、そんな難題に真っ向から挑んだ意欲作です。

信長が探偵役を務める、ミステリー仕立ての連作短編。ざっくり言うとそういうことになるのだけれど、そこはトリッキーな作風を得意とする著者とあって、一筋縄ではいかない。「密室で不可能殺人が！　天才・信長の名推理はいかに！」みたいなよくある推理ものとは一線を画しています。

本作の信長が挑むのは、他ならぬ信長自身の業績にまつわる数々の謎です。「なぜ、桶狭間で奇跡的な勝利を得られたのか」「勇猛な武田騎馬隊にどうやって勝利したのか」「信長の首はどこへ行ったのか」。これらは歴史好きなら誰もが気になる、戦国史における謎そのものと言い換えてもいいでしょう。

たとえば、有名な長篠の戦いでの鉄砲三段射ちは、現在の研究でほぼ否定されました。毛利水軍との戦いで活躍した鉄甲船も、本当に鉄で覆われていたのか、そんな重い船を海戦に使用できるのかと疑問視されています。

しかし、信長が武田騎馬隊や毛利水軍を打ち破ったのは、まぎれもない史実。その隙間を信長、いや、木下昌輝はどう埋めるのか。それが本作の読みどころです。

解説から先に読む方のために詳しくは書きませんが、どの答えも「実際にこうだったのかも」と思えるほどの説得力。歴史小説を書いている身からすると、「チクショウ、こんなやり方があったのか！」と歯嚙みすることしきりです。

そして、読者としては嬉しいことに（同業者としては困ったことに）、本作の魅力は謎解きだけにとどまりません。

一口に歴史小説といっても、歴史の真相らしきものを描くだけでは小説たりえない。どれほど説得力のある、あるいは意外性に満ちた答えを用意しても、そこに描かれる人間たちの物語が陳腐では、小説としては失敗です。

もちろんそこは木下昌輝氏のこと、インパクトのあるトリックを用意しただけでは終わるはずがありません。メジャー、マイナー入り乱れた各章の主人公たちと信長が織り成す人間模様。それこそが本作の魅力の核となっているのです。

水鏡の呪いで死の恐怖に苛まれた荒川新八郎の最後の戦い。今川義元の首を獲った毛利新介と、とある事情から彼に引き取られた少年・夜叉丸の絆。信長を狙撃した杉谷善住坊の後悔と再生。時代遅れの弓を得意とする太田又助が手に入れる「新しい武器」。鉄甲船の建造を命じられ、激務に疲弊する九鬼嘉隆が垣間見る、信長と秀吉の恐ろしさ。織田家に仕えながら暗い情念に衝き動かされる明智光秀が、長篠の戦いを経てたどり着いた答え。

彼らは当然、信長のような炯眼は持っていません。だがそれだけに人間臭く、我々凡人にも共感できる部分が多くある。そんな彼らの視点を通すことによって、この小説を単なる「信長スゲエ小説」ではなくしているのです。

中でも特に唸らされたのが、最終章「首級」の主人公・弥助。黒人奴隷として日本に渡り、信長に引き取られて本能寺の変に立ち合うことになった、実在の人物です。作者は彼に〝ヤジル〟という本名と、インドの戦場でイスパニア人医師のもとで働いていたという経歴を与えました。それがどんな意味を持つかは読んでのお楽しみですが、圧巻なのは、連作短編の一編とは思えない物語のスケール感。戦国小説を読んでいて、まさかムガール帝国が出てくるとは思わなかった。作者の想像力とそれにリアリティを与える筆力には脱帽するしかありません。

そんな木下昌輝氏ですが、本作の他にも信長を描く小説企画に参加しています。その名もずばり「信長プロジェクト」。木下氏は信長を主人公にした『信長、天を堕とす』(幻冬舎時代小説文庫)、そしてわたくし天野純希が、信長と関わった様々な人物を主人公とする『信長、天が誅する』(幻冬舎時代小説文庫)を執筆、二〇二一年に刊行されました。ちなみに、どっちが信長を書くかとなった時に「信長はもう書いたからやりたくない。木下さん書いて!」と駄々をこねたのは他ならぬ私です。この場を借りて御礼申し上げます。

手前味噌になるので自作の紹介は控えますが、木下氏の『信長、天を堕とす』は本作と打って変わって信長自身の視点で、彼の内面を深く掘り下げた作品になっていま

す。本作の信長と読み比べてみるのもまた一興かと。

さらにさらに、木下氏は小説のみならず、新書も執筆しているとのこと。こちらは『信長　空白の百三十日』（文春新書）。ノンフィクションの形式で本作にも登場する『信長公記』の謎に挑むというもの。

先輩作家も嫌がる信長に真っ向勝負を挑んでなお、斬新な切り口を見つけ出し、その中に濃厚な人間ドラマと小説的興趣まで織り込んでみせる。そんな木下昌輝氏はまさに、「炯眼に候」なのです。

（作家）

参考文献

『明智光秀　残虐と謀略』　橋場日月著／祥伝社新書
『刀と首取り』　鈴木眞哉著／平凡社新書
『信長公記　上下』　太田牛一原著　榊山潤訳／ニュートンプレス
『新編武家事紀』　山鹿素行著／新人物往来社
『【決定版】図説・日本武器集成』／学習研究社
『信長と弥助　本能寺を生き延びた黒人侍』　ロックリー・トーマス著　不二淑子訳／太田出版
『陰陽師たちの日本史』　斎藤英喜著／KADOKAWA

※三段打ちの射撃数については、『【決定版】図説・日本武器集成』の「三段撃ちと早合」の実験を基にしました。
※杉谷善住坊の子孫については、善住喜太郎氏への取材を基にしました。
※本能寺の変以後の天候については、橋場日月氏の『明智光秀　残虐と謀略』を参考にしました。

初出「オール讀物」
「水鏡」 二〇一六年一月号（「運ハ天ニ在リ、死ハ定メ」より改題）
「偽首」 二〇一六年九月号（「桶狭間の偽首」より改題）
「弾丸」 二〇一七年二月号（「杉谷善住坊の弾丸」より改題）
「軍師」 二〇一八年十二月号（「山中の猿」より改題）
「鉄船」 二〇一七年十二月号（「幻の船」より改題）
「鉄砲」 二〇一八年七月号（「復讐の花」より改題）
「首級」 二〇一七年七月号（「信長の首」より改題）

単行本 二〇一九年二月 文藝春秋刊

DTP 言語社

文春文庫

炯眼に候（けいがんにそうろう）

定価はカバーに表示してあります

2022年2月10日　第1刷

著　者　木下昌輝（きのしたまさき）
発行者　花田朋子
発行所　株式会社文藝春秋

東京都千代田区紀尾井町3-23　〒102-8008
TEL　03・3265・1211(代)
文藝春秋ホームページ　http://www.bunshun.co.jp

落丁、乱丁本は、お手数ですが小社製作部宛お送り下さい。送料小社負担でお取替致します。

印刷製本・凸版印刷

Printed in Japan
ISBN978-4-16-791826-2

（　）内は解説者。品切の節はご容赦下さい。

加藤　廣
**明智左馬助の恋**（上下）
秀吉との出世争い、信長の横暴に耐える主君光秀を支える忠臣左馬助の胸にはある一途な決意があった。大ベストセラーとなった『信長の棺』『秀吉の枷』に続く本能寺三部作完結篇。
か-39-6

加藤　廣
**信長の血脈**
信長の傅役・平手政秀自害の真の原因は？　秀頼は淀殿の不倫で生まれた子？　島原の乱の黒幕は？　『信長の棺』のサイドストーリーともいうべき、スリリングな歴史ミステリー。
か-39-9

加藤　廣
**水軍遙かなり**（上下）
瀬戸内の村上水軍より強いと言われた志摩の九鬼水軍の頭領・守隆。史料の徹底検討から浮かび上がる「ありえたかもしれない戦国時代後の日本」とは。（千田嘉博）
か-39-10

加藤　廣
**利休の闇**
秀吉が利休に切腹を命じた理由は信長時代まで遡るものだった……。八十四歳の作家が膨大な史料を緻密に調べ、遂に真相をあぶりだす歴史ミステリー。
か-39-12

風野真知雄
耳袋秘帖
**眠れない凶四郎（一）**
妻が池の端の出合い茶屋で何者かに惨殺された。その現場に立ち会って以来南町奉行所の同心、土久呂凶四郎は不眠症に。見かねた奉行の根岸は彼を夜専門の定町回りに任命。江戸の闇を探る！
か-46-38

風野真知雄
耳袋秘帖
**眠れない凶四郎（二）**
妻を殺された土久呂凶四郎は、不眠症に悩まされながらも夜専門の同心として夜な夜な町を巡回する。静かな夜の江戸に蠢く怪しいものたち。奉行の根岸とともに事件を解決していく。
か-46-39

風野真知雄
耳袋秘帖
**眠れない凶四郎（三）**
妻・阿久里を殺害されたまま、いまだ手がかりすら摑めない凶四郎。不眠症もいまだ回復せず、今宵もまた、夜の江戸に巡回に出て妻殺害の真相に迫る！　犯人は果たして……。
か-46-40

風野真知雄
耳袋秘帖
**眠れない凶四郎（四）**
妻殺害の難事件はほろ苦い結末ながらなんとか解決した。が、名奉行根岸の温情により、不眠症がいまだ治らない凶四郎は江戸の闇を今夜も巡る。今度の江戸に巣食う魔物は一体何か？
か-46-41

門井慶喜
**ゆけ、おりょう**
「世話のやける弟」のような男・坂本龍馬と結婚したおりょうは、酒を浴びるほど飲み、勝海舟と舌戦し、夫と共に軍艦に乗り長崎へ馬関へ！　自立した魂が輝く傑作長編。（小日向えり）
か-48-7

梶　よう子
**一朝の夢**
朝顔栽培だけが生きがいで、荒っぽいことには無縁の同心・中根興三郎は、ある武家と知り合ったことから思いもよらぬ形で幕末の政情に巻き込まれる。松本清張賞受賞。（細谷正充）
か-54-1

川越宗一
**天地に燦たり**
なぜ人は争い続けるのか——。日本、朝鮮、琉球。東アジア三か国を舞台に、侵略する者、される者それぞれの矜持を見事に描き切った歴史小説。第25回松本清張賞受賞作。（川田未穂）
か-80-1

北方謙三
**杖下（じょうか）に死す**
剣豪・光武利之が、私塾を主宰する大塩平八郎の息子、格之助と出会ったとき、物語は動き始める。幕末前夜の商都・大坂を舞台に至高の剣と男の友情を描ききった歴史小説。（末國善己）
き-7-10

木内　昇（のぼり）
**茗荷谷の猫**
茗荷谷の家で絵を描きあぐねる主婦。染井吉野を造った植木職人。画期的な黒焼を生み出さんとする若者。幕末から昭和にかけ各々の生を燃焼させた人々の痕跡を掬う名篇9作。（春日武彦）
き-33-1

木下昌輝
**宇喜多の捨て嫁**
戦国時代末期の備前国で宇喜多直家は、権謀術策を縦横無尽に駆使し、下克上の名をほしいままに成り上がっていった。腐臭漂う、希に見る傑作ピカレスク歴史小説遂に見参！
き-44-1

（　）内は解説者。品切の節はご容赦下さい。

木下昌輝
**人魚ノ肉**
八百比丘尼伝説が新撰組に降臨！　人魚の肉を食べた者は不老不死になるというが……舞台は幕末京都、坂本竜馬、沖田総司、斎藤一らを襲う不吉な最期。奇想の新撰組異聞。（島内景二）
き-44-2

木下昌輝
**宇喜多の楽土**
父・直家の跡を継ぎ、豊臣政権の中枢となった宇喜多秀家。関ヶ原で壊滅し、八丈島で長い生涯を閉じるまでを描き切った傑作長編。秀吉の寵愛を受けた秀才の姿とは……。（大西泰正）
き-44-3

木下昌輝・髙橋直樹・佐藤巖太郎・簑輪　諒
天野純希・村木　嵐・岩井三四二
**戦国　番狂わせ七番勝負**
戦国時代に起きた、島津義弘、織田信長、真田昌幸などの七つのストーリーを歴史小説界気鋭の作家たちが描く、想定外にして予測不能なスピード感溢れる傑作短編集。（内藤麻里子）
き-44-51

堺屋太一
**豊臣秀長**
ある補佐役の生涯（上下）
豊臣秀吉の弟秀長は常に脇役に徹したまれにみる有能な補佐役であった。激動の戦国時代にあって天下人にのし上がる秀吉を支えた男の生涯を描いた異色の歴史長篇。（小林陽太郎）
さ-1-14

早乙女　貢
**明智光秀**
明智光秀は死なず！　山崎の合戦で生き延びた光秀は姿を僧侶に変え、いつしか徳川家康の側近として暗躍し、二人三脚で豊臣家を滅ぼし、幕府を開くのであった！（縄田一男）
さ-5-25

佐藤雅美
**関所破り定次郎目籠のお練り**
八州廻り桑山十兵衛
河童の六と、博奕打ちの定次郎。相州と上州。二人の関所破りを追いかけて十兵衛は東奔西走するが、二つの殺しは意外な展開に……。十兵衛は首尾よく彼らを捕えられるか？
さ-28-24

佐藤雅美
**怪盗　桐山の藤兵衛の正体**
八州廻り桑山十兵衛
消息を絶っていた盗賊「桐山の藤兵衛一味」。再び動き始めたのはなぜか。時代に翻弄される人々への、十兵衛の深い眼差しが胸を打つ。人気シリーズ最新作にして、最後の作品。
さ-28-26

佐藤雅美
**美女二万両強奪のからくり**
縮尻鏡三郎

町会所から二万両が消えた！　前代未聞の事件は幕閣の醜聞に発展する。殺される証人、予測不能な展開。果たして鏡三郎たちは狡猾な事件の黒幕に迫れるか。縮尻鏡三郎シリーズ最新作。

さ-28-25

佐藤雅美
**大君の通貨**
幕末「円ドル」戦争

幕末、鎖国から開国へ変換した日本は否応なしに世界経済の渦に巻込まれていった。最初の為替レートはいかに設定されたのか。幕府崩壊の要因を経済的側面から描き新田次郎賞を受賞。

さ-28-7

酒見賢一
**泣き虫弱虫諸葛孔明　第壱部**

口喧嘩無敗を誇り、自分をいじめた相手には火計(放火)で恨みを晴らす、なんともイヤな子供だった諸葛孔明。新解釈にあふれ、無類に面白い酒見版「三国志」、待望の文庫化。（細谷正充）

さ-34-3

酒見賢一
**泣き虫弱虫諸葛孔明　第弐部**

酒見版「三国志」第2弾！　正史・演義を踏まえながら、スラップスティックなギャグをふんだんに織り込んだ異色作。第弐部は孔明出廬(しゅつろ)から長坂坡(ちょうはんは)の戦いまでが描かれます。（東　えりか）

さ-34-4

酒見賢一
**泣き虫弱虫諸葛孔明　第参部**

魏の曹操との「赤壁の戦い」を前に、呉と同盟を組まんとする劉備たち。だが、呉の指揮官周瑜は、孔明の宇宙的な変態的言動に殺意を抱いた。手に汗握る第参部！（市川淳一）

さ-34-6

酒見賢一
**泣き虫弱虫諸葛孔明　第四部**

赤壁の戦い後、劉備は湖南四郡に進出。だが、関羽、張飛が落命し、あの曹操が逝去。劉備本人も病床に。大立者が次々世を去る激動の巻。孔明、圧巻の「泣き」をご堪能あれ。（杜康　潤）

さ-34-7

酒見賢一
**泣き虫弱虫諸葛孔明　第伍部**

盟友を亡くし失意の孔明は、「出師の表」を上奏し、魏を倒すためついに北伐を開始する。蜀と魏が五丈原で対陣する時、孔明最後の奇策が炸裂する。酒見版「三国志」堂々完結。（稲泉　連）

さ-34-8

（　）内は解説者。品切の節はご容赦下さい。

佐藤賢一
**ラ・ミッション**
軍事顧問ブリュネ
幕府の軍事顧問だった仏軍人ブリュネは、日本人の士道に感じ入り、母国の方針に逆らって土方歳三らとともに戊辰戦争に身を投じる。「ラストサムライ」を描く感動大作。（本郷和人）
さ-51-3

佐伯泰英
**神隠し**
新・酔いどれ小籐次（一）
背は低く額は禿げ上がり、もくず蟹のような顔の老侍で、無類の大酒飲み。だがひとたび剣を抜けば来島水軍流の達人である赤目小籐次が、次々と難敵を打ち破る痛快シリーズ第一弾！
さ-63-1

佐伯泰英
**願かけ**
新・酔いどれ小籐次（二）
一体なんのご利益があるのか、研ぎ仕事中の小籐次に賽銭を投げて拝む人が続出する。どうやら裏で糸を引く者がいるようだが、その正体、そして狙いは何なのか――。シリーズ第二弾！
さ-63-2

佐伯泰英
**桜吹雪**（はなふぶき）
新・酔いどれ小籐次（三）
夫婦の披露目をし、新しい暮らしを始めた小籐次。呆けが進んだ長屋の元差配のために、一家揃って身延山久遠寺への代参の旅に出るが、何者かが一行を待ち受けていた。シリーズ第三弾！
さ-63-3

佐伯泰英
**姉と弟**
新・酔いどれ小籐次（四）
小籐次に斃された実の父の墓石づくりをする駿太郎と、父のもとで錺職人修業を始めたお夕。姉弟のような二人を見守る小籐次に、戦いを挑もうとする厄介な人物が―。シリーズ第四弾。
さ-63-4

佐伯泰英
**柳に風**
新・酔いどれ小籐次（五）
小籐次は、新兵衛長屋界隈で自分を尋ねまわる怪しい輩がいると知り、読売屋の空蔵に調べを頼む。これはネタになるかと張り切る空蔵だが、その身に危機が迫る。シリーズ第五弾！
さ-63-5

佐伯泰英
**らくだ**
新・酔いどれ小籐次（六）
江戸っ子に大人気のらくだの見世物。小籐次一家も見物したが、そのらくだが盗まれたうえに身代金を要求された！　なぜか小籐次が行方探しに奔走することに……。シリーズ第六弾！
さ-63-6

佐伯泰英
**大晦り**（おおつごもり）
新・酔いどれ小籐次（七）

火事騒ぎが起こり、料理茶屋の娘が行方知れずになる。同時に焼け跡から御庭番の死体が見つかっていた。娘は事件を目撃して攫われたのか？　小籐次は救出に乗り出す。シリーズ第七弾！

さ-63-7

佐伯泰英
**小籐次青春抄**
品川の騒ぎ・野鍛冶

豊後森藩の厩番の息子・小籐次は野鍛冶に婿入りしたかつての悪仲間を手助けに行くが、その村がやくざ者に狙われているのを知り一計を案じる。若き日の小籐次の活躍を描く中編二作。

さ-63-50

佐伯泰英
**御鑓拝借**（おやりはいしゃく）
酔いどれ小籐次（一）決定版

森藩への奉公を解かれ、浪々の身となった赤目小籐次、四十九歳。胸に秘する決意、それは旧主・久留島通嘉の受けた恥辱をすすぐこと。仇は大名四藩。小籐次独りの闘いが幕を開ける！

さ-63-51

佐伯泰英
**意地に候**
酔いどれ小籐次（二）決定版

御鑓拝借の騒動を起こした小籐次は、久慈屋の好意で長屋に居を定め、研ぎを仕事に新たな生活を始めた。だが威信を傷つけられた各藩の残党は矛を収めていなかった。シリーズ第2弾！

さ-63-52

佐伯泰英
**寄残花恋**（のこりはなよするこい）
酔いどれ小籐次（三）決定版

小金井橋の死闘を制した小籐次は、生涯追われる身になったと悟り甲斐国へ向かう。だが道中で女密偵・おしんと知り合い、ともに甲府を探索することに。新たな展開を見せる第3弾！

さ-63-53

佐伯泰英
**一首千両**
酔いどれ小籐次（四）決定版

鍋島四藩の追腹組との死闘が続く小籐次だったが、さらに江戸の分限者たちが小籐次の首に千両の賞金を出し、剣客を選んで襲わせるという噂が…。小籐次の危難が続くシリーズ第4弾！

さ-63-54

佐伯泰英
**祝言日和**
酔いどれ小籐次（十七）決定版

公儀の筋から相談を持ちかけられた小籐次。御用の手助けは控えたかったが、外堀は埋められているようだ。久慈屋のおやえと浩介の祝言が迫るなか、小籐次が巻き込まれた事件とは？

さ-63-67